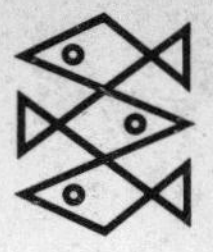

D1669102

Über dieses Buch

In diesem Schelmenroman erzählt der in Italien geborene, jedoch Englisch schreibende Autor Hans Ruesch von den köstlichen Abenteuern des jungen Süditalieners Gianni Bellavita, eines Hans im Glück aus Kalabrien. Gianni möchte die schöne Lucciola heiraten, aber er ist arm wie eine Kirchenmaus. Also zieht er in die große weite Welt, um dort sein Glück zu machen. Doch jedesmal, wenn er glaubt, ein hübsches Sümmchen beisammen zu haben, werden seine Ersparnisse entweder kurzerhand zur »Kriegsbeute« erklärt oder von »guten Freunden« anderweitig benötigt. Und da Gianni den Glauben an sein Glück niemals verliert, kommt er weit herum. Er wird Taxifahrer und Freund eines Halbweltlebemannes in Paris, gelangt nach Ausbruch des Krieges – man schreibt das Jahr 1939 – als blinder Passagier nach Amerika, trifft dort unvermutet auf einen reich gewordenen Onkel, der sich seiner Bildung annimmt, erhält mit dem neuerworbenen Wissen eine Stelle als Kellner, gerät in allerhand zweifelhafte Gesellschaft und landet recht unfreiwillig in der amerikanischen Armee, die ihn aber glücklicherweise bald in die Heimat entläßt, wo er endlich seine schmollende Lucciola in die Arme schließen kann.
»Mit den Mitteln köstlicher Übertreibung ... entlarvt Ruesch jene ›Kreise‹, die in der Vorstellung des Biedermannes als bessere, schönere, der grauen Alltäglichkeit entkleidete Welten umherspuken, in ihrer Hohlheit und Unmenschlichkeit, ohne dabei jemals das Lächeln in den Augenwinkeln zu verlieren.« (Die Welt.) Eine echte Chapliniade – heiter, grotesk und ein wenig rührend. In den Kritiken wird dieser humoristische Roman den Werken von Mark Twain, P. G. Woodehouse und Guareschis ›Don Camillo‹ an die Seite gestellt.

Der Autor

Hans Ruesch wurde 1913 als Sohn eines Schweizer Archäologen in Neapel geboren. Nach dem Jura-Studium in Zürich wurde er Journalist und Rennfahrer. Er schrieb in deutscher, italienischer und französischer Sprache für Zeitungen und Zeitschriften vieler Länder. 1938 emigrierte er in die USA und wurde dort rasch zu einem erfolgreichen englischsprachigen Schriftsteller. Zu seinen bekanntesten Abenteuerbüchern gehören die beiden Eskimoromane ›Im Land der langen Schatten‹ (1950; Fischer Taschenbuch Bd. 2492) und ›Iglus in der Nacht‹ (Fischer Taschenbuch Bd. 5162). Außerdem veröffentlichte er mehrere Bücher gegen die Tierversuche, denen in den Industrieländern jährlich Millionen von Tieren zum Opfer fallen. Hans Ruesch lebt heute als freier Schriftsteller in Frankreich.

Hans Ruesch

Die Sonne in den Augen

Roman

Fischer Taschenbuch Verlag

Titel der amerikanischen Originalausgabe: ›Make a Fortune‹
Ins Deutsche übersetzt von N. C.

Fischer Taschenbuch 8030
Juli 1982
Fischer Taschenbuch Verlag GmbH, Frankfurt am Main
Unveränderte Neuausgabe mit freundlicher Genehmigung des Autors

Umschlaggestaltung: Rambow, Lienemeyer, van de Sand
Umschlagfoto: Bildarchiv K. H. Schuster/CVT
Gesamtherstellung: Hanseatische Druckanstalt GmbH, Hamburg
Printed in Germany
880-ISBN-3-596-28030-3

I

Die Briganten von Termani

Ich heiße Giovanni Bellavita, aber wie das bei uns in Süditalien so üblich ist, nennen mich die Leute, die mich mögen, meisten Gianni, oder auch Giannino, Giannetto, Giannuccio, Giannolino. Leute, die mich nicht mögen, sind in der Wahl der Namen, die sie mir anhängen, noch viel einfallsreicher. Ohne meine Schuld bin ich in dem Bergdörfchen Montrecase auf der Halbinsel Sorrent auf die Welt gekommen, wo die Maulesel gegen die Fliegen Unterhosen tragen, die Frauen, um schöner zu wirken, Blumen im Haar, und die Männer goldene Ohrringe ohne einen vernünftigen Grund. Mein Vater beaufsichtigte den Straßenbau im Distrikt, meine Mutter beaufsichtigte meinen Vater.

Eine der frühesten Erinnerungen meines Lebens ist das große Erdbeben, das, als ich vier Jahre alt war, den größten Teil von Montrecase zerstörte. Ich weiß noch, wie meine Mutter mich im Laufschritt aus dem wackelnden Haus, durch großartige Brände, Aschenregen und schreiende Menschenmengen trug. Das gefiel mir so sehr, daß ich mir, sobald wir eine neue Unterkunft gefunden hatten, alle Mühe gab, das Schauspiel zu wiederholen. Nachdem ich den Stall in Brand gesteckt hatte, wartete ich, als braver Junge, auf die Rückkehr meiner Mutter, während der Boden unter meinen Sandalen warm wurde.

Sie kam zur rechten Zeit. Aber ich hielt ihr Entsetzen für reichlich übertrieben, denn schließlich sah sie ja nichts als Rauch. Für mich bedeutete es eine Enttäuschung: das Feuer breitete sich nicht auf die Nachbarhäuser aus, der Aschenregen war kaum der Rede wert, und ich war der Einzige, der schrie, als ich nicht, wie beim ersten Mal, liebkost und getröstet wurde, sondern zweimal Prügel bezog, erst von meiner Mutter und dann von meinem Vater. Eine derart ungerechte Behandlung erschütterte frühzeitig meinen Glauben an die menschliche Gerechtigkeit und bereitete mich auf die schwereren Schicksalsschläge vor, die in den späteren Jahren über mich hereinbrechen sollten.

Noch viele Monate später wurden sämtliche Unannehmlichkei-

ten, unter denen wir zu leiden hatten, mir in die Schuhe geschoben – nicht nur, daß wir kein Dach über dem Kopf hatten, keine Kleider zum Wechseln, nein, auch die Ankunft von Zwillingen, noch dazu beides Mädchen, ein Unglück, das die guten Nachbarn auf den Schrecken zurückführten, den meine Mutter meinetwegen ausgestanden hatte.
Die Zwillinge liebte ich von ganzem Herzen, denn durch sie war meine Mutter vollbeschäftigt und konnte sich nicht in meine verschiedenen Tätigkeiten einmischen, wie sie das so gerne tat. Mein Vater mischte sich nie ein. Er verabreichte uns Kindern lediglich jeden Sonntagmorgen, wenn er von der Kirche zurückkam, eine Tracht Prügel, dem alten Grundsatz gehorchend, den er von seinem Vater ererbt hatte: ›Prügle deine Kinder in regelmäßigen Abständen; wenn du nicht weißt, warum – sie werden es schon wissen!‹ Und wir wußten es auch.
Vater war zumeist auf seinem Pferd unterwegs, blieb manchmal tagelang aus, ritt, die Flinte über der Schulter, durch das staubige südliche Land. Er war ein hochgewachsener, kräftiger Kerl, gewohnt, überall seinen Willen durchzusetzen, nur daheim nicht. Hier hatte meine Mutter schließlich einen feingesitteten Menschen aus ihm gemacht, der nie vergaß, die Sporen abzuschnallen, bevor er ins Bett kroch. Denn sie hielt sehr auf vornehme Lebensart.
Jeden Samstag setzte sie mir den Nachttopf auf den Kopf und schnitt mir rundherum das Haar. Dadurch war ich der eleganteste Knabe in Montrecase, und sie war nicht wenig stolz, wenn sie mich auf die Piazza führte, wo ich mich am Anblick der Sorbetesser im Café ergötzen durfte. Das war ihre Art, für meine Unterhaltung zu sorgen, denn für Süßigkeiten hatte sie kein Geld.
Sonntags ging sie mit mir zum Bahnhof, und da durfte ich zusehen, wie der Nachmittagszug abfuhr. Das war ein mächtiger Eindruck. Der Zug fuhr nach allen möglichen Orten, deren Namen fern und interessant klangen: Messina, Palermo, Bari, Rom sagte meine Mutter. Manchmal sagte sie, der Zug fahre nach Buenos Aires oder nach dem Nordpol oder nach Pernambuco. Pernambuco beschäftigte mich damals mehr als irgendein anderer Ort; immer wieder fragte ich mich, wo das wohl liegen mochte, und das frage ich mich auch heute noch. Mein Leben war klein, meine Träume aber groß, und jahrelang pochte mein Herz, wenn ich nur an die Abfahrt des kleinen Zuges dachte; ich ahnte nicht, daß er, mit Müh und Not, Neapel erreichte, und manchmal sogar unterwegs stecken blieb,

obwohl Neapel nur etwas über eine Stunde von uns entfernt war.
Manchmal schenkte meine Mutter mir Kriegsschiffe. Richtige, lebensgroße Kriegsschiffe. Wenn sie eines in der Bucht von Neapel erblickte und ich zwei Stunden hintereinander brav gewesen war, hob sie mich ans Fenster und sagte:
»Siehst du dort das Schiff? Ich schenke es dir. Es gehört dir.«
Mein Herz schwoll vor Stolz.
»Wo soll es jetzt hinfahren?«
Und ich sagte: »Nach Rom« oder »nach dem Nordpol« oder »nach Pernambuco«. Einmal sagte ich: »Zu Tante Emma.« Das war eine Tante, von der oft gesprochen wurde, die ich aber nie zu sehen bekommen hatte; sie war meine Lieblingstante. Wenn sich das Schiff in Bewegung setzte, beobachtete ich es atemlos auf seiner Fahrt nach Pernambuco, nach dem Nordpol, zu Tante Emma, bis es hinter dem Horizont verschwunden war.
Der Sirenengesang des Abenteuers und der fernen Länder war immer in meinem Blut, doch was ich am meisten liebte, erwies sich jeweils als ungesetzlich oder kostspielig, und so mußte ich gewöhnlich dabeistehen und zusehen, was die andern erlebten. Wenn ich ins Kino gehe oder Zeitung lese, geschehen allen Leuten beständig große Dinge, sie erben oder verlieren Vermögen, sie steigen auf oder werden gestürzt, sie morden oder werden ermordet – nur ich nicht. Und jedesmal, wenn ich durch ein Schlüsselloch schaue, sehe ich nur dasselbe Bild; ein anderes Auge, das mich beobachtet.
Mit der Zeit habe ich mich damit abgefunden, aber ich entsinne mich noch sehr deutlich meiner Enttäuschung, als zwei Jahre, bevor ich das Alter der Weisheit erreichte, das heißt mit sechs Jahren, die Briganten von Termani sich weigerten, mich zu rauben. Das brach mir beinahe das Herz. An meiner Stelle raubten sie meinen Spielkameraden Alberto, weil er aus einer reichen Familie war. Und damals trauerte ich zum ersten Mal darüber, daß wir arme Leute waren.

Damals wohnten wir in dem kleinen Dorf Termani, im heißen, kargen Bergland der Provinz Calabrien, weil mein Vater dort in der Nähe längere Zeit tätig war und wir für wenig Geld ein Haus zu mieten gefunden hatten. Jenes Jahr hätte eigentlich mein erstes Schuljahr sein sollen, aber ich streifte lieber durch die Berge oder am Fluß entlang, als meine Zeit auf einer Schulbank zu vergeuden. Das waren Italiens glückliche Zeiten, als die ›Schwarze Hand‹ die Gegend von Neapel unsicher machte, die Banden der Mafia ungestört über Sizilien herrschten, und die kahlen Hügel der südlichen Provinzen sich mit malerischen Räuberbanden schmückten – bevor Mussolini Ordnung machte, mit den Briganten aufräumte, indem er sie in sein Parlament setzte, und somit das Lokalkolorit zugrunde richtete. Doch bevor das Banditenwesen staatlich reguliert worden war, blieb es für reiche Leute eine riskante Sache, ohne bewaffnete Bedeckung zu reisen, oder für ihre Kinder, sich aus der Umfriedung der Landsitze zu entfernen.

Alberto war ein blasser, ernst dreinschauender, unglücklicher Junge, der den größten Teil seiner Mahlzeiten in ein wappengeschmücktes Taschentuch packte und insgeheim mir brachte, weil er zu Hause keinen Hunger hatte. Wenn er mir aber beim Essen zusah, erwachte plötzlich in ihm der Appetit, und er wollte die Speisen wiederhaben. Da mußte ich meine ganze Überredungskunst zu Hilfe rufen – gewöhnlich einen Stock – um ihm beizubringen, daß das keine Manieren für einen jungen Mann aus gutem Hause waren.

Er war ein Waisenkind und wohnte bei seiner Tante, der Gräfin Bambagia, deren Wappen drei ausgestopfte Oliven zierten. Sie gehörte einer der ältesten und ausgelaugtesten Familien des Südens an und war die Besitzerin von Olivenhainen in ganz Calabrien und den benachbarten Provinzen. Sie machte viel Aufhebens von ihrer Liebe für ihren Neffen und erklärte ihm beständig, er sei nicht dankbar genug für alles, was sie für ihn tat.

Und das mochte auch stimmen, denn er zog meine Gesellschaft der seines Hauslehrers vor, obgleich er von mir nur lernen konnte, wie man Schleudern machte, Fenster einwarf und sich vor den Schlangen vorsah, die unter den lockern Steinen lauerten, nicht aber Geschichte, Geographie und ähnliche nützliche Wissenschaften.

Aber wenn ich auch nichts von Geographie verstand, so wußte ich doch, wie ich Alberto über die große Mauer heraus und hinein schmuggeln konnte, die die Gärten, die Stallungen, die Lagerhäuser und den Palazzo Bambagia umgab, und wie man Steine auf die Mädchen warf, ohne entdeckt zu werden.

Eines Morgens, als wir zu zweit über die einsamen Hügelkämme

strichen, von denen man die silbrigen Olivenhaine überblickte, sperrten uns zwei bärtige, bis zu den Ohren bewaffnete Kerle in Jägerkleidung den Weg. Der größere nahm seine Pfeife aus dem Mund und sagte zu Alberto:
»Wenn du ganz brav mit uns kommst, werden wir dir kein Haar auf deinem Kopf krümmen.«
»Wohin?« fragte ich, denn ich mußte immer für ihn reden.
»Wer bist du?« fragte der Bärtige.
»Ich bin Gianni Bellavita«, erwiderte ich eifrig. »Und wer bist du?«
»Das geht dich einen Dreck an.«
»Und was treibt ihr hier?«
»Das sollst du bald genug erfahren.«
»Warum habt ihr eine Flinte bei euch? Seid ihr auf der Jagd?«
»Ja«, sagte der kleinere Bärtige giftig, »wir sind auf der Jagd nach kleinen Plappermäulern.«
»Wieviel habt ihr schon beisammen? Ich sehe keine. Seid ihr Anfänger oder bloß ungeschickt?«
»Hör mal«, sagte der große Bärtige und schnappte nach Luft, »wir haben nur mit Alberto zu tun, nicht mit dir.«
»Was soll ich aber meiner Mama erzählen? Wo seid ihr zu Hause? Was haben eure Väter für einen Beruf? Bekommen sie Stundenlohn oder festes Gehalt? Meine Mama wird das alles wissen wollen.«
»Sie kann uns gern haben!« brüllte der Oberbärtige.
»Ich werd es ihr ausrichten. Aber warum seid ihr so schmutzig? Wißt ihr nicht, daß ihr jede Woche ein Bad nehmen müßt? Ob ihr's nötig habt oder nicht.«
»Dem möchte ich den Hals umdrehen«, sagte der kleinere Bärtige mit einer bezeichnenden Geste.
»Weißt du, was meine Mama mit all den Leuten tut, die mir den Hals umdrehen möchten?«
Der große Bärtige machte eine Kniebeuge, brachte sein Gesicht ganz nahe an meines und fletschte seine Zähne:
»Und weißt du, was mit kleinen Jungen geschieht, die so viele Fragen stellen?«
»Gewiß! Sie werden unerträglich kluge Männer. Keine solchen Eselsköpfe wie ihr, die auch nicht auf die kleinste Frage eine Antwort wissen. Ist eure Unwissenheit angeboren oder habt ihr sie erlernen müssen?«

»Hast du vielleicht noch ein paar Fragen?« sagte der kleine Bärtige; seine Stimme zitterte vor Erregung.
»Jawohl. Wen habt ihr lieber – Papa oder Mama?«
So ging das noch eine Weile lang; ich trug die Hauptlast der Unterhaltung und Alberto stand ruhig daneben, bis die beiden Bärtigen sich auf einen Felsen setzten und verzweifelt mit dem Kopf wackelten.
»Komm, gehen wir«, sagte ich, nahm Alberto bei der Hand und wollte mich verziehen.
Da aber sprangen die Bärtigen auf.
»Ich werde dieser Rotznase die Haut vom Leibe ziehen«, sagte der Oberbärtige und packte mich am Kragen. »Ich werde mir einen Lampenschirm daraus machen.«
»Vielleicht ist es gar kein Kind«, meinte der Kleinere. »Vielleicht ist er ein Zwerg.«
»Was ist das – ein Zwerg?«
»Also gut«, sagte der Oberbärtige, »wenn du frägst, sollst du deine Antwort haben. Wir sind Briganten.«
»Könnt ihr das beweisen? Vielleicht seid ihr bloß Aufschneider. Meine Mutter sagt, man soll Fremden nie glauben, wenn sie's nicht beweisen können.«
»Das sollst du haben! Jetzt hör gut zu, was ich dir sage.«
»Warum? Kann ich was dabei lernen?«
»Zum Teufel noch mal – hör zu! Wir nehmen deinen Kameraden mit uns, und du kannst der Gräfin Bambagia bestellen, wenn sie nicht fünfzigtausend Lira in den trockenen Brunnen des alten Wachtturms legt, dann wird sie ihn nie im Ganzen wiedersehen. Wir warten fünf Tage auf das Geld. Und dann werden wir anfangen, ihr ihren Neffen Stück für Stück zurückzuschicken.«
»Heute haben wir viel zu tun. Aber morgen kommen wir wieder. Ehrenwort. Na, auf Wiedersehen. Komm, Alberto!«
»Um Himmelswillen«, flehte der kleine Bärtige seinen Kumpan an, »laß mich ihm den Hals umdrehen!«
»Geh jetzt«, keuchte der Oberbärtige, der in Schweiß geraten war, »bevor wir dir was antun.«
»Ist das eine Drohung oder ein Versprechen?«
»Tu, wie der Herr dir sagt, Gianni«, flüsterte Alberto. »Vielleicht wird's lustig werden.«
»Warum gehst du nicht selber und ich bleibe bei den Bärtigen?«
»Wenn du ein braver Junge bist und tust, was ich dir gesagt habe«,

sagte der Oberbärtige und gab sich alle Mühe, seine Stimme recht zärtlich und mütterlich klingen zu lassen, »dann kommst du das nächste Mal an die Reihe, Giannettino. Und mittlerweile werden wir uns für dich was besonders Süßes ausdenken.«
»Süßer als Schokolade?«
»Viel süßer!«
»Ehrenwort?«
»Ehrenwort.«
Und so machte ich kehrt und ging munter pfeifend meines Wegs.

Zu jener Zeit hatte ich immer viel zu tun. Noch am selben Nachmittag erklärte ich Persien und seinen Satelliten den Krieg, grub im Bach unterhalb des Dorfes nach Gold und Dukaten, versuchte abermals eine Scheune in Brand zu stecken, indem ich die Sonnenstrahlen in einem Vergrößerungsglas auffing, dann mußte ich eine rasch wachsende Mäusefamilie füttern, die ich insgeheim in einer Lade der Kommode meiner Mutter züchtete. Und so konnte ich meine Botschaft erst abends bestellen, als Albertos Hauslehrer ganz außer Atem zu uns in die Küche gelaufen kam.
»Du bist der letzte, mit dem Alberto gesehen wurde«, keuchte er und sah gequält und unterernährt aus, wie es sich für einen Hauslehrer geziemt. »Wo hast du ihn gelassen?«
Mit einem Löffel in jeder Hand wartete ich auf mein Abendessen und trommelte ungeduldig auf den Tisch, weil ich hungrig war.
»Bei den Briganten in den Bergen«, sagte ich.
Gerade in diesem Augenblick hatte meine Mutter die Bohnensuppe in meine Schale gefüllt, und ich tauchte beide Löffel ein. Es war eine Menge Knoblauch darin und Öl von Bambagia und ein wenig Sellerie und Basilienkraut und sämtliche Reste von der Woche, wie ich's gern habe. Da es rund um mich ganz still geworden war, glaubte ich, der Hauslehrer habe verstanden und sei davongegangen, und so fuhr ich erschrocken auf, als plötzlich seine und meiner Mutter Stimme aufschrien:
»Was hast du gesagt?«
»Alberto ist von den Briganten geraubt worden. Aber sie haben mir versprochen, daß sie das nächste Mal mich rauben werden.«
Da machten sie beide einen schandbaren Spektakel, rangen die Hände, jammerten laut, und was Erwachsene eben für dummes Zeug anstellen, und zu meinem größten Kummer wurde ich von meiner Bohnensuppe weggeschleppt, in den Wagen des Hausleh-

rers gesetzt und zum Palazzo Bambagia gebracht. Meine Mutter kam mit, weil sie eine Spazierfahrt nicht versäumen wollte.
Es war das erste Mal, daß ich Albertos Tante in Riechweite bekam, aber davon wurde sie mir nicht sympathischer. Die Gräfin Bambagia war ein Weibsbild wie aus dem Mittelalter, eng geschnürt, eine mächtige graue Perücke mit Motten drin auf dem Kopf, ein Perlenband um den fetten Hals; sie hatte ein gedunsenes, stark bepudertes Gesicht und sah aus wie ein gemästeter, reichgarnierter Truthahn.
Sie musterte mich durch ihr Lorgnon, beugte sich in dem gewaltigen Lehnstuhl vor, und ich sah gebannt an ihrem Hals hinunter. Aber nicht auf die Perlen.
Es waren viele Menschen im Saal. Da war der Verwalter, der Hauskaplan, der Majordomus, der Sekretär, der Kammerdiener, die Kammerzofe, der Maresciallo von den Carabinieri, der zu diesem Anlaß weiße Handschuhe über seine schmutzigen Hände gezogen hatte, verschiedene livrierte Lakaien und drei von den Palastwächtern, die genau so aussahen wie die Briganten – von Traviata, dem irischen Setter, ganz zu schweigen, der in den nächsten Tagen eine tragische Rolle spielen sollte.
Alle musterten mich neugierig.
»Du bist also der kleine Gianni«, sagte die Gräfin und gab sich alle Mühe, ihrer dröhnenden Urahnenstimme einen freundlichen Klang zu verleihen, von dem sich aber nur ein Erwachsener täuschen lassen konnte. »Ich habe schon von dir gehört.«
»Ich habe auch schon von dir gehört«, erwiderte ich. »Du bist die Gräfin Bambagia. Warum nennt man dich die Gräfin Ölbauch? Hast du noch kleine Brüder oder Schwestern? Erlaubt dir deine Mama, allein auszugehen? Wie alt bist du?«
Meine Mutter hob mich in ihren Armen auf und schloß mir mit festen, feuchten Küssen den Mund, während die Gräfin, sichtlich verdutzt, durch ihre Porzellanzähne zischte:
»Versuch jetzt, dich an alles zu erinnern, was heut vorgefallen ist!«
Mir machte es Spaß, Mittelpunkt der allgemeinen Aufmerksamkeit zu sein, und so ließ ich mir Zeit. Ich erinnerte mich an alles, was vorgefallen war, und noch an eine Menge, was nicht vorgefallen war. Ich sagte, die Briganten hätten rote Uniformen angehabt, wären zu Pferd gewesen, und ich hätte ihrer zweihundert gezählt.

»Zweihundert berittene Briganten?« rief der Maresciallo von den Carabinieri und wurde kreidebleich, während er nervös an seinem langen Schnauzbart drehte, und ich nickte vergnügt.
Doch da legte der Hauslehrer mir eine schändliche Falle; eine von den Sachen, die mir immer wieder das Vertrauen zu den Erwachsenen raubten: er hieß mich zählen. Ich zählte bis zehn, und dann blieb ich stecken. Es war nicht meine Schuld, daß ich nur zehn Finger hatte.
Der Hauslehrer aber triumphierte geräuschvoll. »Ich hab's gewußt! Der kleine Halunke hat nie weiter als bis zehn zählen können, und dabei wird's wahrscheinlich auch in Zukunft bleiben!«
Ich sah in gekränktem Schweigen auf den Fußboden, ohne weiter auf das Trommelfeuer von Fragen zu horchen, das auf mich niederprasselte, und ging meinen eigenen Gedanken nach, bis mir plötzlich die Botschaft in den Sinn kam, die ich der Gräfin bestellen sollte.
»Die Briganten haben gesagt, du sollst fünfzigtausend von irgendwas in dem Brunnen des alten Wachtturms verstecken, bevor sie Alberto Stück für Stück heimschicken.«
»Fünfzigtausend von was?« fragte die Gräfin atemlos.
»Daran kann ich mich nicht erinnern. Vielleicht Eier. Ostereier.«
»Sollten es am Ende Lire gewesen sein?« flüsterte die Gräfin angstvoll, beugte sich vor und enthüllte sehr beunruhigende Einblicke.
»Richtig!« Und ich starrte gebannt in den Ausschnitt ihres Kleides; sowas hatte ich bei Mutter nie gesehen. »Fünfzigtausend Lire.«
Die Gräfin stöhnte. Dann lehnte sie sich schwer in ihrem Stuhl zurück und ließ jene historische Antwort fallen, die seither auf der ganzen Welt zitiert wird: »Zu teuer!«
Und nun redeten alle durcheinander, machten einen unwürdigen Lärm, und ich ging nachsehen, was die zwei riesigen chinesischen Vasen enthielten, die in einer Ecke standen. Sie enthielten Skorpione.

Bald darauf mußte ich wohl eingeschlafen sein und meine Mutter hatte mich nach Hause getragen, was häufig geschah, denn als Nächstes wurde mir bewußt, daß ich mich in meinem Bett befand, und ein neuer Tag war angebrochen. Die Zwillinge schliefen noch.

Ich hörte, daß meine Mutter im Nebenzimmer war, und so kletterte ich zum Fenster hinaus. Ich wollte Alberto aufsuchen, und meiner Mutter hätte es ganz ähnlich gesehen, mich mit einem Kreuzfeuer unnützer Fragen auf der Schwelle festzunageln, gerade wenn ich etwas Wichtiges zu tun hatte.

Ich wusch mir das Gesicht in einer Wassermelone, aß ein paar Kaktusfrüchte, steckte eine Zitronenschale in den Mund, um nicht durstig zu werden, denn die Morgensonne schien schon recht heiß; dann stieg ich unter dem Rascheln der Olivenblätter, durch mageres Gras und sonnzerfressenes Gestein die kahlen Hügel hinauf. Es roch nach Schnecken und Schildkröten und versengtem Unkraut und heißer Erde. Vor meinen Füßen flitzten die Eidechsen. Über mir flog ein Falke.

Ich stieg an dem alten Signal-Turm vorüber, durch den die Bourbonen einst Botschaften über ihr ganzes Königreich von Neapel und Sizilien hinweg zu anderen Türmen gesandt hatten, hinauf zum Kamm der Hügelkette und streifte durch die Kastanienwälder, bis ich drei Bärtige sah, die, Flinten über den Knien, auf dem Boden saßen und in düsterem Schweigen ihr Mal verzehrten.

»Seid ihr Briganten?« fragte ich.

Sie tauschten einen Blick und kauten weiter.

»Was eßt ihr? Wie heißt euer Häuptling? Wo ist seine Höhle? Ich möchte auch eines Tages Brigant werden. Meine Mutter sagt, das dürfte ich schon, wenn ich jetzt brav bin und mir jeden Morgen die Zähne putze. Habt ihr das auch machen müssen, um Briganten werden zu dürfen? Wo habt ihr Alberto versteckt?«

Auf diese letzte Frage hin sprangen sie auf, als wollten sie ein schmuckes Mädchen zum Tanz auffordern, und packten mich. Dann gab's ein Pfeifen und Rufen, und sie verbanden mir die Augen und führten mich fort.

Aus dem Widerhall unserer Schritte und der Luft, die ich einatmete, konnte ich schließen, daß unser Weg in einer Höhle endete. Das machte mir ein riesiges Vergnügen. Und dann wurde mir die Binde abgenommen.

Ich war in einer langen, niedrigen Höhle, wie ich ihrer schon viele erforscht hatte, nur daß in dieser hier Decken auf dem Boden lagen und an den Wänden Bilder der Madonna und vieler Heiligen hingen. Etwa ein Dutzend Bärtige saßen herum, darunter auch die beiden vom Tag zuvor, und da war auch Alberto, der einer Gruppe

zusah, die, auf dem Boden kauernd, Würfel spielte. Wir liefen aufeinander zu und sprangen und schrien vor Freude.
Der Oberbärtige des Vortags fuhr mich an. »Was treibst du hier?«
»Was treibt ihr hier?« fragte ich. »Ich kenne viel bessere Höhlen.«
Der Bärtige stieß ein Stöhnen aus, das von den Felswänden düster widerhallte. »Fängst du wieder mit deinem Gefrage an?«
»Jawohl. Ist jemand in deiner Familie gestorben?«
»Nein!« brüllte er. »Warum?«
»Weil deine Fingernägel einen Trauerrand haben. Sie sind fast so schwarz wie deine Zähne. Hast du deine Zähne heute früh nicht geputzt?«
Da packte er mich bei den Schultern, hob mich in die Luft und schüttelte mich, bis mein Kopf gegen die Decke stieß. Da begann ich zu brüllen. Es war ein außerordentliches Brüllen, das der Widerhall der Höhlenwände steigerte und vervielfachte. Es brachte Leben in die Bärtigen. Sie liefen herum wie Ratten in einer Falle, einer von ihnen ließ ein Messer vor meinen Augen aufblitzen, und da weinte ich noch lauter, bis sie mir schließlich eine schmutzige Decke auf den Mund preßten, daß ich fast erstickte. Dann hörte ich endlich auf zu schreien.
»Ich hab dir den Kopf nicht absichtlich gegen die Decke gestoßen«, schnaubte der Oberbärtige ganz erregt, »aber bei Sankt Antonios Unterhosen, wenn du deine verdammte Zunge nicht ruhig hältst, schneid ich sie dir ab. Verstanden?«
Ich nickte, und da nahm er die Decke von meinem Mund und fragte:
»Hast du meine Botschaft bestellt?«
Ich nickte und schluckte die Tränen hinunter.
»Kriegen wir das Geld?«
»Ich weiß nicht.«
»Ich würde nicht so viel Zeit an ihn vergeuden«, sagte irgendein feindseliger Bärtiger. »Wirf ihn in den Brunnen.«
»Aber ihr habt mir versprochen, daß ihr mich rauben werdet!« protestierte ich.
»Nicht bevor wir das Geld für Alberto kriegen.«
In diesem Augenblick rief ein Bärtiger von draußen her: »Carabiniere in Sicht!« Und im Nu war die Höhle leer. Nur Alberto und ich waren noch übrig.

»Ist's lustig gewesen?« fragte ich.
»Großartig!« erklärte Alberto freudestrahlend. In seinen Augen war ein Licht, auf seinen Wangen eine Röte, die ich noch nie gesehen hatte. »Gestern abend haben wir einen Fuchs geschossen und über dem Feuer gebraten; und in der Nacht ist einer von den Bärtigen ins Dorf gegangen und hat Brot und Salami und Wein und Tabak geholt; und dann haben wir die ganze Nacht hindurch gewürfelt und Geschichten erzählt. Und kein Mensch wäscht sich! Ein gesundes Leben! Ich möchte nie mehr zur Tante zurück. Hier lerne ich sogar Pfeife rauchen.«
»Mich müssen sie auch rauben! Sag ihnen, daß du schreien wirst, wenn sie mich nicht rauben. Vor Geschrei haben sie anscheinend die größte Angst.«
»Gut! Aber jetzt wollen wir mal rausgehen und sehen, was los ist.«

Wir entdeckten die Bärtigen malerisch auf dem Kamm des Hügels ausgestreckt und über ihre Flinten spähend. Das Dorf Termani sah in der Entfernung sehr klein aus, und es zitterte in den schwelenden Hitzewellen, die aus dem Boden aufstiegen. Ein Carabiniere mühte sich, den Hügel hinaufzusteigen.
»Das ist der Einäugige«, sagte der Oberbärtige nach einer Weile. »Der muß was zu berichten haben.«
Als der Einäugige den Hügelkamm erreicht hatte, pfiff der Oberbärtige. Da kam der Carabiniere zu uns herüber. Er war ein wohlgenährter Bursche mit roten Backen. Er war mit der Schwester von einem der Bärtigen verheiratet, und aus Familiensinn brachte er ihnen immer die neuesten Nachrichten.
Einer allgemeinen Annahme zufolge wurden aus bekehrten Briganten die erfolgreichsten Carabinieri, und umgekehrt. So hieß es, daß die tüchtigsten Carabinieri in ihren guten Tagen Briganten gewesen seien. Natürlich war es nicht unbedingt notwendig, unter den Briganten gedient zu haben, um bei den Carabinieri Karriere zu machen, aber nützlich war es schon.
Der Einäugige setzte sich, wischte sich den Schweiß von der Stirn und trank tüchtig aus dem Terracottakrug, den sie ihm reichten. Dann übermittelte er seinem Schwager die Grüße der Familie. Und schließlich erklärte er:
»Die Gräfin Ölbauch will das Lösegeld für ihren Neffen nicht bezahlen.«

»Bravo!« riefen Alberto und ich. Es wäre ein Jammer gewesen, wenn der Spaß so schnell zu Ende gehn sollte. So aber sahen die Bärtigen es nicht an. Sie brachen in großartige Flüche aus, insbesondere nachdem der Einäugige noch hinzugefügt hatte:
»Sie hat unsern Maresciallo beauftragt, das Gebirge durchzukämmen. Wir erwarten Verstärkungen aus Catanzaro. Wenn ihr seht, daß die Geschichte anfängt, dann müßt ihr euch hinter die dritte Hügelkette zurückziehen. So weit werden wir nicht suchen.«
»Diese ranzige Ölvettel wird noch von uns hören!« verkündete der Oberbärtige mit drohender Stimme.
Noch einmal wechselte der Einäugige höfliche Grüße mit seinen Gastgebern, und dann stieg er ins Dorf hinunter. Die Pflicht rief ihn.

Ich kehrte erst später zurück. Die eisernen Tore des Palazzo Bambagia wurden weit für mich aufgerissen, als ich durch das Guckfenster gemeldet hatte, daß ich eine Botschaft von den Briganten brachte, und die Wächter salutierten, als ich an ihnen vorüberzog. Ich wurde in das Eßzimmer geführt, wo an einem riesigen, mit allerlei Speisen überhäuften Tisch die Gräfin mit dem Kaplan zu Abend aß.
Ich stand dabei und beobachtete sie gespannt. Sie aßen am Spieß gebratene kleine Vögel mit Polenta, ein wahrer Leckerbissen; man nimmt kaum ausgebrütete Tierchen dazu, so zart, daß man sie mit Schnäbeln, Knochen und allem essen kann. Jede Portion bestand aus sechs Vöglein auf den Spieß aufgesteckt, an dem sie gebraten worden waren; so lagen sie auf einem Bett von Polenta, und darüber gab es eine duftende Sauce. Von dieser Speise hatte ich schon oft reden gehört, aber gesehen hatte ich sie noch nie, und es war sehr belehrend, zuzusehen, auf wie verschiedene Art man damit fertig werden konnte.
Der Kaplan, der mit seinem sonnenverbrannten Gesicht wie ein wohlgenährter Bauer aussah, führte den Spieß keck an die Lippen, ließ mit einem Ruck alle sechs Vöglein im Mund verschwinden und spülte seine Beute geräuschvoll mit Wein hinunter. Dazu schmatzte und schnalzte er und verursachte noch andere unvornehme Geräusche. Hier offenbarte sich die höhere Kultur des Hauses Bambagia. Die Gräfin zog erst den Spieß heraus, dann nahm sie einen Vogel nach dem andern auf die Gabel und steckte

ihn in den Mund; ihr Gebiß klirrte kaum, als sie das tat, und auch nachher war nur ein sanftes Aufstoßen vernehmbar.
»Ich habe gehört, daß du eine Botschaft für mich hast, Junge«, sagte sie, nachdem sie den letzten Vogel aufs Aristokratischste verschluckt hatte.
Ich reichte ihr ein Päckchen, das ich in der Hosentasche herumgetragen hatte, und fragte:
»Mit wem hast du heute gespielt? Weiß deine Mama davon? Hast du dir nachher auch die Hände gewaschen?«
Sie wandte sich zu dem Kaplan und fragte: »Ist dieses Kind blöd oder nur frühreif?« Doch bevor er antworten konnte, hatte die Gräfin das Päckchen geöffnet, stieß einen Schrei aus und plumpste auf den Boden. Es war ein majestätischer Plumps; sie sah aus wie eine nationale Katastrophe; sie bedeckte einen guten Teil des Eßzimmerbodens. Und in ihrem Schoß lag der Inhalt des Päckchens – das Ohr eines Fuchses, daran noch Blut klebte.
Die Briganten waren ziemlich gebildete Burschen, und einer von ihnen, der sogar schreiben konnte, hatte auf das Papier gekritzelt: ›So werden Sie Ihren Neffen zurückbekommen, wenn Sie sich mit den Carabinieri einlassen, statt uns auf der Stelle das Geld zu schicken.‹ Aus Bescheidenheit hatte er seine Botschaft nicht unterzeichnet.
In dem Durcheinander, das nun folgte, während man die Gräfin aus ihrer Ohnmacht weckte, verzog ich mich unbemerkt und ging meinen eigenen Geschäften nach.
Als ich später heimkam, fing meine Mutter mich ab und gab mir eine Tracht erzieherische Prügel, denn mein Vater war viele Tage hindurch unterwegs gewesen und hatte seine Familienpflicht nicht zu erfüllen vermocht; nachher fragte sie mich, ob ich heute etwas Unrechtes angestellt oder etwas zerbrochen hätte. Ich erzählte ihr alles, nur nichts von der Rolle, die der Einäugige gespielt hatte, denn die Bärtigen hatten mir erklärt, sie würden mich nicht rauben, wenn ich mir einfallen ließe, ein Wort davon zu verraten.
Dann gab mir Mutter mein Abendessen, steckte mich ins Bett, sang mir ein Schlummerlied, wie zur Zeit, als ich noch ein Kind gewesen war, und bald träumte ich meinen Lieblingstraum – von silbergeflügelten Engeln, die mit großem Schwung in einem sonnenglänzenden Himmel Sturzflüge und andere Akrobatik übten.

Die Gräfin war eine wackere Person. Sie weigerte sich tapfer, sich von den Drohungen einschüchtern zu lassen und das Lösegeld zu zahlen; damit hätte sie ja das Banditenunwesen in ihrem geliebten Land nur ermutigt! Nein, sie war eine Patriotin bis ins tiefste Herz. Mit einer bewunderungswürdigen Verachtung der Gefahr trotzte sie allen Erpressungen. Mochten die Schurken ihrem lieben Neffen die Ohren ruhig abschneiden – sie konnte man nicht ins Bockshorn jagen!
Während die Carabinieri auf die Verstärkungen warteten und die Briganten auf die Wirkung ihrer letzten Drohung, ging ich Tag für Tag Alberto besuchen, dessen einzige Sorge es war, daß sein glückliches Leben ein Ende nehmen könnte. Einmal brachte ich Traviata mit, die Hündin der Gräfin; das Vieh – Traviata, nicht die Gräfin – hatte bei einer internationalen Hundeausstellung in Rom den Ehrenpreis, die Goldene Medaille errungen.
Ich schmuggelte sie heimlich über die Mauer, denn sie durfte der Flöhe wegen auch nicht hinaus. In Erwartung einer guten Jagd putzten die Briganten an jenem Tag eifrig ihre Flinten. Da sie selbst nur Wald- und Wiesenmischungen hatten, erwarteten sie vom Preisträger eine Glanzleistung. Und Traviata war wirklich ein schönes Tier, das rostfarbene Fell glänzte wie Seide, dazu war sie gutmütig und lachte einen freundlich an. Aber, zu meinem Bedauern muß ich es sagen, für einen Jagdhund war sie recht faul und ungeschickt, weil sie immer ein beschauliches Leben geführt und es nie nötig gehabt hatte, ihren Unterhalt zu verdienen.
Doch schließlich gelang es ihr, etwas zu wittern – keine schlechte Leistung, wenn man bedenkt, daß das einzige Wild, das sie bisher gerochen hatte, gebratene Vöglein auf Polenta gewesen war. Sie blieb vor einem Gebüsch wie angewurzelt stehen, hob ein Vorderbein und streckte kunstgerecht den Rücken. Doch als eine Schar Wachteln aufstieg, da heulte sie und rannte davon, als ob es um ihr eigenes Leben ginge, und als der erste Schuß über ihrem Kopf knallte, brach sie ohnmächtig zusammen.
Auf dem Heimweg versank sie beinahe im Schlamm, und was schließlich kotbedeckt in den Palazzo Bambagia schlich, hatte keinerlei Ähnlichkeit mit irgendeinem bekannten Lebewesen, es sei denn etwa mit einem Zwergelefanten. Die Palastwächter, die nicht daran gewöhnt waren unter der Oberfläche der Dinge zu forschen, erkannten ihr reaktionäres Gebell nicht und versuchten, sie mit Steinen zu verjagen. Erst als die Gräfin befahl, man müsse

ihren verlorenen Liebling unbedingt finden und der Maresciallo alle seine vier Carabinieri umsonst mobilisiert hatte, fiel es jemandem ein, daß in dem seltsamen Vieh, das sich am Tor die Lungen aus dem Leib bellte, Traviata versteckt sein könnte.

Als aus Catanzaro zweihundert Carabinieri kamen, begleitet von einer stattlichen Meute von Polizei-Kötern, die Alberto aufspüren sollten, bestand die Gräfin darauf, diese Tätigkeit müsse doch eher Traviata anvertraut werden als solchen plebejischen Schnüfflern. Und der Major mit der Donnerstimme, der die Operationen leiten sollte, erfüllte den Wunsch der Gräfin – denn die Familie Bambagia hatte großen Einfluß im Süden. Er riet ihr nur davon ab, Traviata unterwegs ihre goldene Medaille tragen zu lassen.
Dieser Offizier, der die Memoiren Napoleons studiert hatte, hielt sich für ein strategisches Genie. Aber er hatte anscheinend nur den letzten Band gelesen. Er beschloß, seine Leute in zwei Gruppen zu teilen, die jeden Fleck umstellen sollten, den Traviatas Nase verdächtig fand.
Bei Tagesanbruch, im großen Hof des Palazzo Bambagia, unter den aufmerksamen Blicken der bewaffneten Macht und des gesamten Hauspersonals, vom Majordomus bis zu den Stallburschen, während die Gräfin vom Balkon aus zusah, bekam Traviata eine von Albertos Sandalen zu beschnuppern. Sie packte die Sandale, warf sie fröhlich in die Luft, quietschte vor Schreck, wenn die Sandale ihr dann auf den Kopf fiel, und gab sie erst her, als nichts mehr davon übrig war als kleine Fetzen. So begann die Operation.
Der Major führte den Preisträger bis zu dem alten Wachtturm, und dort ließ er ihn los; die zweihundert Carabinieri, unterstützt von den vier Mann der Dorfgarnison, ihrem Maresciallo, den Wächtern des Palazzo und mir, folgten Traviata. Der Einäugige führte die Mannschaft mit Eifer und Schwung, ging manchmal sogar vor dem Major her und feuerte Hund und Truppen mit Geschrei und Gesten an. Ich glaube, er wollte beide Seiten siegen sehen.

Doch man hätte sämtliche Carabinieri Italiens und dazu die ganze Armee auf Maultierrücken aufbieten müssen, um jeden Ort zu umstellen, in den Traviata ihre Nase steckte. Die Unsicherheit ihres ersten Ausflugs war verraucht, sie war in übermütigster Laune, und bedeckte einen größern Flächenraum als eine fliehende Armee. Ihre langaufgespeicherte, aber schlechtgelenkte Energie entfaltete sich

an jenem Tag zu voller Blüte. Sie stürzte sich in jede Richtung der Landkarte, hastete *ventre à terre* die Hügel hinauf, die keuchenden Carabinieri hinter sich herziehend, machte dann plötzlich spielerisch kehrt und sprang mit fröhlichem Gebell mitten unter die Truppen, Schrecken verbreitend und Unordnung in den Reihen stiftend.
Nachdem ich der Expedition eine Weile gefolgt war, überließ ich die Erwachsenen ihren törichten Spielen, weil mir gerade eingefallen war, daß ich mit Alberto eine Verabredung beim Ententeich hatte. Er sollte mir zeigen, wie man Fische fing. Die Bärtigen gaben ihm völlige Bewegungsfreiheit, denn sie hatten bemerkt, wie zuwider ihm der Gedanke war, zu seiner Tante zurückzukehren, und ich hatte ihn gelehrt, wie man ungesehen durch das Gelände schleichen konnte.
Längere Zeit blieben wir bei dem Ententeich, machten uns aus einer gekrümmten Nadel eine Angel, aber wir fingen keinen Fisch, nicht einmal eine Ente. Alberto erklärte, es sei vielleicht nicht die richtige Jahreszeit. Möglicherweise kam es nur daher, daß wir keinen Köder an den Haken gesteckt hatten. Vielleicht waren die Würmer damals noch nicht erfunden gewesen. Jedenfalls kamen wir zu dem Schluß, daß Angeln ein überschätztes Vergnügen sei, und statt dessen legten wir uns schlafen. Als wir aufwachten, war die Sonne schon im Niedergehen, und so trotteten wir zurück.
Wir näherten uns dem Dorf, als wir am andern Ende von Termani einen großen Aufruhr bemerkten: eine weiße Wolke stieg in die stille Abendluft auf. Da vergaßen wir alle Vorsicht und liefen hinzu. Fast waren wir schon vor dem Palazzo Bambagia, als wir sahen, was los war. In der Staubwolke, die von den letzten Sonnenstrahlen durchquert wurde, schleppte sich Traviata über die Melonenfelder heim, gefolgt von der erschöpften, verdreckten Carabinieriarmee, deren Glaube an Gott und die Gerechtigkeit arge Erschütterungen erlitten hatte. Sie hatten lediglich ein paar Schnepfen geschossen und einen zerlumpten Burschen aufgegriffen, der aber, wie sich bald herausstellte, ein Schäfer aus einem andern Dorf war und, zum allgemeinen Kummer, wieder freigelassen werden mußte.
In diesem Augenblick kam die Gräfin, von der Heimkehr der Expedition benachrichtigt, in ihrer Kutsche angefahren, und so trafen wir uns alle vor dem Tor des Palazzo.
Auf diese Weise wurde Alberto aus den Händen der Briganten

befreit; der Spaß kostete die Regierung, die es sich nicht leisten konnte, eine Menge Geld, und die Gräfin Bambagia, die es sich sehr wohl leisten konnte, gar nichts.
Doch die Sache war damit noch nicht zu Ende.

Alberto, zuhause immer übellaunig, wurde jetzt noch stiller und verdrossener und wollte nicht essen.
»Ich möchte zu ihnen zurück«, sagte er mir immer wieder, wenn ich ihn besuchte. »Hier darf ich nicht einmal Pfeife rauchen!«
Dazu konnte ich ihm nicht verhelfen, denn derzeit war er tatsächlich ein Gefangener, mußte innerhalb der Mauern von Bambagia bleiben und wurde keine Minute aus den Augen gelassen. Und so beschloß ich, den Briganten zu erzählen, wie schlecht es um ihn stand.
Als sie mich den Berg hinaufkommen sahen, meinten sie, ich wolle noch immer geraubt werden, und feuerten auf mich los, daß ich die Kugeln über meinem Kopf pfeifen hörte; ich ließ mich aber nicht einschüchtern, denn in der Zwischenzeit hatte ich gemerkt, was für kümmerliche Schützen sie waren; und schließlich fanden sie sich bereit, mich anzuhören.
Ich verzichtete zu Gunsten von Alberto darauf, daß sie mir ihr Ehrenwort hielten. Der Häuptling hörte mir mit großem Interesse zu und erklärte dann, er selber sei auch sehr unglücklich, er habe Alberto liebgewonnen, als ob es sein eigener Sohn wäre; und er versprach mir feierlich, er werde alles tun, um ihm zu helfen.
Auf dem Heimweg hatte ich reichlich damit zu tun, mir mit einer Hand die Tränen aus den Augen zu wischen und mir mit der andern lobend auf den Rücken zu klopfen.
Was dann kam, weiß ich zumeist nur vom Hörensagen, denn wir kehrten bald darauf nach Montrecase zurück, und so kann ich nicht schwören, daß alles wirklich so verlaufen ist.
Der Häuptling hatte sich anscheinend durch eine der Kammerzofen im Palazzo, die sich häufig mit einem der Mitglieder der Bande im Wachtturm traf, eine diskrete Verbindung zu der Gräfin hergestellt, um zu erfahren, ob sie bereit wäre, Alberto für ein vernünftiges Lösegeld freizugeben.
Daß das alte Weibsbild hunderttausend Lire verlangte, der Häuptling fünfzigtausend bot, und daß sie sich schließlich auf die Hälfte einigten, ist wahrscheinlich nur eine böswillige Erfindung von Menschen, die glauben, es gäbe nichts, was die Reichen nicht für Geld täten.

Tatsache ist, daß Alberto eines Morgens aus dem Palazzo Bambagia verschwunden war, und die Gräfin unbestimmte Andeutungen fallen ließ, entfernte Verwandte, von denen früher nie die Rede gewesen war, hätten ihn zu sich genommen. Kurz vor seinem Verschwinden hatte sie allerdings einen schweren Schlag erlitten, der sie zwang, eine Woche lang im Bett zu bleiben. Ihr Wagen, darin sich der Erlös der Olivenernte befand, war auf der Straße nach Catanzaro überfallen und beraubt worden – und damit, sagten die bösen Zungen, hätten die Briganten sich das Geld verschafft, um Alberto loskaufen zu können.
Unter dem Volk ging weiterhin das Gerücht, daß er dann mit den Briganten in Calabrien viele glückliche Jahre verbrachte. Als ich ihn nach langer Zeit wiedersah, so geschah das unter Umständen, in denen eine diesbezügliche Frage taktlos gewesen wäre; und ich hatte schon lange aufgehört, taktlose Fragen zu stellen.
Unsere Begegnung fand statt, als ich nach meinem langjährigen Aufenthalt im Ausland nach Montrecase zurückkam, um zu heiraten. Alberto hatte davon gehört und war gekommen, um mir die Hand zu schütteln und sich zu erkundigen, ob er, um der alten Zeiten willen, etwas für mich tun könne.
Er meinte, ich hätte mich seit meinem sechsten Jahr kein bißchen verändert. Dasselbe konnte ich von ihm nicht behaupten; er sah groß und stramm aus, und sehr eindrucksvoll mit seinem langen Schnauzbart und seiner Uniform eines Maresciallo der Carabinieri von Termani.

2

Die lieben Verwandten

Als ich acht Jahre alt war, überfiel eine Bande Straßenräuber meinen Vater, der gerade die Löhne seiner Arbeitergruppe bei sich hatte, und erklärte, er müsse ihnen sein Geld oder sein Leben lassen. Mein Vater griff nach seinem Gewehr, und da jagten ihm die Räuber, die zu ihrem Wort standen, sechsundzwanzig Kugeln in die Brust – zu viel für einen Mann in seinen Jahren. Seine Treue trug ihm ein Begräbnis auf Staatskosten und meiner Mutter eine kleine Pension und eine große Medaille ein, mit der sie sich bei festlichen Gelegenheiten immer noch schmückt.

Ich begriff, daß ich jetzt der einzige Mann im Hause und meine Verantwortung demgemäß erheblich gewachsen war, und so wurde ich ein braver Junge, rauchte selten und widersprach meiner Mutter erst, als ich auf sie hinunterschauen konnte. Aber ich wuchs nicht gar so schnell, und darüber war sie froh. Sie habe die Jungen gern klein, sagte sie. Sie drohte sogar, sie werde mir Gewichte auf den Kopf legen, um mich im Wachstum aufzuhalten, und manchmal frage ich mich, ob sie es nicht wirklich getan hat. Doch wurde ich mit der Zeit flink genug, um der allwöchentlichen Tracht Prügel zu entgehen, die sie mir nach Vaters Tod aus Pietät für sein Gedächtnis verabreichte. Sie entledigte sich ihrer Aufgabe mit pflichtbewußtem Eifer, doch ihre Technik ließ einiges zu wünschen übrig.

Das Einzige, was mein Vater mir hinterlassen hatte, war seine Uhr, eine jener Marken, die man alle halbe Stunden um dreißig Minuten vorrücken muß. Es ist kein sehr praktisches, jedoch ein höchst verläßliches System. Ersparnisse hinterließ er keine, und meine Mutter, die gute Muskeln hatte, versuchte, beim Straßenbau unterzukommen und selber mit Pickel und Schaufel zu arbeiten; aber in unserer Gegend läßt man Frauen nicht hochkommen, und so mußte sie unser Leben mit Schneidern und Sticken verdienen.

Um meine Ernährung brauchte sie sich nicht viel Gedanken zu machen, denn ich war eine kleine Einheit, die sich selbst versorgte, im Sommer hauptsächlich mit Wassermelonen, Feigen und Pfirsichen, im Winter mit Kastanien und Orangen und zwischen den Jahreszeiten mit allem, was den Händlern nicht so wichtig war, daß sie es an ihre Karren angenagelt hätten. Aber meine Zwillingsschwestern Assunta und Carmelina, vier Jahre jünger als ich, waren hilflos und hoffnungslos und bedurften großer Fürsorge. Kaum kletterten sie auf einen Baum, so waren sie auch schon wieder heruntergefallen. Ich erinnere mich wie ich sie viermal hintereinander auf den Feigenbaum unseres Nachbarn klettern ließ, und jedesmal fielen sie herunter, jedesmal härter als vorher. Als ich sie zum fünften Mal hinaufjagen wollte, mischte meine Mutter, vom Geschrei angelockt, sich ein.

»Sie können sich doch den Kopf zerschlagen, du Trottel«, schalt sie mich.

»Was liegt an einem zerschlagenen Kopf, wenn sie dabei lernen, wie sie zu Feigen kommen können? Sei doch vernünftig!«

Aber Mutter wollte nicht vernünftig sein, und ich mußte mich vergewissern, daß sie in sicherer Entfernung war, bevor ich meinen Unterricht in der Selbstverköstigung wieder aufnehmen konnte. Es war verlorene Mühe. Die Zwillinge lernten nie besser klettern, sondern nur schneller herunterfallen. Sie unter diesen Umständen zu ernähren, war ebenso ein Problem, wie sie zu bekleiden – und das war ein schreckliches Problem.

Wären sie in vernünftigem Abstand voneinander auf die Welt gekommen, so hätte die eine tragen können, was die andere ausgewachsen hatte; wie die Dinge aber nun einmal standen, hatte meine Mutter, die alle Kleider selber nähte, doppelte Arbeit. Um das halbwegs auszugleichen, machte sie ihnen die Röcke so groß, daß der Saum den Boden berührte, und damit schuf sie eine neue Mode der Mädchenkleidung in Montrecase.

Häufig konnte sogar meine Mutter die Zwillinge nicht voneinander unterscheiden. Das einzig verläßliche Mittel, das ich entdeckte, war, sie in Wut zu bringen. Wenn Carmelina wütend war, wurde sie hungrig und verzog sich auf dem kürzesten Weg in die Speisekammer, während Assunta den ganzen Tag keinen Bissen hinunterschlucken konnte. Wenn es mir gelang, ihre Wut längere Zeit zu schüren, so nahm die eine zu, die andere ab, und dann konnte man die zwei auf den ersten Blick unterscheiden. Doch mit der Zeit ließen sie sich nicht mehr reizen, und so machten sie allen, die mit ihnen zu tun hatten, das Leben schwer.

Sie nützten ihre Ähnlichkeit immer dazu aus, den Mitmenschen Possen zu spielen oder sich von irgend etwas zu drücken. Es sollte ein Gesetz gegen nicht unterscheidbare Zwillinge geben, denn sie könnten ungestraft selbst einen Mord begehen. Ich weiß, daß Assunta und Carmelina das gekonnt hätten.

Wenn sie etwas Wertvolles zerbrachen oder einen Kuchen aufaßen, der für den Sonntag bestimmt gewesen war, blieben sie immer schön voneinander getrennt, bis der Sturm sich gelegt hatte. Die Erwischte behauptete regelmäßig, Carmelina sei die Schuldige. Darauf hatten sie sich geeinigt. Aber Carmelina war nie zu finden. Sie kamen zu verschiedenen Stunden zu den Mahlzeiten und sagten, sie seien Assunta und an diesem Tag ganz besonders hungrig. Das konnte einige Tage dauern, und eine von ihnen ging dann zu einer von unseren zahlreichen Tanten übernachten. Wenn meine Mutter sie dort erwischte, sagte sie, sie sei gar nicht Carmelina, sondern Assunta. Es gab Zeiten, da Carmelina zu einer Sage wurde: Man wußte, daß es sie gab, wie die Madonna, aber

man wußte das nur in seinem Herzen; beweisen konnte man es nicht. Mutter versuchte sie durch Angst zu erziehen; der liebe Gott, so sagte sie, wisse sie sehr genau voneinander zu unterscheiden, und mit Ihm müßten sie abrechnen; aber ich bin nicht ganz so sicher, daß sie nicht auch Ihn täuschen konnten.
Richtig interessant wurde es erst, als die Mädchen heranwuchsen und anfingen, Verehrer zu haben. Mit den Jahren wurde ihre Ähnlichkeit nämlich immer größer, und bis zum heutigen Tage kann ich sie nur dadurch unterscheiden, daß die eine in Salerno, die andere in Neapel lebt. Ihre Weltanschauungen allerdings waren immer ein wenig verschieden gewesen. Alles, was Carmelina ersehnte, war Liebe und eine Million Lire – vor den verschiedenen Abwertungen natürlich. Assunta wollte einfach heiraten. Vielleicht war es aber auch umgekehrt.
Ich weiß nur, ich hätte ein zweites Zwillingspaar nicht überleben können, doch in meinem Abendgebet bat ich den lieben Gott immer um einen Zwillingsbruder, der mich aus einer Klemme retten und mir mit einem zweiten Anzug aushelfen könnte. Lange Zeit stand dieser Wunsch auf meiner Liste obenan. Aber er wurde nie erfüllt.
Meine Mutter war froh, daß sie nicht mit mehr Nachkommenschaft gesegnet war; das hätte sehr wohl möglich sein können, denn fast jede Familie in Süditalien war größer als unsere. Die Leute glaubten, daß die Fruchtbarkeit unserer Gegend etwas mit dem Trinkwasser zu tun habe; die Ortsgelehrten dagegen neigen eher der Hypothese zu, daß dieser Stand der Dinge einer bestimmten Zusammensetzung der Atmosphäre zuzuschreiben sei, die vielleicht infolge der Nähe des Vesuvs Radium enthalte.
Meine Großmutter mütterlicherseits war insofern ihrer Zeit voraus gewesen, als sie zahlreiche Kinder geboren hatte, bevor noch Mussolinis Regime fleißigen Eltern Auszeichnungen verlieh. Für die alte Dame muß es hart gewesen sein, die vielen Kinder in die Welt zu setzen, ohne auch nur die kleinste Auszeichnung dafür anstecken zu dürfen. Jedenfalls hatten wir zahlreiche Verwandte, die, das muß zu ihren Gunsten gesagt werden, stets gern bereit waren, einem reichen Angehörigen zu helfen. Ihre Schuld war es nicht, daß wir arm waren. Aber sie verschafften meiner Mutter viel Arbeit gegen geringe Bezahlung, weil sie wußten, wie ungern sie müßig ging.
Meine Mutter konnte sich nicht nur zahlreicher Brüder und

Schwestern rühmen, sondern auch zahlloser Tanten und Onkel, die ihrerseits auch in patriotischer Begeisterung für Nachwuchs sorgten und sich über große Territorien ausbreiteten. Einige waren ausgewandert – nach Amerika, nach Australien, nach Frankreich. Manche waren auch verschwunden. Andere wurden nie erwähnt, und andere wieder wurden sehr häufig erwähnt.
Am häufigsten sprachen wir von einem Bruder meiner Mutter, Ferdinando Vomitelli, dem »Onkel in Amerika« – wie er eines Tages als Millionär heimkommen würde, denn das tat doch jeder, der in die Vereinigten Staaten ausgewandert war! Er war auch der Erste unter unseren näheren Verwandten, der wieder heimkehrte. Ich hatte ihn mir immer mit allen Attributen des Reichtums versehen vorgestellt – einem goldenen Zahnstocher, einer goldenen Uhrkette, einer dicken Frau. Und natürlich würde er ruhmbedeckt heimkehren.
So geschah es denn auch.

War er auch klein von Statur, so wirkte Onkel Ferdinando doch sehr bedeutend und wohlhabend, vor allem dank dem imposanten Umfang seiner Frau, die einen Meter achtzig groß war und in Kleidern hundertzehn Kilo wog – wieviel sie unbekleidet wog, weiß ich nicht. Sie hieß Grazia, war eine Italo-Amerikanerin und erfreute sich eines Appetits, der uns beinahe an den Rand des Ruins gebracht hätte. Da wir arm waren, konnten wir reichen Verwandten ja weder Unterkunft noch Nahrung verweigern.
»Ich habe aus Amerika ein wenig Geld mitgebracht«, erwähnte Onkel Ferdinando wie beiläufig während der ersten Mahlzeit in unserem Hause. »Aber das wirkliche Vermögen trage ich in meinem Mund.«
»Du meinst wohl alle deine Goldzähne?« fragte meine Mutter ehrfürchtig, die Goldplomben stets als die sicherste Kapitalanlage ansah.
»Oh nein! Ich habe eine großartige Stimme!«
»Ganz New York lag ihm zu Füßen«, versicherte Grazia, ein Hühnerbein im Mund, und wir alle waren außer uns vor Bewunderung und Entzücken darüber, daß wir solch einen Künstler in der Familie hatten.
Die Wahrheit allerdings war, wie wir später erfuhren, ein wenig anders. Grazias Vater hatte ein kleines Restaurant im Italienerviertel von New York besessen, wo Onkel Ferdinando als Kellner

tätig war. Er hatte dort Karriere gemacht, indem er sich die Tochter des Chefs ergatterte. Das war für Grazias Vater zu viel, und er starb bald darauf.
Das Restaurant war eines jener fremdländischen Lokale, wo Wirt und Kellner während der Mahlzeiten volkstümliche Lieder sangen. Die armen Gäste spendeten reichlich Beifall, weil sie sich davon eine bessere Bedienung versprachen. Nach einigen Jahren so erfolgreicher Tätigkeit hatte Onkel Ferdinando eine derart hohe Meinung von seinen Talenten entwickelt, daß er beschloß, in der Tradition der italienischen Tenöre, die Bühne zu erobern, und seine ehrgeizige Frau bestärkte ihn in seiner Wahnidee.
Doch er hatte die Rechnung ohne die amerikanischen Theaterdirektoren gemacht. Sie fanden, Ferdinando Vomitelli habe mit den italienischen Tenören nichts gemeinsam als den Bauch, und daraus machten sie auch kein Hehl. Als Kummer und Enttäuschung sogar an diesem zu nagen begannen, beschloß das unverzagte Ehepaar, das Restaurant zu verkaufen und nach Italien zu segeln, wo man echte Kunst besser zu würdigen wußte. War Ferdinando Vomitellis Ruhm erst einmal durch seine Erfolge in der Scala oder im San Carlo besiegelt, dann würde die Metropolitan ihn auf den Knien anflehen, zurückzukehren – so wenigstens versicherten die Theateragenten in New York, denen es vor allem darum zu tun war, das lästige Paar loszuwerden.
Onkel Ferdinando verschwendete, kaum im Vaterland zurück, wohl Geld aber keine Zeit, und zwei Monate später war er für sein Debut bereit. Er sollte den Manrico im »Troubadour« singen und zwar in einem Theater in Salerno, das zu diesem Anlaß zur ›Großen Oper‹ avancierte, denn die Direktion hatte Vertrauen zu Ferdinandos Begabung und auch zu den amerikanischen Dollars, die er für die Kasse des neuen Operntheaters stiftete.
Meine Mutter, die sehr wohl wußte, daß das Theaterpublikum im Süden seinen Gefühlen auf unangenehme Art Luft machen konnte, fuhr nicht zu der Vorstellung. Aber ich war dabei.
Es war meine erste Begegnung mit der Kunst. Onkel Ferdinando hatte sich mit einer Freikarte und einem geschäftlichen Vorschlag an mich herangemacht. Er erklärte, daß oft ein kleiner Junge einen großen Beifall entfesseln könne. Immer wenn er mit bestimmten Arien fertig wäre, die er mir vorsang, sollte ich begeistert klatschen und *bis* schreien. Dann würden die andern Leute bestimmt mitklatschen und mitschreien. Fünf Lire würde er sich das kosten

lassen, und überdies würde er mich nach Amerika mitnehmen. Nun wäre es mit allen unsern Sorgen vorbei, sagte er. Und dann sagte er noch: »Es lebe Italien!« und »Es lebe der König!«
Während des ersten Aktes machte sich im Publikum niemand vernehmbar außer einem achtjährigen Jungen, der nicht schlafen konnte, ohne zu schnarchen. Noch heute habe ich den Eindruck, daß die Opern vor allem jene ergötzen, die darin singen. Ich ziehe jedenfalls die Zwischenakte vor, die häufiger und länger sein sollten.
Der zweite Akt wurde uns zum Verhängnis. Nachdem ich den ersten Akt verschlafen hatte, wollte ich das im zweiten wieder gutmachen, indem ich mitten in den Arien meines Onkels stürmisch zu applaudieren begann; aber die andern Zuschauer zischten mich nieder, die Diener führten mich schließlich hinaus, und mein Onkel verprügelte mich nachher mit solcher Begeisterung, als ob er mein leiblicher Vater gewesen wäre. Doch das Überfallkommando war es, das den unglücklichen Manrico schon im zweiten Akt zum Schweigen brachte, denn das Publikum gab seinem Mißfallen an Ferdinandos Stimme deutlichsten Ausdruck, während mein Onkel seine Arien unbedingt zu Ende singen wollte und nur dann und wann unterbrach, um seinerseits seinem Mißfallen an dem Publikum Ausdruck zu geben.
Von den verheißenen fünf Lire, mit denen ich sehr gerechnet hatte, bekam ich nie einen Centesimo zu sehen, und nach angestrengtem Nachdenken gelangte ich zu der Erkenntnis, daß es für einen ehrgeizigen jungen Menschen bessere Wege geben müsse, sein Leben zu verdienen.
Nach diesem unglückseligen Debut prophezeite Onkel Ferdinando den raschen Niedergang der großen Oper und weigerte sich, noch einmal aufzutreten, es sei denn im Kreise zuverlässiger Freunde. Er hatte nicht mehr genug Geld für die Rückreise nach Amerika, und – ein eigenartiges Zusammentreffen – nun hatte er auch keine Freunde mehr. Er starb, kaum ein Jahr später, als gebrochener Mann, betrauert von seiner Gattin, die bald darauf mit einem Vetter des Verblichenen das Weite suchte. Sie fuhren nach Australien, wo sie verschwanden, ohne eine Spur zu hinterlassen, außer einem schwachen Duft.

Ehrgeiz war stets das Kennzeichen jedes männlichen Mitglieds meiner Familie gewesen.

Renato Marsicone, ein Vetter meiner Mutter, dürfte man wohl als ehrgeizigsten von der ganzen Schar betrachten. Er wohnte in Torre Annunziata, einem der kleinen, überfüllten Dörfer am Fuße des Vesuvs. Er war arm, und der Gedanke, daß er seinen zahlreichen notleidenden Verwandten und Freunden nicht zu helfen vermochte, raubte ihm die Nachtruhe. Sehr viele Leute in Süditalien können nachts nicht schlafen, weil die Sorge um die Bedürftigen sie wach hält. Aber Renato Marsicone war nicht der Mann, der sich mit der Schlaflosigkeit begnügt hätte.

Im Gegenteil, er machte sie sich zunutze, indem er beschloß, einigen der reicheren Kaufleute des Ortes nachts etwas von der Last ihres Geldes abzunehmen. Es war keine leichte Aufgabe, die er sich da gestellt hatte. Seltsam genug – je mehr Geld die Süditaliener haben, desto größere Hindernisse setzen sie denen entgegen, die zu diesem Geld kommen möchten, und Vetter Renato bedurfte zur Überwindung dieser Hindernisse eines kostspieligen Arsenals von Werkzeugen: Hämmer, Schraubenschlüssel, Zangen, Bohrer, Brecheisen, Sägen, Sperrhaken, Sauerstoffgebläse, und dann und wann kleine Dynamitpatronen. Zum Glück lieferte der Eisenwarenhändler, der Renato als ehrlichen Mann kannte, ihm das alles auf Kredit, gegen eine Beteiligung von zehn Prozent vom Nutzen.

Um die reichen Kaufleute nicht in ihrem Schlaf zu stören – denn in unserer Gegend haben die reichen Leute ein sehr zartes Nervensystem, und nichts regt sie so sehr auf wie die Störung durch ungeladene nächtliche Geldsucher –, betrat Renato, obwohl keiner der Jüngsten mehr, die Häuser durch das Fenster. Einmal drin, war es nicht weiter schwierig, das Geld zu finden: eiserne Kasten kennzeichneten die Stelle. Am nächsten Tag konnte er dann Verwandte und Freunde reichlich bewirten, und ein besonderes Maß an Güte schenkte er einer Schar unglücklicher, gefallener Mädchen.

Allgemein fand man, er sei ein Bürger von hervorragenden Verdiensten, bis selbst die Behörden sich für seine menschenfreundliche Betätigung zu interessieren begannen und der Staatsanwalt sie einem Richter klarmachte, der entschied, Renato Marsicone solle für die Dauer von fünfzehn Jahren Unterkunft und Nahrung auf Staatskosten in einem der solidesten Bauwerke des Ortes erhalten.

Doch unverhofft wurde sein Lebensabend getrübt. Denn die

Regierung stand, wie das Regierungen häufig tun, nicht zu ihrem Versprechen, sondern schickte Renato sieben Jahre vor Ablauf der Frist in die Welt zurück. Verraten und verlassen beschloß der Unglückliche abermals gegen die Wechselfälle des Schicksals anzukämpfen, und so kehrte er unverzagt zu seinem früheren Beruf zurück, der allerdings nicht ganz ungefährlich ist.

Um diese Rückkehr würdig zu feiern, wählte er ein abgelegenes Haus, das er schon früher einmal besucht hatte, darin ein bejahrter Gelehrter allein mit seiner Sammlung von alten Uhren lebte. Bei seinem ersten Besuch hatte Renato die wertvollsten Stücke übersehen, weil sie, wie er den Berichten der Zeitungen vom nächsten Tag entnehmen mußte, in einem Versteck aufbewahrt wurden. Und dieses Versteck zu finden, war er fest entschlossen.

Doch die Jahre eines wohlbehüteten Lebens hatten zur Folge, daß ihm das professionelle Fingerspitzengefühl abhanden gekommen war, und er verursachte unziemliches Geräusch. Der Professor, der im obern Stockwerk schlief, erwachte, stieg aus dem Bett, öffnete die Türe und lauschte. Nachdem er eine Weile lang das Schlurfen von Schritten, das Knarren von Schubladen, das Splittern von Porzellan, das Klirren von Eisen gehört hatte, schloß er mit jener ungewöhnlichen logischen Schärfe, die den Gelehrten in Süditalien eigen ist, es könnte am Ende ein Einbrecher im Hause sein, und mit schlotternden Knien ging er die Pistole holen, die er sich nach dem ersten Einbruch angeschafft hatte.

Doch da er sich auf Uhren verstand, verstand er sich nicht auf Schießwaffen, und so begab es sich, daß die Pistole, als er oben auf der Treppe stand und den Hahn spannen wollte, losging. Kann wirklich jemand völlig ermessen, welche Wirkung ein plötzlicher Pistolenknall nachts in einem einsamen Hause auf einen Menschen in solcher Lage haben muß? Ich kann es nicht. Die Pistole fiel ihm aus der Hand, er stürzte keuchend in sein Zimmer zurück und verbarrikadierte sich dort. Erst als morgens die Aufräumerin kam, traute er sich aus seiner Deckung heraus und ging ins Erdgeschoß, um den angerichteten Schaden zu besichtigen.

Und da erwartete ihn eine Überraschung. Alles war noch da. Und Renato Marsicone auch – flach auf dem Rücken und so tot, wie man nur sein kann.

Der Pistolenknall war zu viel für sein mitfühlendes Herz gewesen.

Weniger dauerhaft, aber glanzvoller war der Erfolg eines Onkels zweiten Grades, eines gewissen Antonio Manganelli, des Einzigen in unserer Familie, der seinen Namen in Leuchtbuchstaben in New York lesen konnte. Sein Vater, Bibliothekar im Hause eines Adligen, hatte den Satz geprägt, daß ein Mensch sich durch Bücher in die Höhe arbeiten könne, und diese Weisheit nahm der Sohn ernst und wörtlich. Von Natur aus kräftig und stolz auf seinen Körperwuchs, der den Mädchen großen Eindruck machte, arbeitete er unermüdlich in der Bibliothek, die der reiche, aber ehrenwerte Aristokrat ihm gütigst zur Verfügung gestellt hatte. Nach zwei Jahren zäher Übung hatte er es so weit gebracht, die erste Hälfte der Enciclopedia Italiana, etwa achtzehn schwere Bände, mit einer Hand über die Schulter zu stemmen. Kaum ein Jahr später hob er auch die zweite Hälfte, samt dem Inhaltsverzeichnis.
Der Edelmann war von Antonios Leistung so beeindruckt, daß er beschloß, seine Laufbahn zu finanzieren und ihn nach New York zu schicken, wo der junge Bücherfreund den Boxmeistertitel erringen sollte; ob der Adlige das in der Hoffnung auf einen spätern Nutzen tat oder nur, um Antonios höheres Streben entsprechend zu belohnen, habe ich nicht in Erfahrung gebracht.
Doch rohe Gewalt allein erwies sich als unzulänglich zur Erreichung so hochgesteckter Ziele. Antonio Manganellis mächtige Muskeln waren wohl ein Trumpf im Verkehr mit der Damenwelt, doch in dem, was man, weil es quadratisch ist, den Ring nennt, war er zu langsam. Seine Gegner trafen ihn, wann und wo und wie sie wollten, umkreisten ihn nach Belieben und wichen seinen schwerfälligen Angriffen mühelos aus. Das war wirklich schade, denn die wenigen Male, da es Antonio gelang, einen Schlag zu landen, stürzte der Getroffene bewußtlos zu Boden – gewöhnlich war es der Schiedsrichter.
Als sich kein Gegner mehr finden ließ, der ihn schlagen wollte, warf Antonio ein Leopardenfell über die Schulter und wurde starker Mann im Zirkus. So hätte er den Rest seines Lebens in Glanz und Freude zubringen können, wenn er sich nicht in gewisse interne Angelegenheiten des Zirkus gemischt hätte. Das führte dazu, daß er an einem sonnigen Frühlingstag, mit all seinen Kleidern angetan, gelassen den Hudson River hinunter trieb. Das einzige, was an ihm nicht ganz stimmte, war ein kleines rundes Loch im Kopf.

Ein anderer Verwandter, dessen Ehrgeiz sich schließlich als verhängnisvoll erwies, war Antonio Manganellis eigener Bruder, der sich nicht nur entschloß, als Missionar unter den Kannibalen in Afrika zu wirken, sondern darauf erpicht war, einer der besten Missionare zu werden. Er hatte Erfolg. Seine Schützlinge lauschten dem Fremden höflich, dann brieten sie ihn an langsamem Feuer. In Aller Aufrichtigkeit erklärten sie dann einstimmig, er sei einer der besten Missionare gewesen, die je versucht hätten, sie zu bekehren.

Es mag peinlich sein, Verwandte zu haben, die unter diesem oder jenem Vorwand beständig in die andere Welt abgehn, insbesondere wenn sie kein Geld hinterlassen, um einen über den Verlust hinwegzutrösten. Doch nichts war je so peinlich, wie das, was sich ereignete, als einer unserer wohlhabenderen Verwandten, Onkel Attila, sich weigerte zu sterben.

3

Der verlorene Onkel

Neun Jahre war ich alt, als wir zu Onkel Attila zogen, der in einem schwindsüchtigen kleinen Steinhaus am Rand von Montrecase wohnte. Wir waren noch immer arm, aber nicht gerade geachtet, und das war in der Hauptsache die Schuld dieses Onkels meiner Mutter. Sein voller Name lautete Attilio Mattacurate, aber jedermann kannte ihn nur unter dem Namen Attila, der seinem Wesen besser entsprach. Auf beiden Seiten der Halbinsel von Sorrent und bis in die Vorstädte von Neapel hinein war er der bestgehaßte Mann, ein Geizhals, ein Lump ohne mildernde Umstände.

Mutter wollte uns glauben machen, er habe uns aus lauter Großherzigkeit zu sich genommen. Wir aber wußten, daß dieses große Herz, von dem sie redete, aus Stein war. Auch gegen die Nachbarn nahm sie ihn immer in Schutz. »Glaubt mir«, sagte sie ihnen, »er würde keiner Maus den Schwanz abbeißen!« Und das hatte er tatsächlich bisher nie getan. Doch von ihrem mühsam erarbeiteten Geld mußte sie ihm eine unverschämte Miete bezahlen, denn er scheute sich nicht, unter dem Mantel der Barmherzigkeit die Menschen auszubeuten. Für seinen Geiz hatte er einen neuen Ausdruck erfunden; er nannte ihn ›Wirtschaftsplan‹, so wie

er auch sagte, die Darlehen, die er den armen Bauern zu Wucherzinsen gab, seien lediglich dazu bestimmt, seine Opfer die Gefahren des Lebens und den Wert des Geldes richtig einschätzen zu lehren. Er betrieb auch ein richtiges Geschäft – den Handel mit Getreide, das er in Säcken in der Küche seines Hauses aufspeicherte. Nach jedem Abschluß lief er mit den Banknoten und Münzen, die er in den gewölbten Händen hielt wie Wasser in der Wüste, hinauf und sperrte seinen Schatz in die eiserne Kassette, die auf dem Boden des Schranks in seinem Schlafzimmer festgeschraubt war. Er hatte einmal einen Streit mit der Bank gehabt, und darum bewahrte er sein ganzes Vermögen hier auf.
Onkel Attila hatte die Fünfzig überschritten, als sich jener Vorfall ereignete, der entscheidend auf sein Leben einwirken sollte. In den Augen von uns Kindern war ein Mann in diesen Jahren halb so alt wie die Ewigkeit selbst, und er sah noch älter aus, denn er war lang und unglaublich hager, hatte strähniges graues Haar, kleine tief eingesunkene Augen und eine große Raubvogelnase. Viele Leute verglichen ihn mit einem Aasgeier, vor allem jene, die ihre Erfahrungen mit Aasgeiern gemacht hatten.
Neben dem Geiz war seine auffallendste Eigenschaft seine Stimme, die dröhnte wie eine Kirchenorgel. Wenn er flüsterte, konnte man es im ganzen Hause hören. Aber er flüsterte selten, und an den Geräuschen, die er verursachte, war nichts Kirchliches.
In unserer Gegend haben die kleinen Leute, wenn jemand ihnen unsympathisch ist, ihre eigenen Methoden, und eines schönen Tages sah Onkel Attila sich als Unglücksbringer Nummer eins gebrandmarkt – das Schlimmste, was einem in Süditalien zustoßen kann. Kaum sahen die Dörfler ihn kommen, so griffen sie schon nach dem Rosenkranz, nach dem Kreuz, nach irgend einem Amulett, schüttelten einen Schlüsselbund oder fuhren rasch mit der Hand nach der Leiste, um den Bösen Blick abzuwehren, und wenn sie mit ihm reden mußten, so hielten sie die Finger gekreuzt und murmelten lautlos Ave Marias.
Darunter hatte sein Geschäft natürlich zu leiden. Doch dadurch, daß er die Augen offen hielt, ein einsames Leben führte – er aß sogar allein – und sich alles versagte, bis auf das unbedingt Notwendige, vermochte Onkel Attila etwas Geld beiseitezulegen, und in Montrecase, wo Pygmäenmaßstäbe angewandt wurden, galt er als reich, was nur dazu beitrug, den Haß der Dorfbewohner zu schüren.

Wenige Menschen gab es in Montrecase, denen er keinen Grund zum Haß gegeben hatte, und die andern haßten ihn vom Hörensagen. ›Zuerst komm ich‹, war seine Devise, und das zeigte sein epischer Kampf mit Giacomone, dem allgemein beliebten Wirt des einzigen Cafés im Dorf.
Seit Jahren hatte Onkel Attila einen Verschlag auf der Piazza, den er als Bureau benützte, bis ihm eines Tages einfiel, daß er diese Miete sparen könnte, indem er sein Geschäftslokal in der Nuova Italia, Giacomones Café aufschlug. Trotz seinem stolzen Namen und obgleich es sich des einzigen funktionierenden Telephons im Ort rühmen konnte, hatte dieses Café die gleichen schmierigen Marmortischchen wie jedes andere Café im Süden, und die Kundschaft bestand meistens aus Fliegen. Die Bauern, ungelenk in ihren steifen Feiertagskleidern, mit den Ohrringen, die unter den breitkrempigen Hüten glitzerten, sammelten sich am Samstagabend hier, um sich von den schweren Tagen zu erholen, da sie, unter einem schattigen Baum liegend, den Frauen bei der Feldarbeit zusahen. Aber nur die wenigsten vergeudeten ihr Geld auf eine Schale Kaffee, die meisten standen regungslos herum, verdauten ihr Abendmahl oder saßen, ohne irgend etwas zu bestellen, an den Tischen im Freien, schwatzten, schlugen nach den Fliegen oder spielten Karten, während der Kellner, eine schmutzige Serviette unter dem Arm, mit Augen, die tragisch in die Ferne blickten, seinen eigenen Gedanken nachhing.
Eines schönen Morgens erschien Onkel Attila mit einer riesigen Schachtel und setzte sich an einen Ecktisch im Lokal. Er öffnete die Schachtel, die Samenmuster enthielt, legte vierzig Centesimi in einer Tasse Kaffee an und wartete auf seine Kunden.
Sie kamen zögernd, schüttelten ihren Schlüsselbund, hielten Amulette oder steckten die Hände tief in die Taschen, und Attila holte Händevoll Reis, Mais, Bohnen, Erbsen, Gries, Gerste aus der Schachtel hervor und ließ die Körner durch die Finger rinnen. Und dann begann das Feilschen.
So ging das wochenlang. Attilas Kunden bestellten nichts als frisches Wasser, und wenn das Telephon läutete, galt das neunmal auf zehn dem Samenhandel. Giacomone, ein runder Mann mit Schweinsäuglein, beobachtete das mit wachsender Gereiztheit. Dieser verhältnismäßig geschäftige Winkel seines Lokals störte die Einheit des Bildes, das sonst, von Fliegen und anderer Kleinfauna

abgesehen, würdige Ruhe ausstrahlte. Auf seiner Stirn vertiefte sich eine Falte, und er wurde ständig trübseliger. Es war offensichtlich, daß es bald zu einer Auseinandersetzung kommen mußte.
Und das geschah eines Tages, als ein Bauer ins Café kam und nach »Attilio Mattacurate, Getreidehandlung« fragte. Giacomone nahm die Karte, die der Bauer in der Hand hatte, und stellte entrüstet fest, daß Attila Geschäftskarten ausgab, darauf Name und Telephonnummer der Nuova Italia angegeben war.
Die Schar der nichtkonsumierenden Gäste hielt sich dem dramatischen Kampf, der nun folgte, taktvoll fern, obgleich Attila allgemein unbeliebt war. Wenn man schließlich täglich eine Tasse Kaffee bar bezahlte, verlieh einem das doch gewiß das Recht, den ganzen Tag Karten zu spielen oder Geschäfte zu besprechen. Insbesondere wenn man ein Stammgast war. Und daß Attila ein Stammgast war, konnte selbst Giacomone nicht in Abrede stellen.
Nun aber war es mit der Geduld des braven Mannes vorbei. Ohne lange Zeremonien packte er seinen angestammtesten Stammgast beim Kragen und versuchte ihn zur Tür zu schleppen. Attila wehrte sich und versetzte seinem Gegner eins in den weichen Bauch, worauf Giacomone, vom schwermütigen Kellner unterstützt, zurückschlug und Attila auf die Stirne traf, deren Haut sich widerwillig spaltete. Beim Anblick seines eigenen Blutes stieß Attila ein Gebrüll aus, das weitere Zuschauer anlockte, darunter auch mich, der ich auf einem Mandarinenbaum geschlafen hatte. Und dann hastete er auf seinen hageren Beinen so rasch er konnte, zu den Carabinieri.
Und dorthin began sich auch Giacomone. Von einer stets wachsenden Schar gefolgt, traten die beiden Männer einen Wettlauf an, als ob Justizia jenem die Hand entgegenstrecken würde, der als erster ihre Tore erreichte. Ich war der einzige, der aus Familiengefühl zu Attila hielt, obgleich mein Herz für Giacomone schlug, der mir zweimal im Jahr ein Stückchen Zucker zuzustecken pflegte.
Der Brigadier der Carabinieri, die höchste Autorität in Montrecase, war ein verbitterter Mann in mittleren Jahren. Müde und gelangweilt erklärte er, die Söhne unseres neuen Italiens sollten doch in solchen Zeiten zusammenhalten und gegen den äußeren Feind rüsten, statt miteinander zu streiten; er deutete an, es gebe noch größere Dinge im Leben als das Geld, erwähnte Julius

Caesar, Dante und Michelangelo und riet ihnen schließlich, sich freundschaftlich zu einigen und ihn in Frieden zu lassen.
Kaum hatte er geendet, als die beiden Kämpfer abermals geräuschvoll ihren Standpunkt auseinandersetzten. Der Brigadier, der getan hatte, als müsse er wichtige Akten auf seinem Schreibtisch erledigen, stand nun auf und fällte kurz und bündig sein Urteil: Attila habe das Recht, den ganzen Tag mit seinen Warenmustern in der Nuova Italia zu sitzen, solange er einen Kaffee bestellte und bezahlte; er habe auch das Recht, Geschäftskarten mit dessen Adresse und Telephonnummer auszugeben. Und wenn die beiden Herren jetzt nicht verschwänden, bevor er dreimal auf den Boden gespuckt hatte, würde er sie alle beide wegen unpatriotischen Benehmens einsperren.
So blieb denn Attila mit seiner Musterschachtel in der Nuova Italia. Doch sein Haß gegen Giacomone wuchs täglich, weil der Wirt ihm die Benützung der Adresse und des Telephons auf den Geschäftskarten verweigerte; denn darauf schob es Attila, daß sein Handel nicht ganz nach Wunsch prosperierte. Ihm ging es nicht ums Prinzip, sondern ums Geld.
Giacomone seinerseits verlor Zoll um Zoll seines Leibesumfangs und mußte sich auf einen Nervenzusammenbruch gefaßt machen. Er soll sogar erwogen haben, Attilas Kaffee mit ein wenig Gift zu verlängern, doch davon rieten ihm seine Freunde ab, denn das hätte einigen Klatsch verursachen können.

Da Attila aber immer mehr einem Gespenst glich, flüsterten die Leute hoffnungsvoll: »Der kehrt bald zu seinem Schöpfer zurück!« Und eines Tages wurde er in schwerer Ohnmacht nach Hause getragen. Im Bett erwachte er wieder, war aber zu schwach, um aufzustehn. In den nächsten Tagen rührte er keine Speise an und machte sich solche Sorgen um sein Geschäft, daß er sich in ein hohes Fieber hineinärgerte; erst dann willigte er schließlich ein, den Doktor holen zu lassen.
Natürlich schwelte auch zwischen diesen beiden Männern aus irgendeinem Grund ein alter Haß. Aber Doktor Filipponi war der einzige Arzt in Montrecase, und die Ärzte aus Sorrent machten viel höhere Rechnungen, weil ihre Wägelchen von wirklichen Pferden gezogen wurden, die mit sauberem Stroh und manchmal sogar mit Heu gefüttert werden mußten, während Filipponis sardischer Zwergesel sich mit Dornen und Melonenschalen begnügte.

Jenen Abend werde ich nie vergessen. Es war kurz nach Sonnenuntergang, als meine Mutter aufgeregt rief:
»Gianni! Der Onkel hat keine Luft! Lauf rasch zum Doktor!«
Doktor Filipponi wohnte nicht weit. In Montrecase wohnt niemand weit. Ich fand ihn damit beschäftigt, nach der Rundfahrt bei seinen Patienten, dem Esel das Geschirr abzunehmen. Er war ein stattlicher Mann in hochgeknöpftem schwarzen Rock.
»Unkraut vergeht nicht«, versicherte er mir, nachdem ich meine Botschaft bestellt hatte. »Es hat keinen Zweck, daß ich komme; nicht einmal ein Arzt könnte euch von diesem Halunken befreien.« Unempfänglich für meine Bitten, ging er in seine Küche, und ich trottete hinter ihm her. Er schnitt sich ein Stück Brot und etwas Eselswurst ab, goß sich ein Glas Wein ein und begann zu essen. Mit vollem Magen wurde er barmherziger.
»Wenn ich komme, so tu ich's deiner Mutter wegen; sie ist eine Heilige«, sagte er schließlich. Dann wies er mit einem Stück Wurst nach der Zimmerdecke: »Der Himmel wird mir das vergelten!«
Den Doktor im Haus zu haben war ein Ereignis, bei dem niemand fehlen wollte, und so drängte sich die ganze Familie hinter Filipponi in Onkel Attilas Zimmer, ferner auch Donna Elisa, eine Nachbarin, und Lucciola, eine meiner Spielkameradinnen. In dem dämmrigen Raum verstummten wir alle und schauten gespannt zu.
In Hemdsärmeln wirkte Filipponi wie ein richtiger Fachmann, als er jetzt an Attilas holzigem Gestell herumklopfte, während jener ihn mißtrauisch ansah.
»Was soll das kosten?« fragte er verdrossen.
»Das kann ich erst sagen, wenn ich weiß, was du hast«, erwiderte Filipponi. »Vorläufig weiß ich nur, daß dein Leib beängstigend hohl tönt.«
»So wie dein Kopf – und dafür kriegst du nichts!« gab Attila zurück und fügte noch einige Worte über die Mutter des Doktors hinzu. Dieser war anderer Ansicht, und daraus entstand eine Diskussion, die der Untersuchung beinahe ein Ende machte. Familienmitglieder und Gäste hängten sich an Arme und Beine des Doktors, und ich versteckte ihm die Jacke, bis er sich bereit fand, seine Tätigkeit fortzusetzen.
»Zeig die Zunge!« befahl er zornig.
Attila streckte ihm ein großes Stück gelbes Fleisch entgegen.
»Eine gräßliche Zunge«, meinte Filipponi und hielt sie zwischen

seinen Fingern fest, damit sie nichts erwidern konnte. Dann packte er den Patienten wie einen Getreidesack, kehrte ihn um, entblößte den Rücken und hieß die Zuschauer, ihre Gesichter zur Wand zu kehren.
Ich spähte über meine Schulter. Erst setzte Filipponi das Stethoskop auf den Rücken des Onkels, dann, als er sich unbeobachtet glaubte, tat er, was alle Ärzte tun: er nahm das Stethoskop weg und legte das Ohr an. Schließlich richtete er sich auf und verkündete triumphierend:
»Du mußt sterben!«
»Du auch!«
»Du aber sehr bald«, gab Filipponi wutschnaubend zurück.
Da wurde es still. Meine Mutter faltete die Hände und schaute auf das Kruzifix. Dann fragte Attila, ausnahmsweise mit hauchdünner Stimme:
»Wie bald?«
»In ein, zwei Tagen.«
Eine Weile verschlug es Attila die Rede. Meine Mutter begann zu weinen. Alles war sehr schön und rührend. Und dann brüllte Onkel Attila:
»Hinaus aus meinem Hause, du Metzger! Hinaus, Kastrat! Sozialist! Keinen Soldo bekommst du für diesen Besuch!«
»Ich werde das Honorar bei deinen Erben eintreiben«, sagte Filipponi, schwitzend, aber unerschütterlich. »Die werden's mir gern bezahlen.« Und damit hatte er sich einen würdigen Abgang gesichert.

Die Erwähnung der Erben muß ein harter Schlag für Attila gewesen sein. Er musterte uns alle, als hätten wir ihn um ein Darlehen gebeten, und als meine Mutter schluchzend fragte: »Soll ich den Geistlichen kommen lassen?« schrie er: »Geht alle miteinander zum Teufel!«
Da schickte die Mutter uns fort, damit wir außer Hörweite dessen waren, was er noch zu sagen hatte. Doch bald darauf, Aug in Auge mit dem Tod, wurde Attila ruhiger, und ich mußte Don Basilio holen gehen, den Geistlichen, einen untersetzten Mann mit olivenfarbener Haut. Er war nicht kleinlich und hatte auch dann und wann gegen ein Gläschen nichts einzuwenden; so stärkte er sich denn zuerst an unserem Tisch, bevor er hinauf in Attilas Zimmer stapfte.

In ehrfurchtsvollem Schweigen aßen wir in der Küche, während unser Onkel oben seine Sünden beichtete, was Stunden dauerte. Endlich kam Don Basilio wieder herunter und nickte bedächtig. Ehrfurchtsvoll sahen wir zu dem guten Priester auf, der sich unter der Last so vieler Geheimnisse beugte, und geleiteten ihn zur Türe, wo er noch einen Segen murmelte.

Bald darauf kamen Schwester Teresa und Schwester Tina, zwei Karmeliterinnen, die Augen niedergeschlagen und den Rosenkranz mit wächsernen Händen fingernd. Es hatte sich herumgesprochen, daß Attila im Sterben lag, und da waren diese beiden Amazonen Christi herbeigeeilt, um dem Sünder bei den Vorbereitungen zur letzten Reise behilflich zu sein.

Ich hörte Attila von ober her toben, die Familie habe sich mit Doktoren und Nonnen verschworen, und wie schändlich es sei, daß ein Mensch keinen hartverdienten Soldo besitzen konnte, ohne daß gierige Verwandte ihn eiligst ins Grab spedieren wollten.

Mutter riet den Nonnen, in ein oder zwei Tagen wiederzukommen, wenn Attila, wie der Doktor meinte, zugänglicher sein werde; dann fragte sie, ob sie ihnen eine Tasse Kaffee anbieten dürfe, doch sie schüttelten mit scheuem Lächeln die Haube und verzogen sich mit dem Versprechen, wiederzukehren.

Ich war überzeugt, daß in jener Nacht viele Leute in Montrecase den Wunsch in ihr Nachtgebet einschlossen, Attila möge friedlich aber rasch in eine bessere Welt hinüberwandern. Um derartigen Wünschen unsererseits vorzubeugen, befahl Mutter uns, unser Gebet laut zu sagen und deutlich darum zu bitten, daß der Herr unserm Onkel Attila ein langes Leben schenken möge. Doch im stillen fügte ich hinzu, der Onkel möge mir, wenn er nun doch sterben sollte, so viel Geld hinterlassen, daß ich damit wie ein König leben könnte.

Am nächsten Morgen gab Attila meiner Mutter den Schlüssel zu seinem Wandschrank und ließ sich seine Ersparnisse bringen, ein großes Bündel Banknoten, das er unter sein Kissen stopfte. Dabei warf er uns verstohlene Blicke zu. Es mußte ihm aufgegangen sein, daß er das Geld nicht mitnehmen konnte, und der Gedanke, daß andere sich des Schatzes erfreuen sollten, machte ihn rasend.

Nach langem, lastenden Schweigen nahm er eine Note von dem Bündel und befahl, man solle ihm im Barile d'Oro, dem Wirts-

haus, ein Dutzend Flaschen vom alten Moscato Amabile kaufen – und selbstverständlich Quittung und Wechselgeld zurückbringen.
»Das ist sein letzter Wunsch«, sagte meine Mutter mit Tränen in den Augen. »Geh schnell!«
Der Wirt sah mich vorwurfsvoll an, als ich ihm erzählte, daß Attila noch am Leben war. Wie ganz Montrecase hatte auch er gehört, der Onkel sei in der Nacht gestorben – der Wunsch war der Vater dieses Gerüchts gewesen. Die zwölf Flaschen kosteten eine Menge Geld, aber der Wirt wollte mir keine Quittung ausstellen, weil ich nicht sehen sollte, daß er nicht wußte, wie man ein Kreuz macht.
In Attilas Zimmer traf ich Peppino an, den schielenden Barbier, der all seine Kunden nach ihrem Tod kostenlos rasierte, damit sie in ihrem Sarg möglichst schön aussähen. Er hatte erwartet, Onkel Attila für die letzte Dienstleistung bereit zu finden; jetzt stand er wie angewurzelt in der Türe und betrachtete Attila erschrocken aus dem Winkel seines besseren Auges.
»Was hast du hier zu schaffen, du Schuft?« schrie Attila ihn gerade an, als ich kam. »Du hast mir die Haare abschneiden und sie in deinem Laden verkaufen wollen, he?!«
»Nur ein Besuch unter Freunden, sonst nichts«, stammelte Peppino, hatte die eine Hand tief in der Tasche und hielt mit der andern das Handtuch hinter dem Rücken verborgen.
»Hinaus mit dir, du Sohn der Sünde!« brüllte Attila, und Peppino verzog sich eiligst.
Ich öffnete eine Flasche und sah zu, wie Attila den schweren roten Wein mit vollen Zügen trank. Mir erschien das als ein reichlich verspäteter Versuch, das hart erwucherte Geld zu genießen, aber Mutter meinte, einem Sterbenden sollte man seinen Willen lassen, und so öffnete ich noch mehr Flaschen.
Attila starb an jenem Tag nicht. Er lag in finsterm Schweigen, nahm dann und wann einen Schluck aus der Flasche und betrachtete die Welt mit haßerfüllten Äuglein.
Am folgenden Tage starb er ebensowenig, und ich mußte einen neuen Vorrat an Flaschen aus dem Barile d'Oro holen. Abends färbten sich seine Wangen, und seine Augen leuchteten auf.
»Das ist das Fieber«, flüsterte meine Mutter.
Doch gerade da verlangte Attila eine tüchtige Portion gebackene Peperoni und schärfte meiner Mutter ein, weder an der Tomatensauce noch am Käse, weder am Knoblauch noch am Olivenöl zu

sparen. Meine Mutter machte sich nur ungern an die Arbeit, denn die Zubereitung dieses Gerichts erforderte viel Zeit, und sie glaubte nicht, daß er das noch erleben würde. Doch er erlebte es. Er schluckte und schlang, bis der Kochtopf glänzte, dann steckte er die Nase ins Kissen und schlief ein.

Als er sich am nächsten Morgen mit roten Wangen aufsetzte, packte die Mutter meinen Arm und sagte: »Siehst du. Jetzt kommt das Ende!«
Aber das Ende kam nicht. Die Röte in seinen Wangen blieb und steigerte sich, bis er fast blühend aussah. Jedoch weigerte er sich immer noch zu sprechen, es sei denn, um etwas zu essen und zu trinken zu bestellen.
Und nach einer kostspieligen Woche ließ meine Mutter den Doktor wiederkommen.
Attila, gemästet von Haß und schweren Speisen, überschüttete den Doktor unverzüglich mit einer Flut von Beschimpfungen, und als Filipponi sich über ihn beugte, schwang Attila eine Flasche über seinem Kopf, und meine Mutter kam gerade noch zurecht, um ihn zu entwaffnen.
Filipponi mußte, sichtlich enttäuscht, feststellen, daß das Befinden des Patienten sich gebessert hatte und sein Puls viel kräftiger war. Attila aber, besoffen bis in die Spitzen seiner Haare, scherte sich nun kaum mehr darum, ob er tot war oder lebendig. Doch er war noch immer entschlossen, sein Geld loszuwerden, und da ich mit größtem Kummer meine Hoffnungen auf ein königliches Leben schwinden sah, war ich schon bereit, mich mit einem Fahrrad zufrieden zu geben.
»Du wirst bald einen Rückfall haben, mein Lieber«, versicherte Filipponi dem Patienten bei jedem Besuch. Bis der Patient eines Tages aus dem Bett sprang und den Doktor die Treppe hinunterjagte. Und damit hatte er den ersten Beweis wiedererlangter Kräfte gegeben.
Das sehe ihm ähnlich, meinten die Dörfler, nicht zu sterben, wenn der Doktor es ihm doch verordnet hatte.

»Morgen fahre ich nach Neapel. Euch werde ich's zeigen!« verkündete Attila wenige Tage später, während er die Spaghetti um die Gabel rollte und dann ein mächtiges Stück Brot in der Sauce herumschob; er hatte einen reißenden Appetit entwickelt.

»Heilige Madonna!« rief meine Mutter. »Wer wird dort für dich sorgen?!«
Attila zog das Bündel Banknoten aus der Hosentasche. »Das da!«
Und schon am nächsten Morgen, in seinem Sonntagsanzug, packte er seine sechs Fuß Schlechtigkeit in einen gemieteten Pferdewagen – seine Vorstellung vom höchsten Luxus – und fuhr ab.
Was sich in Neapel ereignete, haben wir nie mit Bestimmtheit erfahren. Manche Leute wollen Attila dort gesehen haben, aber ihre Aussagen sind widerspruchsvoll. Die einen behaupteten, es sei eine Herde lustiger Frauenzimmer um ihn herum gewesen, die andern dagegen wollten wissen, daß er ganz allein im Gambrinus Champagner trank, nichts als die teuersten Speisen aß und dann mit Zufallsbekannten Poker spielte.
Mutter machte sich Sorgen, wenn sie daran dachte, daß der alte Dörfler zum ersten Mal ganz allein mit all seinem Geld in der großen Stadt war. Wie sollte er sich gegen all die Kleopatras wehren, die nach Mutters Ansicht ihre Netze über das Trottoir spannten? Immerhin hatte sie zum ersten Mal ein bequemes Leben; da sie ihre Gedanken nicht der Arbeit zuwenden konnte, hatte sie damit angefangen, zunächst einen Sack Getreide von Attilas Vorrat zu verkaufen, und schließlich war bald nichts mehr davon übrig.
Ich begriff, daß daraus Schwierigkeiten entstehen konnten, wenn der Onkel eines Tages zurückkam, und darum studierte ich die Rubrik ›Todesfälle‹ im *Mattino* sehr genau; ich hoffte, darin eine Notiz, im üblichen Stil abgefaßt, zu finden, wo es hieß: ›Gestern abend ist im Gambrinus ein älterer Herr, der sich in heiterer Gesellschaft befand, vom Schlag getroffen worden. Er wurde sogleich ins Spital gebracht, wo er aber bald darauf verschied.‹ Oder: ›Heute früh bargen Fischer den Leichnam eines alten Mannes; der Körper war bereits im Zustand vorgeschrittener Verwesung. Zwischen den Schulterblättern stak ein Messer, was auf einen gewaltsamen Tod hinzuweisen scheint.‹
Doch der Sommer verging, ohne daß ich etwas entdeckt hätte, das auch nur im entferntesten auf Onkel Attila passen wollte. Meine Mutter hatte sich mit der neapolitanischen Polizei in Verbindung gesetzt, die versprach, sie zu verständigen, wenn irgendwer, den man für Onkel Attila halten konnte, im Leichenschauhaus oder im Gefängnis eingeliefert werden sollte.

Wir Kinder vergaßen ihn rasch und gern. Wir badeten im besonnten Meer, lagen unter den knisternden Palmen, brieten unseren Leib im Sand. Oder ich ging mit den andern Knaben auf den Markt, um die rundbäuchigen Zwergesel zu streicheln, gelegentlich etwas von einem Obstkarren zu mausen oder den Mädchen, die eigens zu diesem Zweck einen langen Weg zurückgelegt hatten, unanständige Dinge ins Ohr zu flüstern.
Dann aber, als Mutter bereits mit Don Basilio über den Preis einer Messe verhandelte, tauchte Attila wieder auf. Doch es war nicht die Polizei, die ihn ins Haus brachte, sondern er war es, der die Polizei ins Haus brachte.

Wir hatten eben den letzten Sack Getreide verkauft und saßen behaglich nach dem Essen im Hof, die Strahlen des Sommers genießend, als wir ein unverkennbares Stapfen auf den Fliesen hörten – und dann eilte Onkel Attila an uns vorüber, in Lebensgröße, eine blutige Binde flott um den Kopf geschlungen. Seine feuerrote Nase war zwischen den gerundeten Wangen zurückgetreten, und er sah enttäuschend gesund und beinahe menschlich aus.
Dennoch schrie meine Mutter auf: »Heilige Jungfrau! Ein Geist, ein Geist!« Wir aber von der jüngeren Generation klärten sie auf, ein Geist blute in den seltensten Fällen und besuche seine Angehörigen jeweils erst nach Anbruch der Dunkelheit.
Auch von einem hungrigen Geist hatten wir noch nie etwas gehört. Ohne auch nur »Guten Tag« zu sagen, stürmte Attila in die Küche, wo er sich auf einen Schinken stürzte wie Romeo auf die Bahre Julias. Dann erst war meine Mutter völlig beruhigt.
Nachdem die erste Freude über die Heimkehr des verlorenen Onkels verraucht war, sowie der Schinken, sagte sie ihm gründlich ihre Meinung. Sie machte ihm kein Hehl daraus, wofür sie ihn hielt, und er sagte ihr, wohin sie gehn solle. Doch seine Stimmung schien sich gehoben zu haben, er war gesprächig, und sichtlich freute es ihn, wieder im Kreise seiner liebenden Verwandten zu sein.
Seine liebenden Verwandten erkundigten sich sogleich nach seinem Banknotenbündel. Da wurde er verdrossen und gestand schließlich, daß er bankrott war. Doch zu weiteren Erörterungen dieses Zustandes war er offenbar nicht zu haben. Alles, was wir von ihm erfahren konnten, war, daß mit dem wachsenden Ge-

schmack an Champagner das Geld weniger geworden war; und gleichzeitig hatte er auch entdeckt, daß Poker nicht unbedingt ein Glücksspiel war. Und noch verschiedene andere Lebenswahrheiten hatte er entdeckt.
Doktor Filipponi versicherte uns, daß der Onkel endgültig von einer verhängnisvollen Krankheit geheilt sei, die man lateinisch *fames communis* nennt und in der vulgären Sprache Hunger. Seine verspätete Diagnose lautete auf Geiz; dieses Leiden hatte Attila dahin gebracht, sich selber bis an den Rand des Grabs zu hungern, wodurch Anämie, Blässe, Atemnot, Herzklopfen, zu tiefer Blutdruck, Mangel an Hämoglobin, gallige Laune und andere Erscheinungen aufgetreten waren. Der schwere Wein und die üppige Kost hätten ihn gerade im richtigen Augenblick mit ein paar roten Blutkörperchen versorgt und ihn vom Tode errettet.
Weniger als eine Woche nach seiner Rückkehr hatte er Gelegenheit, zu zeigen, wie kräftig er geworden war, als sein Liebesleben ihm aus der Großstadt bis ins Dorf folgte.

Wir saßen in der Küche beim Essen und beobachteten besorgt Onkel Attilas neuerrungenen Appetit, als die Türe aufflog und eine wohlbeleibte, feueräugige Dame erschien und in ihrem Kielwasser ein stattlicher Carabiniere.
Mit tragischer Geste wies sie auf Attila und rief:
»Das ist er! Ergreift ihn!«
Und bevor wir unseren letzten Bissen herunterschlucken konnten, war der Onkel mit einem Sprung bei der Hintertüre.
Die Unbekannte erwies sich jedoch als eine erfahrene, umsichtige Person, denn sie hatte diese Möglichkeit eines strategischen Rückzugs durch einen zweiten Carabiniere ausgeschaltet. Doch Attila verlor den Mut nicht. Er erledigte den zweiten Carabiniere einfach dadurch, daß er die Arme in die Höhe warf und das dröhnendste: »Aus dem Weg!« brüllte, das je aus einer menschlichen Kehle erschallt war. Der Hüter des Gesetzes trat erschrokken zurück, stolperte über die Schwelle und fiel auf sein Hinterteil. Diese Verzögerung wiederum erlaubte der Frau, ihre starken Arme um Attilas Hals zu schlingen, ihn mütterlich an ihren gewaltigen Busen zu drücken und dadurch dem Carabiniere hinter ihr Zeit zu geben, in den Kampf einzugreifen. Aber Attila wandte sich um und boxte ihn nieder.
Von nun an wurde aus der Schlacht ein wüstes Durcheinander, bei

dem Stellung und Vorteil bis zum schmählichen Ende beständig wechselten. Die ganze Familie hatte sich aus vollem Herzen in das Handgemenge geworfen. Ich erinnere mich, daß einmal meine Mutter und die fremde Dame sich in den Haaren lagen, die kreischenden Zwillinge traten den auf dem Boden liegenden Carabiniere auf den Kopf, und ich hatte die Zähne in den Knöchel des andern Carabiniere geschlagen, der gestolpert war und nun, sitzend, sich an Attilas Beine klammerte.
Einen Augenblick lang sah es nach einem großen Sieg für unsere Seite aus, und zwar, als Attila sich einer Flasche Gragnano bemächtigt hatte, sie hoch in die Luft schwang und drauf und dran war, sie auf den Kopf seines Gegners niedersausen zu lassen. Doch da erinnerte er sich rechtzeitig, wie gefährlich es ist, jemanden mit einer Flasche auf den Kopf zu schlagen; die Flasche könnte zerbrechen. So zauderte er, die Flasche hoch erhoben – und da erlebte er sein Waterloo.
Der zweite Carabiniere, wenn auch dadurch behindert, daß die Zwillinge jetzt an seinen Armen hingen, schmetterte Attila den Kolben des Karabiners mit dumpfem Krach auf den Schädel und widerlegte auf diese Art die Behauptung, die Polizei wisse nicht mit Feuerwaffen umzugehen.
Plötzlich erwachte in Attila der Respekt vor dem Gesetz; er streckte sich längelang auf dem Boden aus und blieb eine gute Stunde regungslos liegen. Nachdem er wieder erwacht war, wurden wir alle, von den Nachbarn geleitet, zur Polizei gebracht.
Vor dem Brigadier entspann sich eine lebhafte Diskussion. Wir Kinder verstanden nicht recht, worum es ging, und Mutter sagte uns nur, das sei eines jener süßen Geheimnisse des Lebens, die nur so lange süß sind, solange sie Geheimnisse bleiben.
Das Frauenzimmer behauptete, Attila habe ihr etwas genommen, wofür Heirat die einzig mögliche Wiedergutmachung sei, und der Brigadier schien diese Ansicht zu teilen. Da das Gesetz hinter ihr stand und wir gerade am eigenen Leibe erfahren hatten, wie unrecht es ist, sich dem Gesetz zu widersetzen, vor allem wenn es mit Feuerwaffen anrückt, so gab sich Attila schließlich besiegt, und Mutter schickte sich seufzend an, den Hochzeitsschmaus zu rüsten.
Doch es kam anders, als das Gesetz und sonst jemand vorausgesehen hatte.

Als die Dame erfuhr, daß Attila keine Lira mehr besaß, da zeigte es sich, daß sie gar nicht so schlimm war, wie wir gefürchtet hatten. Sie gab ihm seine Freiheit wieder, und so lebten sie glücklich ohne einander bis an ihr seliges Ende.

Das Schicksal aber hatte dem Onkel einen grausamen Streich gespielt – es ließ ihn ohne einen Soldo, doch mit einem mächtigen Appetit zurück. Immerhin fanden sich jetzt auf einmal Freunde; Filipponi und Giacomone luden ihn zu Tisch und zu endlosen Pokerpartien. Und Attila gewann immer, was von großer Wichtigkeit war, denn er hatte keinerlei Absichten, sein früheres Geschäft wieder aufzunehmen.

»Und was, wenn du verlierst?« fragte ich ihn einmal, als er mit langen, gewandten Fingern seine Beute zählte.

»Ich kann überhaupt nicht verlieren.« Und er begann ein Kartenspiel zu mischen, daß es einem schwindelte.

»Irgendwas stimmt da nicht!« rief ich.

Er schalt mich und empfahl mir, dergleichen nicht laut werden zu lassen. Schließlich gab er zu: »Ich kann mir nicht leisten zu verlieren, weil ich nicht zahlen könnte. Ich würde meine Freunde enttäuschen, und das wäre unehrlich.« Es war rührend, zu sehen, wie er sich gebessert hatte.

Seine Besserung ging so weit, daß er sogar bereit war, die Dame aus Neapel zu ehelichen, auch wenn das Gesetz nicht mehr die Karabiner gegen ihn hob. Und die Heirat wäre der passende Abschluß einer so ernsten Angelegenheit gewesen. doch als er zur Polizei ging, wo sie Schutz und Zuflucht gefunden hatte, da war die Dame durchgebrannt.

Und mit ihr der Brigadier.

4

Der erste Kuß und seine Folgen

Was Lucciola an mir am besten gefiel, dürfte der Umstand gewesen sein, daß ich sie liebte. Sie wußte, daß ich sie liebte, weil ich es ihr gesagt hatte. Und ich hatte es ihr gesagt, weil ich gehört hatte, daß allerlei erstaunliche Dinge geschehen, wenn ein Junge die schicksalsschweren Worte vor einem Mädchen fallen läßt – und ich wollte endlich einmal herausfinden, was das für Dinge

waren. Wir waren zu jener Zeit erst zwölf Jahre alt, aber im Süden sind wir sehr frühreif. Erst später bleiben wir in unserer Entwicklung zurück.
Lucciola saß neben mir auf einer Gartenmauer, saugte den Honig aus einem Kressenstengel und ließ die nackten Beine baumeln. Über unsern Köpfen blühten die Orangen. Auf den Wiesen dahinter tranken Tuberosen und Primeln die Sonne, und die Luft war schwer von ihrem süßen Duft. Ich betrachtete Lucciolas reiches schwarzes Haar, ihren üppigen Mund, die Art, wie sie den Kopf neigte, während sie unter den langen Wimpern über die Wiesen spähte, die kleinen festen Hände, befleckt von Blumen und Unkraut, das blasse Gesicht, das sie zu einem häßlichen Kind gemacht hatte und gerade begann, sie zu einer schönen Frau zu machen.
»Ich liebe dich!« sagte ich plötzlich und wartete nun auf das, was kommen sollte.
Ich war nicht nur neugierig, sondern auch besorgt. Wir kannten einander von jeher, hatten uns gestritten, mit Steinen beworfen, und uns immer wieder versöhnt, weil nicht viel anderes übrig blieb.
Zuerst sah es so aus, als hätte sie mich nicht gehört. Sie ließ ruhig ihre Beine baumeln und schaute auf die Wiesen. Dann hörte sie auf, mit den Beinen zu baumeln, und sah mich an.
»Hast du gehört, was du eben gesagt hast?« fragte sie verdutzt.
Ich sprang von der Mauer und wich zurück, bereit davonzulaufen.
»Ich hab gesagt: ›Ich liebe dich‹.«
Eine Minute lang schien ihr das durch den Kopf zu gehn, und sie wandte sich von mir ab. Aber das war nur eine Finte. Als ich näher kam, um ihr Gesicht zu sehen, drehte sie sich herum wie eine Katze, sprang lachend auf mich herunter, mit den Krallen in meinen Schultern, und wir wälzten uns auf dem Boden, sie über mir. Ich gab ihr eine mächtige Ohrfeige, weil ich nicht wußte, was sie im Schilde führte, und Angst vor ihr hatte – Angst, daß sie mich verprügeln würde, wie sie das schon oft getan hatte, wenn ich nicht auf der Hut gewesen war.
Sie fing an, mich an den Haaren zu ziehen, und ich ohrfeigte sie weiter, bis sie zu nahe war – so nahe, daß ich die Wärme ihres Atems und den Duft ihrer Haut spürte. Sie roch nach frischem Gras, nach Honig, nach Erde. Sie hielt mich fest bei den Haaren

und starrte mich an. Sie lachte nicht mehr. Sie sah wütend drein. Und dann küßte sie mich. Fest auf den Mund.
Für mich war dieser erste Kuß die bitterste Enttäuschung meines Lebens, und das sagte ich ihr auch. Ihr ging es genau so.

Lange sprachen wir nicht mehr von diesem Kuß, aber auf unsere Phantasie mußte er doch nachhaltig gewirkt haben, denn wir fanden keine Ruhe, bevor wir es nicht noch einmal versucht hatten. Und dann hatten wir schon gar keine Ruhe. Der Geschmack am Küssen schlich sich ganz langsam in uns ein, wie der Geschmack an Oliven, bis wir entdeckten, daß es ohne Oliven einfach nicht mehr ging; und das war eine sehr peinliche Entdeckung.
Eines war an Lucciola besonders bemerkenswert, und das war ihr Blick. Nach der Ansicht eines meiner Onkel, der im Dorf in allem, was Frauen und Maultiere betraf, als höchste Autorität galt, gibt es zwei Typen von Mädchen: die einen haben einen festen Blick und die andern einen unruhigen. Die mit dem unruhigen Blick werden, nach meinem Onkel, schlechte Ehefrauen; die andern gute Ehefrauen – unter Umständen. Diese Regel gilt ausschließlich für Frauen; bei den Männern ist es so, daß nur die mit Glasaugen einen festen Blick haben.
Lucciolas Augen waren so beständig wie ein Kompaß, und mir war es recht, solange ich selber der magnetische Pol war.
Immerhin wurden mit unseren Jahren und unserem Geschmack am Küssen die Schwierigkeiten ständig größer. Bei uns sind die Sitten sehr streng, und es stehen schwere Strafen darauf, wenn man in der Öffentlichkeit küßt, lärmt oder stiehlt. Zur Zeit als ich Lucciola umwarb, kostete es jedesmal zehn Lire zehn Centesimi, wenn man von der Polizei beim Küssen erwischt wurde. Wenn aber die Familie einen erwischte, kostete es erheblich mehr – man mußte das Mädchen heiraten. Da konnte einen nur die Auswanderung retten. Und dadurch erklärt es sich auch, daß so viele Italiener über den ganzen Globus verstreut sind.
Zehn Lire zehn Centesimi war vor dem Krieg eine schreckliche Menge Geld für einen bloßen Kuß. Für diesen Betrag konnte man ein Mädchen fünfmal ins Kino führen, oder fünf Mädchen einmal ins Kino führen, und in den Kinos war man wenigstens sicher, wenn man küssen wollte. Aber das nächste Kino war elf Kilometer entfernt, und das erschwerte die Geschichte, wenn man kein Fahrrad hatte. Zudem durfte ein Mädchen wie Lucciola nur mit der

ganzen, gewöhnlich ausgedehnten Familie ins Kino gehn, und das konnte den besten Film ruinieren.
Lucciola hatte vier Brüder, dazu einen Vater, der kaum mitzählte, und eine Mutter, die doppelt zählte, wenn es darauf ankam, einen zu stören. Das mag nach südlichen Begriffen keine besonders zahlreiche Familie sein, aber Lucciolas Brüder glichen die geringe Zahl dadurch aus, daß sie doppelt so groß und kräftig waren wie normale Brüder. Und seit wir keine Kinder mehr waren, konnten wir auch nicht in die Felder wandern, denn das hätte im Dorf Klatsch gegeben. Auch in die Anlagen konnte ich Lucciola nicht führen, denn dort lauerten auf die Küssenden scharfäugige Carabinieri, die von jeder Geldstrafe Prozente einsteckten. Lieben und liebenlassen stand nicht in ihrem Reglement.
Und was ich tat, wenn ich den unerklärlichen, aber übermächtigen Drang spürte, Lucciola zu küssen, das ist ein Tip, der viele Lire wert ist, wenn man beabsichtigen sollte, eine Reise durch Italien zu unternehmen. Ich ging mit ihr auf den Bahnhof – denn wenn man sich vor der Abfahrt des Zuges küßt, drückt das Gesetz ein Auge zu. Wenn die Pfeife schrillte, schloß Lucciola die Augen und öffnete die Lippen, ich nahm sie in meine Arme und küßte sie, bis der Zug anfing, sich in Bewegung zu setzen – manchmal fünf Minuten, bevor die übliche Verspätung von einer halben Stunde verstrichen war. Dann sprang ich auf den Zug, damit doch alles verlief, wie es sich schickte, und sprang auf der andern Seite wieder ab. Und am nächsten Tag fingen wir von neuem an.
Ich hatte keine Angst, von ihrer Familie erwischt zu werden; wovor ich Angst hatte, das waren die Geldstrafen. Und der einzig sichere Weg, sie auf die Dauer zu vermeiden, war die Heirat. Da die meisten Ehen in Italien lebenslänglich dauern – vor allem weil es keine Scheidung gibt –, ist jedermann daran gewöhnt, daß auch die Verlobung lange dauert, und Paare, die nach fünfjähriger Verlobungszeit heiraten, gelten als voreilig. Als wir denn fünfzehn Jahre alt waren, meinten wir, nun sei es höchste Zeit, daß wir uns verlobten.
Darüber unterhielten wir uns eines Tages, auf unserer Gartenmauer sitzend. Ich hätte natürlich nicht gewußt, wie man das anstellt, doch glücklicherweise war Lucciola, die heimlich einmal einen Roman gelesen hatte, gut unterrichtet und konnte mich aufklären. Ganz wie meine Mutter bestand auch sie darauf, daß alles nach Brauch und Ordnung zugehn müsse.

»Was ist aber Brauch und Ordnung?« fragte ich besorgt.
»Du mußt meine Eltern in aller Form um meine Hand bitten.«
»Wie macht man das?«
»Da ist nichts weiter dabei. Es ist nur eine Sache des Anzugs. Hast du einen schwarzen Anzug?«
»Woher sollt' ich ihn haben? In unserer Familie ist in der letzten Zeit keiner gestorben.«
»Du kannst meines Vaters schwarzen Anzug anziehen. Ein schwarzer Anzug sieht aus wie der andere, und kein Mensch wird das merken.«
»Kein Mensch, bis auf deinen Vater und deine Mutter.«
»Nicht, wenn ich die Fettflecken entfernt habe. Das wäre also erledigt. Hast du eine Krawatte?«
»Nein«, sagte ich düster.
»Ich werde dir eine kaufen, wenn du ein Hemd hast. Hast du eins?«
»Natürlich habe ich ein Hemd! Wann wirst du mir die Krawatte kaufen?«
»Wenn mein Vater das nächste Mal nach Salerno fährt. Dann fahre ich mit ihm.«
Lucciolas Vater war bei der Post angestellt, und als Beamter, der knapp vor der Pensionierung stand, erfreute er sich allgemeiner Achtung. Er sah unterernährt und würdig aus und hatte eine gewisse Zurückhaltung, die ich stets an ihm bewunderte. Die meisten Väter, die ich kenne, sind unerträglich stolz auf ihre Vaterschaft und machen sich damit wichtig, als ob Kinderzeugen eine großartige Leistung wäre, so etwa wie auf dem Kopf seines Partners stehn oder Motorradfahren. Anders Lucciolas Vater. Er ging in aller Ruhe seiner Tätigkeit nach und verbrachte den Rest der Zeit damit, nachdenklich in seinem Lehnstuhl zu sitzen. Das war alles, was er vom Leben verlangte – in Ruhe gelassen zu werden und nachzudenken. Worüber er nachdachte, das hat niemand je herausgefunden.
Seine allmonatlichen Reisen nach Salerno, um die das Dorf ihn beneidete, waren für ihn nur eine Belästigung, die den Gang seiner Gedanken unterbrach. Dort besuchte er eine bettlägerige Schwester. Als Lucciola ihn bat, sie mitzunehmen, war er tief gerührt. Es war das erste Mal, daß eines seiner Kinder den Wunsch äußerte, die kranke Tante zu besuchen.
Am Abend vor der Reise zerschlug Lucciola das Schwein, das ihr

als Sparkasse diente. Es enthielt die Ersparnisse von zehn Jahren – zweihundert Lire und einiges Kleingeld. Es war mehr, als sie erwartet hatte und weit mehr, als eine Krawatte sogar in Salerno kosten konnte. Das Schwein hatte sie von ihren Eltern erhalten, als sie fünf Jahre alt gewesen war, und dazu hatte sie sich auch eine Predigt über das Sparen anhören müssen. Diese Predigt hatte tiefen Eindruck auf sie gemacht. Wer auch immer ins Haus kam, mußte ihre Sparbüchse sehen. Sie zeigte sie, wenn ihre Mutter gerade nicht hinsah, lauerte den Besuchern auch vor der Haustüre auf. Und da ließen die meisten Leute etwas hineinfallen. Einmal tat das sogar ein Bettler.
Daran war weiter nichts Ungewöhnliches – ungewöhnlich war nur, daß Lucciola das so lange unbeobachtet treiben konnte. Als ihre Mutter sie erwischte, war Lucciola schon neun Jahre alt und, für ihr Alter, finanziell glänzend gestellt – zum mindesten reich genug, um ihre erste und letzte Tracht Prügel mit Gleichmut zu ertragen. Viel später erst erfuhr sie, daß die Eltern daraufhin, trotz den Prügeln, noch lange Zeit eine hohe Meinung von ihrer Tochter hatten und große Hoffnungen auf eine reiche Heirat setzten. Erst als ich auf die Bildfläche trat, verloren sie den Glauben an Lucciola.
Da sie nun so reich war, kaufte sie mir in Salerno nicht bloß eine Krawatte, sondern auch einen Hut. Den rollte sie sorgfältig zusammen und verbarg ihn auf der Heimreise unter dem Unterrock. Wir mußten nur eine Woche warten, bis der Hut wieder seine ursprüngliche Form angenommen hatte.

Als der Sonntag kam, gingen Lucciola und ich zur Frühmesse, damit sie ihres Vaters Anzug aus dem Haus schmuggeln konnte, während die Eltern in der Kirche waren. Wir trafen uns auf der Wiese, Lucciola brachte mir Anzug und Hut, und ich zog mich hinter einer Hecke um. Dann trat ich hervor, und Lucciola musterte mich kritisch.
»Die Hosen sind zu lang«, entschied sie. Nachdem ich die Hosen umgeschlagen hatte, hob sie die Hand an den Mund und schrie bestürzt: »Wir haben etwas vergessen!«
»Was denn?«
»Schuhe und Socken! Du kannst doch zu einem dunklen Anzug keine Sandalen tragen!«
»Warum nicht?«
»Ja, warum nicht?« meinte auch sie nach kurzem Bedenken.

Darüber stand im Buch eigentlich nichts. »Aber wenigstens müssen sie Hochglanz haben!«
Mit Spucke, Taschentuch und Ausdauer brachte sie die Sandalen zum Glänzen, dann putzte sie noch am Anzug herum und sagte schließlich:
»Jetzt lauf ich über die Wiesen nach Hause; du nimmst die Straße, damit die Sandalen nicht wieder staubig werden. So habe ich auch noch Zeit, mich vorzubereiten. Wenn wir Glück haben, lädt dich Mutter zum Essen ein.«
Sie umarmte mich; ich spürte, wie sie zitterte. Dann schaute ich ihr nach, wie sie mit ihren nackten Beinen über die blühenden Wiesen rannte.
Als ich die Blumen sah, kam mir der Einfall, einen Strauß für Donna Lucia, Lucciolas Mutter, zu pflücken. Von einer Ansichtskarte, darauf ›die Verlobung‹ stand, und die im Tabakladen zu haben war, wußte ich, daß ein Bräutigam eigentlich Blumen bringen sollte. Und so riß ich Blumen aus, noch und noch, samt den Wurzeln, und dachte nicht an die Zeit, die an diesem Tage rascher als gewöhnlich verstrich.
Als ich das Haus betrat, hatte die Familie schon fertig gegessen und Lucciola sah unruhig drein. Alle starrten mich erstaunt an. Ich kam selten zu Lucciola ins Haus, weil ich mir nicht viel aus ihren Brüdern machte; sie hatten nämlich die schlechte Gewohnheit, Steine nach mir zu werfen, obgleich doch jeder anständige Junge in Montrecase, der auch nur eine Spur von Selbstachtung besitzt, es für unfein hält, andere Jungen mit Steinen zu bewerfen; Steine warf man nur nach Mädchen.
Der Art, wie man mich musterte, entnahm ich, daß ich einen seltsamen Anblick bieten mußte, und ich war äußerst verlegen. Ich war in Schweiß gebadet, und ganz staubig, weil ich in der Mittagssonne in schwarzem Anzug und Hut über die Felder gezogen war. Aber auf dem Rücken trug ich den größten Wiesenblumenstrauß, den man je in einem Haus in Montrecase gesehen hatte – es sei denn, wenn gleich mehrere Mitglieder einer Familie gestorben waren.
»Um Himmelswillen laß doch das Grünfutter draußen!« rief Donna Lucia. »Gestern hatten wir Großreinemachen!«
Hilflos stand ich auf der Schwelle, unter meiner Last gebeugt, bis Lucciola mir zu Hilfe kam. »Warte draußen, ich werde dich abbürsten.« Und sie lief in ihr Zimmer.

»Was hast du so lange gemacht?« fragte sie leise aber ärgerlich als sie zurückkam, und mich energisch bürstete. »Jetzt hast du Papas Hosen zerrissen und siehst schrecklich aus. Der Anzug wird nie mehr zu brauchen sein. Auf dich kann man sich nicht verlassen. Das hätte ich wissen sollen!«
»Du hast die Blumen vergessen!« flüsterte ich vorwurfsvoll.
»Wozu brauchst du Blumen?«
Offen gestanden konnte ich die Nützlichkeit der Blumen auch nicht recht einsehen, doch ebensowenig die eines schwarzen Anzugs.
»Jetzt mach deinen Hosenladen zu und laß uns hineingehen«, sagte Lucciola. Ich durfte mich an den Tisch setzen, und Donna Lucia gab mir ein Stück Kuchen.
»Er ist hausgemacht«, sagte sie lächelnd. »Nicht einer jener Kuchen, die man in den Läden kauft.«
»Das tut nichts«, erwiderte ich galant. »Ich esse ihn trotzdem.«
Ich nahm den Teller auf die Knie und fing an zu essen. Ich war nur froh, daß meine Mutter uns beigebracht hatte, mit der Gabel zu essen.
»Willst du nicht den Hut abnehmen?« fragte Donna Lucia. »Du bist ja ganz erhitzt.«
»Danke, nein«, erwiderte ich. Ich meinte, es wäre nicht höflich gegen Lucciola, wenn ich den Hut abnehmen würde, der sie so viel Geld und Mühe gekostet hatte.
»Bitte, nimm ihn ab«, sagte Lucciola. »Wir würden uns alle viel wohler fühlen.« Aber ich blieb unerschütterlich.
»Du bist ja heute so elegant unter all dem Staub«, sagte Lucciolas Mutter. »Warum hast du denn einen schwarzen Anzug angezogen?«
Ich spürte, wie Lucciolas Augen brannten, ich glaubte, ihr Herz schlagen zu hören, aber die Worte wollten nicht kommen, und so aß ich eifrig meinen Kuchen. Ich war schrecklich hungrig.
»Als ich ihn sah, wie er da, ganz in Schwarz, hereingekommen ist, die Blumen in der Hand«, sagte Carlo, Lucciolas älterer Bruder, »da glaubte ich schon, er wolle um Lucciolas Hand bitten.« Außer Lucciola dachten alle, das sei ein ausgezeichneter Witz, und sie lachten schallend.
»So ist's auch«, sagte ich rasch, aber ich hatte den Mund voll, und das einzige, was herauskam, war ein Stück Kuchen.

»Gib mir deinen Teller, Gianni«, sagte Lucciolas Mutter. »Ich schneide dir noch ein Stück ab.«
»Vielen Dank, Signora.«
»Mutter«, sagte Lucciola, »Gianni hat etwas sagen wollen. Was wolltest du sagen, Gianni?«
Mein Gesicht brannte. Ich wußte, daß es jetzt oder nie geschehen mußte. »Ach, nichts Wichtiges. Nur, daß ich wirklich um Lucciolas Hand bitten wollte.«
Da lachten alle bis auf Lucciola, und ihre Mutter sagte:
»Das ist einmal ein guter Scherz, Gianni.«
Und damit war die Sache für diesen Tag erledigt.
Lucciola war wütend auf mich, wie sie mir im spätern Verlauf des Tages sagte; ich hätte es nicht zur richtigen Zeit und nicht auf die richtige Art vorgebracht. Ein oder zwei Tage später sagte sie dann zu ihrer Mutter, daß ich es ernst gemeint hätte. Und wieder lachte Donna Lucia:
»Du bist noch viel zu jung zum Heiraten, Kind.«
»Ich werde schon älter werden.«
»Dann wollen wir wieder davon reden.«
»Wann, genau?«
»Wenn du achtzehn oder zwanzig bist. Aber bis dahin hast du wohl auch noch andere Burschen kennengelernt.«
»Und wirst du andere Burschen kennen lernen?« fragte ich Lucciola, als sie mir das berichtete.
»Hoffentlich.«

Als kleiner Junge hatte ich mir ein paar Soldi verdient, wenn die Schiffe nach Capri in Sorrent haltmachten. Die Touristen warfen dann Geldstücke ins tiefe, klare Wasser und sahen zu, wie wir Knaben tauchten und die Geldstücke mit dem Mund auffingen. Das war für die Touristen ein großer Spaß und für uns auch. Aber viel war damit nicht zu verdienen, denn es gab immer mehr Taucher als Geldstücke. Und der Rückweg nach Montrecase dauerte zwei Stunden, wenn man die Abkürzungen kannte und über die Felsen kletterte.
Während der Zitronen- und Orangenernte konnte ich auch bei den Bauern etwas verdienen, aber nicht immer und nie sehr viel, denn es gab Erwachsene, die für eine gute Mahlzeit arbeiteten. Meine Schwestern Assunta und Carmelina gingen noch in die Schule, und abends halfen sie meiner Mutter bei ihrer Stickerei.

Einmal im Monat kam ein Mann aus Neapel und kaufte die Handarbeiten der Frauen des Dorfes. So lebten wir. Und wenn Onkel Attila auch keine Miete mehr von meiner Mutter verlangte, so kostete sein unstillbarer Appetit uns mehr, als wir bei der Miete einsparten. Früher hatte sie ihn nicht ernähren müssen, doch jetzt, seit er sich von den Geschäften zurückgezogen und keinerlei Einkommen hatte, blieb ihr nichts anderes übrig. Sie war so arm, daß sie nicht einmal Schulden hatte.
Und darum ging ich an dem Tage, da ich zu Verstand kam, nicht länger in die Schule, denn ich wollte lieber mehr verdienen und meiner Mutter helfen. Der Schule weinte ich keine Träne nach, und das beruhte auf Gegenseitigkeit. Wir hatten nie eine besonders hohe Meinung von einander gehabt. Ich hatte schon lange gemerkt, daß die Schule einen nur daran hinderte, die wichtigsten Dinge zu lernen. Wie man reich wird. Wie man ein Mädchen gewinnt. Die edle Kunst der Selbstverteidigung. Radfahren. Und dergleichen.
Jetzt verbrachte ich meine Tage in dem kleinen Fischerdorf, das an den Hafen von Sorrent anstößt, lag da in der Sonne und wartete, daß die Bootsbesitzer mich riefen, wenn ein Tourist nach dem nahen Strand oder zu einer Grotte gerudert werden wollte oder zu den römischen Ruinen, die sich längs der Küste fanden. Aber ich war nicht der Einzige, der in der Sonne lag und auf einen Ruf wartete. Und die einheimischen Jungen machten sich nichts aus der Konkurrenz anderer Dörfer und spielten uns allerlei Streiche. So mußte ich ständig auf der Hut sein und alle Kniffe des Handwerks lernen, wenn ich etwas verdienen wollte.
Sobald eines der Segelboote, mit reichen Männern und hübschen Mädchen an Bord, aus Neapel kam, ruderte ich ihnen entgegen, weil der Wind sich gewöhnlich einige hundert Meter vor den Klippen der Halbinsel legte, und dann mußte man die Segelschiffe hereinschleppen. Aber ich hatte hart zu arbeiten, um meine Konkurrenten zu besiegen, und manchmal, wenn ich mit hängender Zunge das Segelboot erreichte, setzte dieses einen Hilfsmotor in Gang, und alles, was mir meine Mühe eintrug, waren Schultermuskeln.
Es war kein blühendes Gewerbe. Aber für die meisten von uns gab es kein anderes, denn die einzige Kapitalanlage, die es erforderte, war ein breitkrempiger Strohhut.

Als wir uns den Achtzehn näherten, sprach Lucciola abermals mit ihrer Mutter von unseren Heiratsplänen. Diesmal lachte Donna Lucia nicht mehr, sondern erklärte deutlich, daß ich nie auf ihre Zustimmung hoffen durfte, weil ich kein Geld hatte.
»Gianni hat alles, nur das Wichtigste nicht«, drückte sie das taktvoll aus. Denn sie hatte mich sehr gern.
Die Menschen in Süditalien sind äußerst abergläubisch; so halten sie es für eine schlechte Vorbedeutung, wenn einem eine schwarze Katze über den Weg läuft oder wenn man die Brieftasche verliert oder dreizehn Kugeln ins Herz kriegt oder dergleichen mehr; das schlimmste Vorzeichen aber ist es, wenn man seine Tochter einem mittellosen Mann zur Frau gibt, der nicht ihre ganze Familie zu ernähren vermag; und nur aus Liebe zu heiraten, wird als unmoralisch angesehen. Wahrscheinlich wundert man sich in aufgeklärteren Ländern über solch törichte Sitten, doch gewiß nicht halb so sehr, wie man sich in Montrecase über aufgeklärte Sitten wundert.
Ich suchte bei meiner Mutter Hilfe. Im allgemeinen besaß sie den Schlüssel zu jedem Problem. Diesmal aber nicht.
»Es gibt einen Ersatz für alles«, sagte sie. »Sogar für Kaffee. In der Zeitung habe ich gelesen, daß die Deutschen das erfunden haben. Nur für Geld haben sie noch keinen Ersatz erfunden. Wenn es eines Tages dazu kommen sollte, werde ich es dich wissen lassen.«
»Warum können wir nicht ohne Geld heiraten?«
Sie legte ihre Arbeit nieder und sah mich an. »Ich habe das Kino ebenso gern wie du, Gianni, aber wir dürfen nicht alles glauben, was wir dort sehen. Im Leben geht's nicht zu wie in den Filmen. Zum mindesten nicht in unserm Land. Hier ist's schwer, eine Familie zu ernähren. Und weißt du auch, warum? Weil das Essen teuer ist. Wenn du ein Stück Land besitzt, kannst du dich durchschlagen. Oder wenn dein Vater dir ein Lebensmittelgeschäft hinterlassen hat, mag's auch noch so klein sein. Sonst aber kommt das Essen zu teuer zu stehen. Schuld an allem ist, daß wir so viele sind und das Land zu klein.«
»Ich werde eben weniger essen, und Lucciola ißt ohnehin nicht viel. Wir werden es schon schaffen.«
»Ihr werdet Kinder haben. Viele. Da brauche ich ja nur dich und Lucciola anzusehen, um zu wissen, daß ihr eine Armee von Kindern haben werdet. Kinder wollen gefüttert werden. Sie müssen keine Schuhe haben, und die Kleider kann ich ihnen aus meinen alten

Sachen machen. Aber sie werden essen wollen. Und es ist ein häßliches Gefühl, Gianni, wenn deine Kinder sagen, daß sie hungrig sind und du ihnen antworten mußt, daß nichts mehr da ist. Du wärst größer und stärker geworden, wenn ich dir immer alles hätte geben können, was du gebraucht hast, als du noch sehr klein warst.« Sie sah mich mit müden, traurigen Augen an. Nicht oft sah sie mich so an, und sie tat mir leid. »Als du noch ein kleiner Junge warst, hast du mir manchmal gesagt, daß du Hunger hast. Erinnerst du dich nicht daran?«
»Nein«, log ich.
»Es wird nicht gehn, Gianni. Außer wenn einer von unsern Verwandten stirbt und uns einen Sack Geld hinterläßt. Aber die Reichen hinterlassen immer den Reichen. Manche hinterlassen ihr Geld der Kirche, nur um es nicht den armen Verwandten zu hinterlassen.«
Ich wußte nur zu gut, wie recht sie hatte. Die Lebensbedingungen in Süditalien machten es einem jungen Mann unmöglich, Geld zur Seite zu legen, wenn er nicht einen reichen Papa oder eine schöne Mama hatte. Uns stand nur ein Weg offen – die faschistische Miliz. Aber ich meinte, ich würde mich schlecht ausnehmen, wenn ein Brieföffner in der Scheide an meinem Gürtel baumelte.
»Ich kann auch auswandern, um mein Geld zu suchen«, sagte ich.
Ihre Augen weiteten sich. »Das möchtest du?«
»Millionen von unseren Landsleuten haben es getan.«
»Sicher, und vielen ist es auch gelungen. Aber es ist schwerer, als man sich's vorstellt, Gianni. Fremdes Brot schmeckt bitter, und selbst im Ausland braucht es Zeit, bis man zu Geld kommt. Manche brauchen so lange dazu, daß sie nicht mehr heimkommen.«

Lange Zeit sprachen wir nicht mehr davon. Ich war gerade im militärpflichtigen Alter, und alle Pläne mußten ohnehin warten, bis ich meinen einjährigen Dienst hinter mir hatte.
Zumeist werden die aus dem Süden nach dem Norden und die aus dem Norden nach dem Süden geschickt. Mich schickte man nach Verona, nach Venedig und in die Bergamasker Alpen. Für einen Burschen aus Montrecase war es bitter kalt dort oben. Zweimal kam ich auf Urlaub heim, aber so kurz, daß ich mich gerade nur an Lucciola und an den Bahnhof erinnere.

Als ich Montrecase verließ, erschien mir ein Jahr als unüberbrückbarer Abgrund, doch als ich zurückkam, war es wie ein Tag vergangen und Lucciola und ich konnten dort fortsetzen, wo wir aufgehört hatten.
Jetzt aber gab ich mich nicht mehr damit zufrieden, sie am Bahnhof zu sehen. Montrecase ist ein winziges Dörfchen, eines der kleinsten und abgelegensten von ganz Italien, und für meine Bedürfnisse gab es einfach nicht genug Züge. Und so kam mir wieder der Gedanke ans Auswandern, noch viel stärker als zuvor. Und obgleich ich wußte, daß es meiner Mutter das Herz brechen konnte und mir auch, entschloß ich mich, meine Heimat zu verlassen. Konnten andere im Ausland ihr Glück machen, warum nicht auch ich, dachte ich. Ich war ebenso optimistisch wie der Stierkämpfer, der sich schon den Senf auf seinen Degen schmierte.
Meine Mutter zählte ihre Ersparnisse, die sie in die Matratze eingenäht hatte, legte noch ein Pfund Amulette dazu und machte dann die Runde bei allen unsern armen Verwandten. »Mein Gianni«, sagte sie seufzend, »geht in die weite Welt hinaus, um sein Glück zu machen. Er wird euch nicht vergessen, wenn er als reicher Mann zurückkommt.« Woraufhin die guten Leute in ihre Schlafzimmer verschwanden, in ihren Matratzen stöberten und mit ein bißchen Geld oder wenigstens mit ein paar guten Ratschlägen zurückkamen.
Onkel Attila bedauerte, daß er sich an dieser Sammlung nicht beteiligen konnte, doch er wollte mir statt dessen ein paar Kartentricks zeigen, die mir, wie er meinte, sehr wohl helfen konnten, mein Glück zu machen; dafür aber hatte ich keine Zeit mehr, denn ich mußte mich bei all denen bedanken gehn, die etwas beigesteuert hatten, und das hieß, daß ich noch in den letzten Tagen lange Wanderungen unternehmen mußte.
»Vielleicht wirst du dein Glück machen, vielleicht auch nicht«, sagte meine Mutter, während sie meinen Koffer packte. »Wie du auch zurückkommen magst, hier bist du willkommen, das weißt du. Nur komm mir nicht großmäulig zurück, Gianni – wie so mancher Rückwanderer; oder mit einer reichen, ordinären Frau. Sonst wird's dir leid tun, daß du überhaupt zurückgekommen bist. Hast du verstanden?« Sie versetzte mir eine Ohrfeige, die mir fast den Kopf vom Sockel schlug, damit ich sie auch recht verstehen sollte; dann umarmte und küßte sie mich. Ihr Gesicht war salzig von Tränen.

Sie begleitete mich an die Bahn; auch die Zwillinge waren da, die schon am Abend zuvor angefangen hatten zu weinen, ferner eine Schar Verwandte. Auch Lucciola kam. Und schließlich sogar ihre Mutter, die einen netten Gedanken und ein freundliches Wort für mich hatte:

»Dem fliehenden Feind baut man goldene Brücken«, sagte sie und gab mir mit ihrem süßesten Lächeln eine Schachtel Zuckerzeug.

»Sie sind zu gütig, Donna Lucia«, erwiderte ich gerührt. »Erlauben Sie, daß ich von Ihrer Tochter Abschied nehme?«

»Aber gewiß«, sagte sie strahlend. »Immer!«

Ich zog Lucciola zur Seite.

»Ich warte auf dich«, sagte sie mit Tränen in den Augen und einem Lächeln auf den Lippen. »Auch wenn du hundert Jahre wegbleibst.«

»Auch wenn ich hundert Jahre lang wegbleiben müßte, werde ich dich immer lieb haben«, sagte ich.

»Geschieht dir recht.«

Als der Stationsvorsteher pfiff, küßte ich sie nach Herzenslust, während ein Paar Carabinieri gutmütig zuschauten. Dann sprang ich auf den Zug, der sich schon in Bewegung gesetzt hatte, und alle winkten mit den Taschentüchern, die sie eigens zu diesem Zweck mitgebracht hatten. Auch ich schwenkte mein Taschentuch aus dem Fenster. Aber als mich keiner mehr sehen konnte, da schneuzte ich mich.

Mein Ziel war Frankreich, wohin damals zahlreiche Italiener auswanderten, und wo jeder, der sich nicht vor der Arbeit fürchtete, die Möglichkeit hatte, noch bevor er alt und grau war, soviel zu ersparen, daß er eine Schwiegermutter erhalten konnte.

5

Die Traumfabrik

In Paris Arbeit zu finden war genau so leicht, wie man es mir vorausgesagt hatte. Doch man hatte mir nicht vorausgesagt, wie schwer es sein würde, bezahlt zu werden.

Natürlich hatten wir auch in Paris einen Verwandten, einen Vetter meines Vaters. Er war ein sehr bejahrter, sehr erfahrener Mann, von dem es hieß, er sei Leiter eines der bekanntesten Cafés in einer der bekanntesten Straßen von Paris, den Champs Elysées. Als ich in die Nähe kam, da blieb nicht viel von der Bedeutung meines Verwandten übrig. Gewiß, er war sehr alt und daher auch sehr erfahren, doch damit war es fertig. Er war nicht Leiter, sondern Kellner, und das Café, in dem er arbeitete, war ungefähr das unbekannteste in der ganzen Gegend, es lag auch nicht in den Champs Elysées, sondern in der düstersten Seitengasse und sah aus, als wäre es seit der Erstürmung der Bastille nicht mehr gefegt worden.

Immerhin schien mein Verwandter einen gewissen Einfluß auf den Wirt zu haben, denn es gelang ihm, mich unterzubringen; und zwar durfte ich beim Geschirrwaschen helfen.

»Zwei Mahlzeiten im Tag; und alle Trinkgelder, die du kriegst, darfst du behalten«, sagte der Wirt mit freundlichem Zwinkern.

Am Ende der ersten Woche klagte ich meinem Verwandten, es gäbe überhaupt keine Trinkgelder.

»Natürlich«, sagte er heiter, »wer gibt je einem Tellerwäscher ein Trinkgeld? Wenn es dir aber doch gelingen sollte, eines zu erhaschen, so würde der Chef dir bestimmt erlauben, es auch zu behalten. Er ist ein Mann von Wort.«

Daraufhin begann ich, nach andern Möglichkeiten auszuspähen. Eines war mir bereits klar geworden – um in Paris seinen Weg zu machen, gibt es kaum etwas Wichtigeres als das zu tun, was die Pariser tun: in Cafés gehen. Und damit meine ich jetzt nicht, um Teller zu waschen. Wenn man im Rampenlicht der Tischchen vor den Cafés sitzt, miserablen *café-au-lait* schlürft, ausgezeichnete Brioches kaut, tut, als ob man die französischen Zeitungen lesen würde oder mit Kellnern und Nachbarn Gedanken austauscht, muß irgend etwas geschehen. Was – das hängt von den Launen des Glücks ab. Mir führte Fortuna, da sie blind ist, Monsieur Jade zu.

Ich saß im Empire, einem bescheideneren kleinen Bistro an den obern Champs Elysées, dessen Stammgast ich mit der Zeit geworden war, und studierte die Stellenangebote im Abendblatt, als dieser Herr sich an meinen Tisch setzte und mich überraschend freundlich grüßte. Wir hatten einander einige Tage zuvor kennen gelernt, als er sich von mir die Zeitung oder den Zucker reichen ließ, und seither hatten wir uns mehrmals gesehen. Mein Herz begann zu pochen, als er davon sprach, daß bei einem Film, den er drehen wollte, eine Stelle zu vergeben war. Ich war nun seit drei

Wochen in Paris, und das wenige Geld, das mir geblieben war, schwand rascher dahin als Tapferkeit in einer regnerischen Nacht.

»Verstehen Sie was von Photographie?« fragte er.

»Ich habe mich einmal photographieren lassen.«

»Das ist nicht viel, wenn man nur die Erfahrung in Betracht zieht, aber genug, wenn Sie kräftig und willig sind. Sie haben nichts zu tun, als die Kamera zu tragen.«

Ich war willig und überdies entschlossen, durch Eifer zu ersetzen, was mir an Kräften fehlte, und so lauschte ich hoffnungsvoll, was Monsieur Jade mir zu sagen hatte, während er den Brioche-Korb plünderte und sich vom Kellner sein Kaffeeglas wiederholt nachfüllen ließ.

Es war Monsieur Jades erstes Abenteuer in der Filmindustrie. Das hatte der Kellner mich bereits wissen lassen. Monsieur Jade war ein Mann, der Pläne schmiedete und Beziehungen herstellte. Armenier von Geburt, sprach er ein schlechtes, aber sehr lautes Französisch, und dadurch war er zu dem Ruf gelangt, ein Mann von Vermögen zu sein. So wurde er beständig von Menschen aller Art eingeladen, von den Künstlern, die manchmal genötigt waren, ihre Ölfarben zu verspeisen, bis zu den Diplomaten der Rue de Courcelles, und die Gerichtsvollzieher konnten stets damit rechnen, ihn bei dem geräuschvollsten mondänen Empfang anzutreffen.

Er wirkte mit seinen kurzen Beinen, seinem roten Gesicht und seiner verfrühten Glatze nicht gerade einnehmend, doch das glich er dadurch aus, daß er sich besonders auffallend kleidete. Er hatte eine Vorliebe für eigelbe Galahandschuhe, rosa oder grüne Seidenhemden, Lackschuhe mit weißen Gamaschen und Perlmutterknöpfen. Doch, um ihm Gerechtigkeit widerfahren zu lassen, muß festgestellt werden, daß er offen und aufrichtig war und kein Hehl daraus machte, daß er von seiner Intelligenz eine hohe Meinung hatte.

Zu jener Zeit war ich mir seiner Bedeutung noch nicht bewußt. Noch wußte ich, wie schwer es in Frankreich war, seinen Lebensunterhalt beim Film zu verdienen, denn es gab keine großen Gesellschaften mit einem ständigen Stab, sondern man nahm, was man eben fand, sobald man hinreichend Geld beisammen hatte, um einen Film zu beginnen, vielleicht sogar, um ihn zu beenden. Und wer töricht genug war, sich in dieser Industrie betätigen zu

wollen, hing von einem dieser geschäftigen Individuen ab, wie Monsieur Jade eines war.
Ich war bereit, meiner Zukunft ein Opfer zu bringen, und Monsieur Jades fünfte Brioche sollte die Grenze meiner Investitionen sein. Dann hüstelte ich diskret und sagte:
»Wie steht's mit der Bezahlung?«
Sogleich merkte ich, daß ich einen *faux pas* begangen hatte. Monsieur Jade schnalzte mißbilligend, dann fragte er mich mit gerunzelter Stirne:
»Habe ich recht gehört?«
»Ich weiß nicht«, sagte ich besorgt. Unsere Unterhaltung ging nämlich unter recht schwierigen Bedingungen vor sich, mit Hilfe von Gesten, Körperverdrehungen, Bleistiftskizzen auf dem Marmortisch, denn mein Französisch, von den Touristen in Sorrent und während der wenigen Wochen in Paris erlernt, war noch kläglicher als seines.
»Davon rede ich«, hob ich an und schwenkte vor seinen empörten Augen eine französische Banknote. »*Quanto? Combien? How much? Wie viel?*«, fragte ich, mich der Fragen der ausländischen Touristen, wenn sie ein Boot mieten wollten, entsinnend.
»Ich fürchtete schon, daß Sie das meinten«, sagte Monsieur Jade nicht ohne Bitterkeit, und ich kam mir tatsächlich sehr minderwertig vor. »Und ich weiß nicht, wie die Welt je in Ordnung kommen soll, wenn jeder beständig nur an seinen materiellen Vorteil denkt. Darum habe ich Sie doch gefragt, ob Sie willig sind! Nämlich willig, auf Ihren Lohn zu warten. Aber ich will Ihre Frage beantworten. Für die ganze Arbeit, die, wenn das Wetter gut ist, sechs Wochen in Anspruch nehmen wird, sollen Sie volle zehntausend Francs erhalten, zahlbar nach Fertigstellung des Films.«
»Könnte ich einen kleinen Vorschuß haben?«
Monsieur Jade sah mich schmerzvoll an. »Sie haben kein Vertrauen zu mir!«
»Doch«, erklärte ich fest, »aber meine Wirtin, die Gott strafen möge, hat keines.« Und mit drohenden Gesten verjagte ich den Kellner, der uns unsere Kaffeegläser nachfüllen wollte.
Monsieur Jade lehnte sich in seinem Stuhl zurück und blickte in gestaltlose Fernen. »Ich kann Ihnen keinen Sou geben, bevor der Film fertig ist. Aber während der Produktion werde ich alle Ihre Spesen decken.« Und damit streckte er die Hand zerstreut nach der sechsten Brioche aus.

Ich schob den Korb aus seiner Reichweite und wollte die Zeche bezahlen, doch Monsieur Jade klammerte sich an meinen Arm und beugte sich vor, damit mir nur ja keines der Worte entging, die er mir ins Ohr schrie:

»Was würden Sie dazu sagen, wenn ich Ihnen mitteile, daß ich bereits mit den größten Namen Frankreichs Verträge abgeschlossen habe? Sie werden sich doch gewiß nicht aus bloßen materiellen Bedenken die Möglichkeit verscherzen wollen, Ihren Namen mit den Namen der hervorragendsten Künstler verbunden zu sehen?« Und er zog Dokumente hervor, die bewiesen, daß Jeanne Brochette und Robert Croissant, das berühmte Paar der Comédie Française, und der überragende Regisseur Sergei Tuskanoff für ihre Mitarbeit an dem geplanten Film ihr volles Honorar bereits erhalten hatten.

»Sie werden begreifen«, sagte Monsieur Jade mit goldgerändertem Lächeln, »daß ich unter diesen Umständen haufenweise Leute finden könnte, die gerne auf Bezahlung warten würden. Aber ich bin nun mal ein sentimentaler Narr...«, er klopfte mit den Knöcheln kräftig an seine Glatze, um sich für seine Torheit zu bestrafen, und riß sich Haare aus, die er nicht hatte, »deswegen versuche ich jungen, unbekannten Talenten eine Chance zu geben.«

»Wenn Sie über solche Mittel verfügen«, wandte ich ein, »könnten Sie doch gewiß einen kleinen Vorschuß flüssig machen. Ich brauch ihn dringend.«

»*Mon pauvre ami!* Offensichtlich wissen Sie nicht, wie es in der Finanzwelt zugeht.« Er griff wieder zu seinem goldenen Bleistift und schrieb auf den Marmortisch:

Bisher ausbezahlt:	
Brochette	500 000
Croissant	700 000
Tuskanoff	800 000
Reklame	400 000
Ateliermiete	100 000
Total	2 500 000

»Und das ist genau die Summe, die ich zur Verfügung hatte. Sie werden also einsehen, daß Ihre ausschweifenden Forderungen nicht befriedigt werden können.«

»Aber Sie müssen doch auch noch über andere Mittel verfügen«, meinte ich, der ich eben nicht wußte, wie es in der Finanzwelt zugeht. »Sie brauchen doch bestimmt bares Geld, während der Film gedreht wird.«
»*La boule de neige*, mein armer Freund! Wenn der Schneeball einmal ins Rollen kommt, wächst er zur Lawine an. Die Franzosen hängen an ihrem Geld ebenso leidenschaftlich wie an ihren alten Zähnen, und so muß ich es ihnen kleinweise herausziehen, während die Sache läuft. Zunächst mußte ich eine ältere Dame aus meinem Bekanntenkreis dazu überreden, mir die erste halbe Million zu leihen, um mir Jeanne Brochette zu sichern. Auf Grund des Vertrages mit der Brochette bekam ich das Geld, um Robert Croissant zu engagieren, und mit diesen zwei Unterschriften in der Tasche, brachte ich die nötige Summe für Tuskanoff auf.«
Er nützte seinen strategischen Vorteil aus, um sich ungestört die sechste Brioche zu sichern, bevor er fortfuhr:
»Dann wurde der Schneeball etwas träger. Zuviel gutes Geld ist in der letzten Zeit in schlechten französischen Filmen flöten gegangen. Mehr als noch eine halbe Million habe ich nicht auftreiben können. Davon mußte ich hunderttausend Francs auslegen, um für vier Tage ein Studio in Joinville zu mieten. Das genügt für die Innenaufnahmen. Was hätte jetzt ein kurzsichtiger, ich sage ein kurzsichtiger Produzent mit den restlichen viermalhunderttausend Francs gemacht?«
»Er wäre vielleicht zu einem Augenarzt gegangen?«
»Er hätte das Geld für Arbeitslöhne und ähnliche Extravaganzen vergeudet! Aber ich will nicht leugnen, daß ich ein sehr weitsichtiger Geschäftsmann bin, und so habe ich vorgezogen, den ganzen Betrag in gesunde Propaganda nach amerikanischem Muster anzulegen.«
»Was hat die Propaganda für einen Zweck, bevor der Film gedreht ist?«
Monsieur Jade sah mich mitleidig an. »Je mehr Propaganda, desto mehr Kredit, mein armer Junge! Wenn ich die Atelieraufnahmen vorführen kann, die wir in Joinville gedreht haben, dann lade ich die verschiedenen in Betracht kommenden Geldgeber dazu ein. Die übrigen Aufnahmen werden wir dann im Freien drehen, an der Riviera, wo die Kosten gering sind und das Sonnenlicht reichlich. Mit so grandiosen Plänen, zwei großen Stars, einem russischen Regisseur, dem Drehbuch von einem Ungarn – die

Ungarn haben sich nämlich als die besten Szenaristen für französische Filme erwiesen – und mir als Produzenten soll die Sache kein Erfolg werden? Was?!« Er sagte das so laut, daß ich nicht daran zweifeln konnte.
»Und überdies«, fügte er hinzu, verheißungsvoll blinzelnd, »öffnet sich Ihnen das Tor zur aussichtsreichsten Industrie Europas und zu einer schwindelhaften Karriere. Zu einer Karriere, deren einzige Grenze der Himmel über uns ist!« Er zeigte in die Höhe, und meine Blicke folgten der Richtung seines Zeigefingers.
Schwere Wolken hingen tief herab.

Eine Woche später begannen wir mit den Atelieraufnahmen in Joinville, die binnen vier Tagen erledigt sein sollten, und Monsieur Jade hetzte alle Beteiligten, damit wir rechtzeitig fertig wurden. Er war überall, und überall war er lästig. Er spähte durch die Kamera, bevor gedreht wurde, gab dem Operateur Ratschläge, die prompt mißachtet wurden, und erhob allerlei Einwände, wenn Tuskanoff, der Regisseur, eine Szene wiederholen wollte.
Tuskanoff, der im ersten Weltkrieg ein berühmter Kampfflieger in der Zarenarmee gewesen war und eine schwarze Binde über dem einen Auge trug, war ein ruhiger Mann mit eisernen Nerven. Zwei Stunden lang ließ er sich diese Prüfung gefallen; dann auf einmal riß ihm die Geduld. Er warf das Megaphon auf den Boden, zertrampelte es und wandte sich dem Ausgang zu, laut fluchend. Leider auf Russisch. Monsieur Jade stürzte in panischer Angst hinter ihm her, kniete auf der Schwelle nieder, schwur unter Tränen, er werde sich von nun an wie ein Engel benehmen und den Mitwirkenden seine Ratschläge erlassen.
Von da an kaute er diskret im Hintergrund an seinen Nägeln und machte sich lediglich bemerkbar, um uns Kaffee und Brötchen zu bringen oder andere kleine Ausläuferdienste zu erweisen, damit wir unsere Arbeit möglichst pausenlos fortsetzten. Und dadurch daß wir so tief in die Nacht hinein arbeiteten, daß es darüber Morgen wurde, beendeten wir die Atelieraufnahmen gerade zur rechten Zeit.
Nachdem der Cutter die Sequenzen zusammengestellt hatte, waren wir bereit, dem Strom möglicher Geldgeber, den Monsieur Jade erwartete, etwas vorzuführen.
Der Strom bestand aus einem einzigen Mann, einem bejahrten schwedischen Financier und Kunstfreund, der bei der großen

Verführungsszene so sehr in Schweiß geriet, daß er Monsieur Jade zu Larue einlud, um sich genauer über die Produktion unterrichten zu lassen und dabei auch die Hauptdarstellerin kennen zu lernen.

Eine erstklassige dramatische Szene fand statt, als Monsieur Jade Jeanne Brochette mitteilte, daß sie zum Abendessen eingeladen sei, und von wem. Sie kletterte auf einen Stuhl und las uns allen, mit tragischen Gesten, ihren Kontrakt vor; dann fragte sie uns, ob darin irgendeine Klausel vorhanden sei, die sie verpflichtete, greise Casanovas zu amüsieren.

Monsieur Jade ließ die ganze Skala menschlicher Gefühle vor ihren müden Augen ablaufen. Er wies darauf hin, daß andere Lohn und Schlaf opferten, um ihr einen Erfolg zu verschaffen, während sie die Familien der Mitarbeiter zugrunde richten, ja, vielleicht zum Selbstmord treiben wollte. Und warum? Weil sie einer Laune wegen nicht einmal eine harmlose Stunde in einem Restaurant verbringen wollte. Als ob sie jemand zwingen würde, einen Bissen zu essen, wenn sie keinen Appetit hatte!

Jeanne Brochette war wohl temperamentvoll, aber im Grunde gutmütig. Nach verschiedenen, glänzend gespielten Szenen willigte sie schließlich ein, und die Züge Monsieur Jades glätteten sich wieder.

Dennoch war der Abend nur ein halber Erfolg.

Anscheinend ließ sich die Tragödin lediglich in einem der roten Plüschfauteuils von Larue nieder, begnügte sich damit, zu gähnen und große Mengen teuersten Champagners zu schlucken, während der mißachtete Financier verhängnisvoll nüchtern blieb, ein Auge auf Jeanne Brochette richtete, das andere auf die Ziffern, mit denen Monsieur Jade das Tischtuch bedeckte.

Als Monsieur Jade ihn aufforderte, sich mit zwei Millionen Francs am Unternehmen zu beteiligen, wußte der Financier, daß Monsieur Jade nur eine Million benötigte und bot ihm deswegen eine halbe an; und Monsieur Jade fügte sich seufzend, aber sofort.

Am folgenden Abend bestiegen wir alle sehr verdrossen den Zug nach dem Süden Frankreichs. Um die Kosten herabzusetzen, hatte Monsieur Jade uns keine Schlafplätze besorgt, und wir mußten die ganze Nacht sitzen. Jeanne Brochette, die von Larues Champagner eine Migräne hatte, war unangenehmer als eine Bärenfalle, sie schnappte bei jeder Gelegenheit zu, und man blieb ihr nichts

schuldig. Bis auf Croissant, den männlichen Star, der sich das nicht leisten konnte, weil er, wie jedermann wußte, insgeheim mit ihr verheiratet war.
Nur Tuskanoff hielt sich von allem fern, rauchte schweigsam seine Pfeife und tat, als würde er uns überhaupt nicht kennen. Er sah nichts als Katastrophen voraus, und unsere ganze Gesellschaft war ihm zuwider. Doch er war bezahlt und somit hilflos.

Monsieur Jades Betriebsamkeit hätte einen besseren Lohn verdient. Als wir an der Riviera ankamen, regnete es, und das dauerte Tag und Nacht. Den Mitgliedern der Gesellschaft blieb nichts anderes übrig, als ins Casino zu gehn oder mit einem Autobus nach Cannes, Juan-les-Pins und Monte Carlo zu fahren, wo es schließlich auch Casinos gab. Da ich kein Geld besaß, das ich auf solche Art anlegen konnte, verbrachte ich meine Zeit damit, meiner Mutter und Lucciola zu schreiben, ihnen von meinem Erfolg zu berichten, in Galoschen durch die Straßen zu stapfen und auf einem der beiden Autos, welche die Gesellschaft gemietet hatte, fahren zu lernen.
In Erwartung von Sonnenschein beschäftigte Monsieur Jade sich eifrig damit, reiche Rivieragäste ausfindig zu machen, die sich an der Finanzierung unseres Films beteiligen sollten. Seine Energie war bewunderungswürdig, wenn man bedenkt, daß er sich in seinem Kummer fast ausschließlich von Kaffee und Fingernägeln ernährte. Er war es, der die Hotelspesen zu decken hatte, und wenn das schlechte Wetter auch ein einkalkuliertes Risiko war, so hatte er doch diese Menge an Risiko nicht einkalkuliert.
Die wahre Katastrophe aber traf uns, als mit zwei Wochen Verspätung der Regen ein Ende nahm. Da stellte es sich nämlich heraus, daß unser gesamter Filmvorrat, den wir mühsam auf Kredit erhalten hatten, verschwunden war.
Das Schauspiel, das Monsieur Jade bot, als er in seinen Gamaschen auf und ab sprang und seiner Entrüstung über das Verbrechen Luft machte, war erbaulich, insbesondere als sich herausstellte, daß unser eigener Cutter der Verbrecher war. Er hatte sich von einem Wucherer Geld ausgeborgt, das er beim Bakkarat zu vervielfachen hoffte, und als Deckung hatte er unsern Vorrat an Filmen hinterlegt. Natürlich hatte er nur das Interesse der Gesellschaft im Sinne gehabt. Doch obgleich er das sehr klar auseinandersetzte, schien Monsieur Jade ihn nicht zu verstehen, sondern rief kurzerhand die

Gendarmen. Zum Glück legte er sich aber noch rechtzeitig Rechenschaft darüber ab, daß wir den Cutter benötigten, und so bat er ihn vielmals um Verzeihung, weil er ihn so schmählich beargwöhnt hatte.
Aber ein neuer Film mußte beschafft werden, zu viel Geld war in diesen untätigen Wochen ausgegeben worden, und Monsieur Jade teilte uns mit, daß er nach Paris fahren müsse, um, wie gewohnt, Geld aufzutreiben, da die Kapitalisten an der Riviera sich als kurzsichtige und selbstsüchtige Schweine erwiesen hätten, die von seinen geschäftlichen Vorschlägen nichts hören wollten. Er war überzeugt, daß er in Paris größeres Verständnis finden würde, insbesondere wenn er Mademoiselle Brochette mitnahm, die fließender Französisch sprach als er, und der es darum leichter gelingen könnte, den Schweden oder andere Financiers zu überreden.
Doch unsere Künstlerin hatte unterdessen einen indischen Prinzen mit Villa in Sicht und gab Monsieur Jade lediglich eine verheißungsvolle Botschaft für den Schweden mit.

Vier Tage später kehrte Monsieur Jade aus Paris zurück, begleitet von einem jener Hunde, die soviel Haar haben, daß man nicht weiß, mit welchem Ende sie einen beißen werden, und von Mademoiselle Roberte, der Besitzerin des Hundes, einer jungen Künstlerin mit keckem Gesicht und jugendfrischem Zubehör. Unsere Diva, die in den Vierzig war, legte eine sofortige Abneigung gegen den neuen Gast an den Tag, ganz im Gegensatz zu unserem männlichen Star, der in den Fünfzig war.
Monsieur Jade erklärte uns, der schwedische Finanzmann hätte weitere Hilfe verweigert unter dem seltsamen Vorwand, nur Mademoiselle Brochette könne ihm sämtliche Informationen liefern, deren er benötige; aber Monsieur Jade hatte einen andern Geldgeber gefunden, einen Mann mit Weitblick und künstlerischem Verständnis, nicht einen jener unzuverlässigen Ausländer, sondern einen echten Franzosen, keinen geringeren als einen Staatsminister, der einen kleinen Vorschuß auf große Verheißungen gegeben hatte. Dieser edle Politiker hatte nicht nur Geld, sondern auch die unschätzbare Mitwirkung seiner Protégée, eben dieser Mademoiselle Roberte, angeboten, die er für eine hervorragende Darstellerin von Naivenrollen hielt.
»Die übliche Schweinerei!« Das waren die Worte, mit denen

Jeanne Brochettes schrille Stimme diese Eröffnung aufnahm. »Sicher ist das einzige Publikum, das je die Talente dieses angetünchten Trottoirgemüses bewundert hat, der alte Affe selber. Er allein ist bei dieser Geschichte der Naive!«
Monsieur Jade zwang sich ein Lächeln ab, »Wenn Seine Exzellenz genügend künsterisches Verständnis beweist, um sich für unseren Film zu interessieren, können wir dann seine Urteilsfähigkeit anzweifeln?«
»Wenn Sie sich die Mühe genommen hätten, das Drehbuch zu lesen«, fuhr Tuskanoff ihn an, »dann wüßten Sie, daß keine zweite Frauenrolle vorhanden ist!«
Monsieur Jade musterte ihn mit jener geheimen Verachtung, die der Mann der Praxis für jene hat, die nach Vollendung streben. »In Ihrem Alter sollten Sie wissen, daß Zelluloid flexibel ist, Tuskanoff«, sagte er und wischte sich den Schweiß von der Stirne.
»Was wollen Sie damit sagen?«
»Daß wir unter diesen Umständen eine kleine Rolle für das Fräulein in unser Szenario hineinschreiben sollten. Nachträglich können wir sie immer noch herausschneiden. Der Minister kommt uns bei seinem nächsten Urlaub besuchen, um zu sehen, was wir für seine Protégée getan haben, und da müssen wir ihm etwas zeigen können. Ist er zufrieden, so finanziert er uns bis zur letzten Kurbeldrehung. Andernfalls sind wir erledigt.«
»Ich weiß nicht, wie man unter solchen Bedingungen etwas Anständiges fertig bringen soll!«
»Das überlassen Sie nur mir, Tuskanoff. Und es wird schon alles glatt gehn.«
»Genau so hat Rasputin beständig zum Zaren gesprochen!«
Ich gebe Ihnen freie Hand; Sie bringen Mademoiselle Roberte in irgendeiner Szene unter, wo sie sich vorteilhaft präsentiert. Jeder Regisseur würde so eine Gelegenheit mit Begeisterung ergreifen.«
»Was wissen Sie von Regisseuren?« schnaubte Tuskanoff.
»Eine ganze Menge«, erwiderte Monsieur Jade kühl. »Darum habe ich Sie ja engagiert.«
Zum Glück war der Verfasser des Drehbuchs einige Monate zuvor an Unterernährung und zwei Kugeln im Kopf gestorben, und so konnten wir mit der Handlung umgehn, wie wir wollten, ohne daß er sich eingemischt hätte. Es war die Geschichte von einem sehr jungen und vermutlich unschuldigen Bauernmädchen, rein wie

das Wasser von Evian – von der gereiften und vermutlich sehr erfahrenen Jeanne Brochette dargestellt – das sich in ihren Verführer verliebt hat, einen Verbrecher großen Stils, der sich auf ihrem Hof vor der Polizei verborgen hält. Durch die Liebe des Mädchens geläutert, beschließt er, Mönch zu werden und seine Schuld mit guten Werken zu sühnen. Doch während er, in fromme Gedanken versunken, den Weg zum Kloster einschlägt, kommt ein Taxi in rasender Fahrt daher, überfährt und verstümmelt ihn so, daß er völlig unkenntlich ist. Wer aber saß im Taxi? Ganz einfach, und ohne jegliche Begründung, das Bauernmädchen! An einem Medaillon, das er auf der Brust trägt und das sie ihm geschenkt hatte, erkennt sie den Geliebten. Und nun ist sie es, die nach einer herzzerreißenden Szene ins Kloster geht.
Angesichts der Unmöglichkeit, in diese Handlung eine Rolle einzubauen, darin Mademoiselle Roberte vorteilhaft zur Geltung käme, beschloß Tuskanoff, sie in einer Szene zu filmen, die mit unserem Drama überhaupt nichts zu tun hatte, dagegen ihren Typus im günstigsten Licht zeigte. Und dieser Typus hatte nichts von jener Naivität an sich, die der Minister in seinem Schützling sehen wollte.
Roberte erwies sich als ebenso unzuverlässig wie unbegabt. Am ersten Tag kam sie zwei Stunden zu spät zur Arbeit, und während der Proben kicherte sie unaufhaltsam. Da begann Tuskanoff sie mit schneidendem Hohn zu behandeln, bis sie schließlich in Tränen davonrannte und zu seiner größten Freude schwur, sie werde sich nie mehr vor einer Kamera sehen lassen. Doch als am nächsten Morgen Monsieur Jade sie zu den Aufnahmen zurückführte, da war sie gefügiger und zuversichtlicher geworden. Und noch vor dem Abend versicherte sie uns allen und verschiedenen zufällig Anwesenden in tiefstem Vertrauen:
»Wenn die Brochette vor Beendigung des Films an Altersschwäche stirbt, werde ich für sie einspringen.«
Von da an erwies sie sich als leidlich angenehm und brauchbar – abgesehen von zwei Tagen, da sie mit einem Nervenzusammenbruch im Bett blieb, weil ihr Skye-Terrier mit einem Dackel, der seine Ferien an der Riviera verbrachte, durchgebrannt war.

Als vierzehn Tage später der Minister, ein imposanter Mann mit Zylinder, gestreiften Hosen und Kneifer, aus Paris kam, konnten wir ihm etwas für sein Geld vorführen. Roberte bot seinen von

keiner Sachkenntnis getrübten Augen ein erfreuliches Bild. War ihr Geist auch nicht gerade sprühend, so hatte der Leib doch den rechten Verstand.
Ausschließlich zur Freude unseres Geldgebers hatten wir eine schwüle Szene zwischen Roberte und Croissant gedreht. Die Szene war in ihrer Gesamtheit einem historischen Drama entnommen, das einige Jahre früher in Paris Erfolg gehabt hatte. Die Heldin war Elisabeth I. von England, und in dieser Szene verführte die jungfräuliche Königin mit großem Eifer einen ihrer Hofherren.
Die Situation erschien dem Minister irgendwie vertraut und überzeugte ihn davon, daß der Film Erfolg haben werde. So beschloß er, uns auch weiter beizustehn, machte abermals einen kleinen Betrag flüssig, und versprach, das Übrige binnen kurzem zu beschaffen.
In den folgenden Wochen herrlichsten Wetters arbeiteten wir in großem Tempo und brachten die verlorene Zeit wieder ein. Doch etwa zehn Tage bevor der Film fertig sein sollte, brach eine neue Katastrophe über uns herein.

Mademoiselle Roberte war, wie sich leider herausstellte, eine Künstlerin, der es an den moralischen Grundsätzen und der hohen Ethik ihres Berufs mangelte; sie ließ sich von ihrem Beschützer bei offener Tat mit einem der Männer ertappen, die sie liebte, einem Jüngling, der ihr aus Paris nachgefahren war und hier auf Kosten des Ministers lebte und liebte.
Der Minister verlor gleichzeitig den Glauben an das Weib und an die Filmindustrie, versagte fernere Unterstützung und beschloß, in der Politik Vergessen zu suchen. Da er ja nur durch sein Ehrenwort gebunden war, gab es keine Möglichkeit, ihn zu weiterer Hilfeleistung zu zwingen. Er nahm den ersten Zug nach Paris, ohne auch nur den Zylinder vor Monsieur Jade zu lüften, der auf den Bahnhof gestürzt war.
Dieser Mann, gehärtet in wochenlanger Tätigkeit in der Filmindustrie, nahm die neue Krise verhältnismäßig gefaßt auf.
»Jetzt bleibt nichts übrig«, erklärte er düster, aber mannhaft, »als mich an die Filmhyänen zu wenden. Ich hatte gehofft, ich würde das vermeiden können. Aber wir dürfen keine Stunde verlieren. In zehn Tagen beginnen die Proben bei der Comédie Française, und dann müssen unsere beiden Stars fort. Ich fahre sofort nach Paris,

um mit Mr. Kennan zu reden. Er hat mir schon mehrmals telegraphiert.«

Dieser Herr, der sich »Mister« nennen ließ, obgleich er kein englisches Wort kannte, und »Kennan«, weil sein Name ganz anders lautete, war ein großer Mann in einem winzigen Bureau. Er hatte die Gestalt eines Bullen und das Gesicht eines Lamms. Von Geburt war er Syrier, und das Schreiben und das Lesen war nie sein Fach gewesen. Doch auf das Rechnen verstand er sich ausgezeichnet. Jeden Morgen pünktlich um neun betrat er sein Bureau, blies den Staub von seinem leeren Schreibtisch, zündete sich eine Zigarre an, dick wie eine Primadonna, und wartete auf einen Landsmann, der ihm die Finanzseite des *Figaro* vorlas. Das war das einzige Vergnügen, das Mr. Kennan sich gönnte. Den Rest des Tages arbeitete er hart, ging ins Kino, ging ins Theater, verkehrte bei Maxim's und bei Fouquet's und an andern Orten, wo man den Klatsch von Bühne und Film erfahren konnte. Er wußte alles, was ein großer Filmproduzent unbedingt wissen mußte, und hielt Shakespeare für einen berühmten Hollywooder Regisseur.

Er hatte schon manchen Film beendet, den er nie begonnen hatte, indem er sich ihn nach einem längst geheiligten Ritual aneignete. Traditionsgemäß und den Ziffern entsprechend, die ich später erfuhr, spielte sich die Begegnung zwischen ihm und Monsieur Jade ungefähr folgendermaßen ab:

»Nur herein, nur herein«, rief Mr. Kennan mit süßer Stimme dem Schatten zu, der sich schweigend hinter der Glastüre bückte. Und als Monsieur Jade sich zaghaft in das Zimmer schob, schnaubte der Syrier ihn durch die Zigarre an:

»Wieviel?«

Bei diesem Stand der Partie wäre jeder Versuch Monsieur Jades, keck aufzutreten, reinste Lächerlichkeit gewesen. Wer diese Schwelle übertrat, ließ alle Hoffnung fahren. Monsieur Jade trat, die Blicke auf Halbmast, näher und las von einem Zettel ab:

»Bar investiert bisher dreieinhalb Millionen Francs. Noch erforderlich, um die bisherigen Geldgeber auszukaufen und den Film zu Ende zu drehen, eine Million.«

»Ihre Barinvestitionen bis zum heutigen Tage betragen zwei Millionen neunmalhunderttausend Francs«, stellte Mr. Kennan richtig und blies eine Wolke kostspieligen Rauchs in das reglose Gesicht seines Gegenübers. »Als Sie mir gestern abend am Tele-

phon sagten, Sie wollten mich aufsuchen, habe ich mich mit den bisherigen Geldgebern in Verbindung gesetzt und ihnen nahegelegt, jeder müsse noch eine weitere Million in das Geschäft stecken, und zwar sofort.«
Monsieur Jade atmete respektvoll Mr. Kennans Rauch ein und lauschte mit wachsender Bewunderung.
»Die Herren«, fuhr Mr. Kennan fort, »erklärten mir, wie ich es vorausgesehen hatte, sie seien an dem Abenteuer nicht länger interessiert, und waren froh, als ich ihnen viermalhunderttausend Francs für den ganzen Bettel anbot. Szenario, Film und Kontrakte, Ihr eigener inbegriffen, gehören jetzt mir, Monsieur Jade. Ich glaube, daß weitere zweihunderttausend genügen werden, um die Geschichte in großem Stil zu beenden. Dieses Geld liegt hier für Sie bereit. Immerhin will ich Ihnen, in Anerkennung Ihrer hingebungsvollen Tätigkeit, einen Anteil von einem Prozent vom Nettoertrag zugestehn. Sie haben Glück, daß Sie, dank meines Eingreifens, davor bewahrt bleiben, sich mit einer jener Filmhyänen einzulassen, der Schmach unserer Industrie. Der Vertrag ist bereit. Sie brauchen nur hier zu unterzeichnen.«
Ohne ein weiteres Wort zu verlieren, setzte Monsieur Jade seinen Namen neben das Kreuz Mr. Kennans. Und dann gingen die beiden großen Männer in das nächste Bistrot, um das Ereignis mit einem Pernod à l'eau zu feiern.
Mr. Kennan hatte Monsieur Jade wohl eingeladen, aber Monsieur Jade, als der schwächere Teil, durfte schließlich zahlen.

Das Auf und Ab unseres Filmabenteuers hatte mir den Appetit und den Schlaf und damit einen großen Teil meiner Kräfte geraubt. Und so kam es, daß die Kamera, die ich tragen mußte, ihr Gewicht scheinbar verdoppelt hatte. Als Monsieur Jade, von Mr. Kennans Finanzkraft gestützt, aber doch erheblich weniger übermütig, aus Paris zurückkehrte und verhieß, der Film werde bald beendet sein, da hatte ich den Glauben an ihn verloren. Doch ich hatte unrecht. Im Galopp drehten wir die letzten Szenen, Tuskanoff und Jade durchwachten die Nächte, und eines Tages erklärte man uns, das Meisterwerk sei vollendet. Keiner, der nicht erleichtert geseufzt hätte.
Doch als ich mein Geld verlangte, da hob Monsieur Jade verzweifelt die Arme. Ich solle mich doch bis zu den ersten Aufführungen in Paris gedulden, wenn das Geld anfangen würde, einzuströmen.

Er werde mich aus eigener Tasche bezahlen, erklärte er pathetisch, da Mr. Kennan sich geweigert habe, die ursprünglichen Verpflichtungen des Unternehmens anzuerkennen. Unterdessen drückte er mir eine Freikarte zur Premiere in die Hand, und ich mußte mein Hab und Gut verkaufen, um nach Paris zurückfahren zu können.

Hoffnungsvoll ging ich zur Vorstellung, meines Anteils am Erfolg des Films bewußt.

Es war ein großes Ereignis mit wichtigen Persönlichkeiten im Frack, juwelenstrotzenden Damen und viel Musik. Die Kritiker begrüßten den Film als eine Großtat der heimischen Industrie. Doch die Einheimischen mieden ihn und zogen, wie gewöhnlich, die Produkte der ausländischen Industrie vor.

Nichtsdestoweniger hatte Mr. Kennan seine geringfügige Investition binnen sieben Wochen hereingebracht, und daraufhin waren sämtliche Erträgnisse Reingewinn. So hatte schließlich niemand etwas an der Geschichte verloren als die Geldgeber – und ich.

Doch Mr. Kennans Meisterstreich kam erst, als er mit Hilfe von Monsieur Jade die Einnahmsziffern leicht frisierte – die Herren fügten lediglich zwei Nullen hinzu – und die amerikanischen Rechte seinem jüngern Bruder in New York für eine Million Francs verkaufte. Der Film fand bei den amerikanischen Kritikern begeisterte Aufnahme, wurde in all den kleinen Kinos aufgeführt, die ausländische Filme zeigen, und bald hatte Mr. Kennan in New York seinen Kaufpreis vervielfacht in der Tasche.

Mr. Kennan in Paris war zu großzügig, um einem Mitmenschen, auch wenn es der eigene Bruder war, einen Haupttreffer zu mißgönnen. Für einen bewährten Kinomann gab es ja immer wieder einen Fisch im Netz. Und nun arbeitete er mit Monsieur Jade zusammen, der einer seiner begeistertsten Anhänger geworden war.

Von seinem ersten Erfolg ermutigt, hatte der tüchtige Monsieur Jade keine Zeit verloren, sondern Geld für eine neue Produktion aufgebracht, die er einem noch rascheren, noch profitableren Bankrott entgegenführen wollte; den Nutzen sollte am Ende sein Partner, Mr. Kennan, haben und nicht eine jener Filmhyänen!

Monsieur Jade war entschlossen, Mr. Kennan treu zu bleiben, bei dem er noch eine Menge lernen konnte, bevor er ins andere Lager übergehn wollte, das heißt, zu dem New Yorker Mr. Kennan. Monsieur Jade selber war es, der mir das erzählte, als ich ihn im

Café Empire traf und versuchte, das Geld einzutreiben, das er mir schuldete. Er mußte seine Augen mit dem Lesen von Filmmanuskripten überanstrengt haben, denn zunächst hatte er alle Mühe, mich zu erkennen.
Das fünfte und letzte Mal, da ich ihm begegnete, gelangten wir zu einer freudschaftlichen Verständigung. Er spendierte mir eine Brioche und versprach mir für die nächste Zeit eine noch lohnendere Beschäftigung.
Doch zum Glück war ich nicht länger von Monsieur Jade abhängig.

6

Noblesse oblige

Seitdem ich mit leerem Magen nach Paris zurückgekehrt war, hatte ich beschlossen, daß es nun an der Zeit war, richtig Geld zu verdienen. Das war doch schließlich der Grund, weshalb ich Montrecase verlassen hatte. Und so war ich sehr froh, als ich nach Hause schreiben konnte, ich hätte eine Stelle als Taxichauffeur bei einem Unternehmen gefunden, das mit zwei alten Citroëns betrieben wurde, und wo man sich um meine Fähigkeiten keine allzu großen Sorgen machte.
Da ich ohne Koffer in Paris angekommen war, konnte ich kein Zimmer mieten, ohne die Miete im voraus zu bezahlen. So schlief ich denn die ersten Nächte meiner neuen Tätigkeit im Taxi. Das war erheblich bequemer als zahlreiche Schlafstätten, die ich gefunden hatte, wurde aber manchmal schwierig, wenn ein Kunde ins Auto sprang und Eile hatte, während ich mich gerade im Rückspiegel rasierte.
Ich arbeitete Tag und Nacht, wenn die alte Kiste nicht in Reparatur war, was mir viel Freizeit gab, und an diesen Mußetagen hatte ich die Gewohnheit angenommen, jeden Abend mit dem Comte Roland de Roquefort bei Fouquet einen Apéritif zu nehmen.
Nun gehören ja Taxichauffeure nicht gerade zu den Stammkunden von Fouquet, wo ein gewähltes Publikum von Boulevardbummlern, adligen Kokotten, Schauspielern, Diplomaten, Schriftstellern und andern Nichtstuern verkehrt. Aber dafür können auch nur wenige Taxichauffeure sich rühmen, einen waschechten Grafen

zum Freund zu haben, und zwar den Sprößling einer der ältesten Familien Frankreichs.
Roland de Roquefort hatte kurze Zeit literarischen Ruhm genossen, als Sacha Guitrys Auto ihn auf der Place Vendôme überfahren hatte. Von Beruf war er Journalist ohne Portefeuille, und das ermöglichte ihm, bei allen Ereignissen innerhalb der Pariser Elite dabei zu sein. Bei Premieren, bei Rennen, bei Duellen und bei allen adligen Hochzeiten – von der eigenen abgesehen. Das Wochenblatt, für das er schrieb, hieß *L'Universel,* weil es universell unbekannt war. Die einzigen regelmäßigen Leser waren die Korrektoren, der einzige Abonnent der übergeschnappte Millionär, dem es gehörte.
Rolands Stellung war unbezahlt, aber wenigstens war es eine Dauerstellung. Er war ein romantischer junger Mann mit träumerischen Augen, der sich weigerte, in den gemeinen Kampf ums Dasein einzugreifen. Er schickte einem Mädchen lieber Blumen und mit eigener Hand abgeschriebene Gedichte, als praktische Dinge wie Eßwaren, Strümpfe oder Autos. Unglücklicherweise stand er im Ruf, von alten Damen ausgehalten zu werden. Das war aber eine grobe Übertreibung. Madame de L., die einzige Frau, mit der er eine Liaison unterhielt, war weder alt noch ein Plural.
Ich hatte ihn während der vier Tage kennengelernt, als wir in Joinville drehten, wo er sich herumtrieb und nach jungen Talenten Ausschau hielt, die entdeckt werden wollten. Seine müde, weltmännische Art hatte mir tiefen Eindruck gemacht, und ich träumte davon, eines Tages, wenn ich sehr alt sein würde, genau so zu sein.
Und darum, als ich während der ersten Tage meines Chauffeurdaseins, Roland de Roquefort auf den Champs Elysées erblickte, hupte ich und bot ihm an, ihn kostenlos mitzunehmen. Und der Graf, wie gewöhnlich ohne ein bestimmtes Ziel, stieg bereitwillig ein.
»Sie brauchen eine Unterkunft mit einem Rasierspiegel«, meinte er, nachdem ich ihm meine Wohnsorgen mitgeteilt hatte, »und ich brauche häufig ein Taxi. Ich komme gewöhnlich zu spät zu meinen Verabredungen und habe gerade nicht das nötige Kleingeld für ein Taxi bei mir. Wir könnten uns zu beiderseitigem Vorteil zusammentun. Ich fahre in Ihrem Taxi, und Sie benützen meine Wohnung. Was halten Sie davon?«
Dieser Vorschlag gefiel mir, und so führte uns unsere erste Fahrt

zu seiner Wohnung, zwei verwahrlosten Zimmern unter dem Dach eines Hauses in der Rue de Berri, unweit von Fouquet's. Ich schoß ihm die Hälfte seiner bescheidenen Miete vor, und am Ende der ersten Woche schuldete er mir fünfhundert Francs für Fahrspesen. Er erwartete große Summen aus Quellen, die er nicht preisgeben wollte, und ich war froh, zu sehen, daß mein Guthaben rascher wuchs als meine Barmittel, die ich schneller ausgegeben hätte. Noch nie war ich so reich gewesen.
Aber ich fand, daß ich auch anderes erwarb als schnöden Reichtum. Schon war ich längst nicht mehr der unbeholfene Junge, der mit Tränen in den Augen Montrecase verlassen hatte. Meine Verbindung mit den Filmleuten, mit Schauspielern, Regisseuren, Produzenten, Journalisten und Elektrikern hatte aus mir beinahe einen Mann von Welt gemacht. Ich sprach Französisch, pfiff auf der Straße den letzten Schlager und las bei den Mahlzeiten die Zeitung. Und was ich vom eleganten Leben nicht wußte, darüber konnte mich Roland belehren. So sah ich mich bereits nicht nur mit Geld beladen nach Montrecase zurückkehren, sondern auch mit den feinsten Manieren ausgestattet. Denn Roland war nicht nur ein Graf, sondern auch ein Gentleman, wie sich bei der schrecklichen Patsche erweisen sollte, in die er sich durch eine Frau brachte – denn um sich als Gentleman erweisen zu können, bedarf man einer Frau. Zum mindesten in Paris.

Es war Frühling, es dämmerte, und wir saßen an einem Ecktisch vor Fouquet, von wo aus ich meinen Wagen überwachen konnte, der in der Avenue Georges V. parkiert war, und Roland die Naturschönheiten der Champs Elysées, die zu jener Stunde in großer Zahl über den glitzernden Boulevard, ihren reizenden Nasen folgend, einherliefen.
Dann fuhr ein prächtiger Delage vor, ein kanariengelbes Coupé, niedrig, lang, von Chrom blinkend, und hielt vor dem Café. Eine Naturschönheit mit mächtigen Federn auf dem winzigen Hut stieg aus, von einem geschniegelten jungen Mann gefolgt, überquerte das Trottoir und blieb vor den Tischen stehen. In der Hand hielt sie ein zusammengeknittertes Zeitungsblatt.
»Ist der Schuft hier?« fragte sie ihren Begleiter laut, mit einer melodiösen Sopranstimme.
Der junge Mann sah sich um, führte sie zu unserem Tisch und wies auf Roland: »Da sitzt er.«

Raland stand auf und verbeugte sich leicht. »Das muß ein Irrtum sein, Madame. Ich bin der Comte de Roquefort.«
»Der Irrtum war auf Ihrer Seite, Comte, und Sie werden ihn mit Ihrem Blute sühnen«, sagte die Schönheit, entfaltete die Zeitung und schwenkte sie vor Rolands Nase. In dem brüsken Schweigen, das sich über alle Tische gesenkt hatte, verkündigte sie, immer lauter und melodiöser:
»Ich bin Lisette de Vences, die Sie in Ihrer schändlichen Rubrik so heldenhaft angegriffen haben.«
»Ah!« sagte Roland, und das war nicht viel für jemanden, der für einen der gewandtesten Plauderer und erfolgreichsten Herzensbrecher von Paris galt.
»Um Ihnen Gelegenheit zu geben, sich auf dem Feld der Ehre ebenso mutig zu erweisen wie hinter dem Schreibtisch«, fuhr die Schönheit fort, »fordere ich Sie hiermit zum Duell!« Dann zog sie einen ihrer langen Handschuhe aus, peitschte damit Rolands verblüfftes Gesicht und warf das Kleidungsstück ihrem Feind vor die Füße.
Hundert Augen eines regungslosen Publikums waren auf uns gerichtet.
»Ich bin bereit«, erwiderte Roland, der sich langsam von der Überraschung erholt hatte, die vielversprechende Gestalt vor ihm mit Kennerblicken musterte und gierig den Duft von Lanvins ›Scandale‹ einatmete – er erkannte jedes Parfum sofort – das in beinahe greifbaren Wellen von der Haut seiner Gegnerin ausströmte. »Ich bin bereit, Ihnen jede Genugtuung zu geben, die Sie nur wünschen können, aber –«
»Aber?« fragte Lisette de Vences ungeduldig.
»Ich kann mich nicht mit einer Dame duellieren.«
»Darüber können Sie beruhigt sein, Comte; ich bin keine Dame.«
»Ich bitte Sie!« protestierte Roland, dem diese Sprache die Schamröte in die Wangen trieb.
»Morgen früh werden Sie den Besuch meiner Sekundanten erhalten«, sagte sie kurz. Dann wandte sie sich zu ihrem Begleiter, und gurrte in den süßesten Tönen: »Komm Liebster!« Und dann verzog sie sich so eilig, daß Roland ihr nicht einmal die Hand küssen konnte.
Ich lief hinter ihr her.
»Sie haben Ihren Handschuh fallen lassen, Mademoiselle.«

Sie warf mir einen vernichtenden Blick zu. »Das ist ein Fehdehandschuh, Kleiner. Der Comte hat ihn aufzuheben – nicht Sie.« Und ohne ihn zu berühren, stieg sie in ihren Wagen und rollte mit kreischenden Pneus davon.
Ich kehrte mit dem Handschuh an den Tisch zurück. Der Zwischenfall hatte bei allen Gästen ein Echo gefunden.
»Sie bringt mich in eine ungeheuerliche Situation«, sagte Roland und fingerte nervös an der weißen Foulardkrawatte, die ihm jenes köstlich englische, dekadente Aussehen verlieh, das die Pariserinnen so sehr lieben. »Wenn ich ihre öffentliche Herausforderung nicht zur Kenntnis nehme, beflecke ich damit die Ehre des Hauses Roquefort für alle Zeiten. Anderseits kann ich mich unmöglich mit einer Frau schlagen.«
»Warum? Ich habe irgendwo gelesen, daß sie fechten kann wie ein Mann.«
»Was aber, wenn ich wie ein Frauenzimmer fechte?«
»Sie könnten ihr einen Ringkampf vorschlagen. Wie ich höre, kommt das in den besten Familien vor.«
Roland fuhr mich an: »Sie geben sich keine Rechenschaft von dem Ernst der Lage. Wie aber mag sie nur zu meinem Artikel gekommen sein?!«
Ein Journalist, dessen Ruhm darauf beruhte, daß er Erdbeben mit einiger Übertreibung zu schildern wußte, kam an unsern Tisch um Roland zu interviewen, und so rückten wir aus und fuhren mit meinem Taxi davon.
»Ich habe mir ja nur einen gutmütigen Scherz mit ihr erlaubt«, sagte Roland, während ich ihn zum Pont d'Alma fuhr, einem besonders geeigneten Zufluchtsort für überreizte Nerven. »Ich war nicht bei ihrem Konzert, weil ich eine Verabredung mit Madame de L. hatte, aber die Rezension habe ich mit größter Gewissenhaftigkeit vorbereitet. Ich habe die Kritiken all meiner Kollegen gründlich studiert.«
Wir hatten Lisette de Vences wohl nie zuvor gesehen, aber von ihr gehört und gelesen, wie jedermann in Paris, denn, von ihrem Alter abgesehen, hatte sie vor der Stadt kein Geheimnis. Ohne reich zu sein, gab sie doch eine Menge Geld aus, war auch bekannt als Fechterin, als Reiterin, als Tennisspielerin, als Rennfahrerin, ferner hatte sie die Jeanne d'Arc und die Madame Sans-Gêne gespielt und in jedem Kostüm das Publikum entzückt. Erst als sie sich entschlossen hatte, der Stadt einen Begriff von ihrer Sopran-

stimme zu geben, hatte Roland sich dem Chor der Kritiker angeschlossen, die das übertrieben fanden.
Er drehte das Licht im Taxi an und entfaltete die mißhandelte Nummer des *Universel,* die Lisette auf unserem Tisch liegen gelassen hatte.
»Was habe ich denn schon Schlimmes geschrieben? Hören Sie sich das mal an: »Mademoiselle de Vences hätte es nicht nötig gehabt, ihr Konzert mit dem ›Wiegenlied‹ von Brahms zu beenden, um die Zuhörer in Schlaf zu singen. Ich glaube zu wissen, daß ihre Stimme sanft und eindringlich sein kann, wenn sie spricht; wie schade, daß das alles sich verliert, wenn sie singt. Der einzige Mensch, der das anhören könnte, ohne zu rebellieren, dürfte ihr eigenes Kind sein, solange es noch klein genug ist. Wenn sie denn keinen galanten Kavalier findet, der ihr dazu verhilft, sollte sie lieber auf weitere Konzerte verzichten.‹ Das ist doch geradezu harmlos, nicht? Es klingen sogar mütterliche Töne auf. Warum bleiben Sie stehen?«
Die Zeitungsverkäufer schrien die Schlagzeilen einer Extraausgabe aus, wie sie in Paris regelmäßig alle zwei Stunden erscheint. Ich kaufte ein Exemplar, warf einen Blick auf den Titel und sagte:
»Sie sind ganz groß auf der ersten Seite!«

Am nächsten Morgen läuteten zwei ältere Herren mit der Feierlichkeit von Leichenbestattern an unserer Türe.
»Duc de Grand-Marnier«, stellte der ältere der beiden sich vor und verbeugte sich leicht, während Roland und ich nach dem ersten besten Kleidungsstück griffen.
Der Herzog trug ein Monokel, weiße Gamaschen an beiden Füßen und das würdige Benehmen zur Schau, das sich zumeist fortgeschrittener Verkalkung zugestellt; sein Begleiter dagegen hatte eine Bürste auf der Oberlippe und jene eindrucksvolle militärische Haltung, die einem das langjährige Tragen eines Mieders verleiht.
»Gestatten Sie, daß ich Ihnen General Goujat vorstelle«, sagte der Herzog.
Wir murmelten unsere Namen, und der General antwortete mit einem Grunzen, das seine Billigung, den Befehl zum Eröffnen des Feuers oder auch lediglich den Genuß von allzu viel Mineralwasser auf leeren Magen bedeuten konnte.
»Wir sind in einer Ehrensache zu Ihnen gekommen, Comte«,

erklärte der Herzog, nachdem wir alle in dem Raum parkiert hatten, den wir schmeichelhaft als Salon bezeichneten. »Mademoiselle de Vences hat Sie gefordert, Sie aber haben sich, mit Recht, geweigert, den Handschuh aufzuheben. Weder die Vorschriften betreffend den Zweikampf, erlassen von Philipp dem Schönen im Jahre 1306, noch des Venezianers Muzio hervorragendes Traktat über das Duell aus dem Jahre 1550, noch auch die ›Grundlagen des Duells‹ von Châteauvillard, die heute in Frankreich maßgebend sind, gestatten es einer Frau, sich im Duell zu schlagen.«
Roland stieß einen Seufzer der Erleichterung aus. »Ich freue mich, meine Herren, daß Sie meine Anschauung teilen. Die Sache ist also ritterlich erledigt?«
»Zu allgemeiner Befriedigung. Denn ein Beteiligter, der infolge seines Alters oder seines Geschlechts nicht imstande ist, sich zu schlagen, kann sich von jemanden vertreten lassen, der die nötigen Qualifikationen besitzt.«
»Und das heißt?«
»Daß Mademoiselle de Vences einem ihrer respektvollen Verehrer, dem Marquis de Grenouilleville, gestattet hat, an ihre Stelle zu treten. Sie können gegen ihn keinerlei Einwand erheben, da er sämtliche Erfordernisse erfüllt. Er ist ein Mann und ein Edelmann, in gutem körperlichen Zustand, über Zwanzig und unter Sechzig. Wir sind als seine Vertreter hier. Da sind unsere Karten. Wollen Sie, bitte, Ihre Sekundanten heute abend um sieben zu mir schicken, damit wir die Bedingungen der Begegnung festsetzen können.«
»Mit Vergnügen«, murmelte Roland, einer Ohnmacht nahe.
»Wir müssen uns beeilen«, donnerte General Goujat mit Kommandostimme. »Die Geschichte ist schon an der Öffentlichkeit, alle Zeitungen sind voll davon. Am Ende bekommt sogar die Polizei Wind von der Sache und verdirbt uns alles.«

Nachdem die beiden Herren uns verlassen hatten, schlug Roland die Hände vors Gesicht und stöhnte.
»Was ist los?« fragte ich. »Sind Sie schläfrig?«
»Ich habe mich in meinem ganzen Leben noch nie geschlagen«, platzte er heraus. »Und Grenouilleville ist einer der besten Fechter der Welt.«
»Kennen Sie ihn?«
»Natürlich! Er ist ja der Judas, der mich an Lisette de Vences bei Fouquet verraten hat!«

»Dieses Stück Gorgonzola? Das soll einer der besten Fechter der Welt sein?!«
»Zum Fechten braucht's nicht die Muskeln eines Herkules. Man muß gewandt und geschmeidig sein; genau wie Grenouilleville. Er hat Frankreich bei den Olympischen Spielen vertreten!«
»Und Sie haben keine Ahnung vom Fechten?«
Er stand auf und rang die Hände. »Nicht einmal ein Huhn kann ich tranchieren! Ich war immer mit andern Dingen beschäftigt.«
»Ich hatte geglaubt, ihr Franzosen würdet schon in der Schule Fechten lernen.«
»Ich habe mich gedrückt«, gestand er kläglich.
»Vielleicht wird Grenouilleville Ihnen gar nicht wehtun wollen«, tröstete ich ihn.
»Im Gegenteil! Für ihn ist viel Ruhm zu holen, wenn er mich absticht. Der kleine Mann in Frankreich sieht unsere erfolgreichen Duellanten als eine Art von Nationalhelden an, als ein Symbol der ruhmreichen Vergangenheit unseres Landes – als Erinnerung an die Zeiten von d'Artagnan, Cyrano de Bergerac, Scaramouche.«
»Und eine Versöhnung ist unmöglich?«
»Nach einer öffentlichen Herausforderung? Ausgeschlossen!«
Seine Schultern sanken herab, und er starrte mit leeren Blicken auf den Boden.
»Dann bleibt Ihnen nur eines übrig«, sagte ich. »Zu verschwinden, bis die ganze Geschichte in Vergessenheit geraten ist.«
»Verstehen Sie denn nicht, daß meine Ehre das verbietet? In der Geschichte Frankreichs wurden wir Roqueforts exkommuniziert, verbannt, gehängt, geköpft, erdrosselt, gevierteilt, gerädert, gesotten, in Flüsse geworfen, auf dem Scheiterhaufen verbrannt, in Öl gebraten, am Spieß geröstet, ohne auch nur mit der Wimper zu zucken. Wie soll ich, der Letzte des Geschlechts, diese ruhmreiche Tradition verraten? Nie wieder könnte ich mich von den Menschen sehen lassen!«
»Vielleicht könnten Sie sich in den Vereinigten Staaten sehen lassen. Dort sollen die Ehrbegriffe ganz anders sein als hier.«
»Wir Roqueforts tragen unseren Ehrenkodex mit uns, wohin wir auch gehen. Überdies habe ich kein Geld für die Überfahrt.«
»Es gibt doch immer noch Madame de L.«
Traurig schüttelte er den Kopf. »Sie hat nur ein Interesse an meinem Dasein, nicht an meinem Dortsein.«

»Warten Sie«, rief ich plötzlich beunruhigt. »Sie schulden mir mehr als achtzehnhundert Francs Fahrtspesen! Sie können nicht so ohne weiteres kneifen. Das wäre nicht anständig.«
Er musterte mich mit unaussprechlicher Verachtung. »Ich bin bis über die Ohren in eine Ehrenangelegenheit verwickelt, und Sie denken ans Geld!«
»Es ist alles, was ich habe. Deswegen bin ich doch nach Frankreich gekommen!« Ich sah das Schloß meiner Träume zusammenbrechen. Ich beschwor ihn mit erhobenen Händen und mit Tränen in den Augen, bis er sich schließlich besänftigen ließ und fragte: »Was kostet die Überfahrt nach Amerika?«
»Etwa zweihundert Dollar, glaube ich.«
Da sträubten sich seine blauen Blutkörperchen wieder, und er seufzte: »Nicht zu machen. Die Ehre zwingt mich, hier auszuharren.«
»Dann können Sie sich begraben lassen«, sagte ich. Aber ich fühlte, daß ich es war, der sich begraben lassen konnte.

Es war ein schwarzer Tag. Ich stand verdrossen am Fenster und zerbrach mir den Kopf, um eine Lösung unseres Problems zu finden. Aber umsonst. Unterdessen blätterte Roland düster in seinem Photoalbum, wühlte in seinen Erinnerungen, schrieb zwei Briefe und dann blies er Trübsal.
Nach dem Mittagessen ging er zur Beichte, und das dauerte den größten Teil des Nachmittags, dann bat er mich mit ihm auszufahren, um seine Nerven zu beruhigen. Noch ein letztes Mal wollte er vom Trocadero auf Paris hinabschauen, durch den Bois fahren, einen Kunsthändler auf dem Montparnasse aufsuchen und schließlich in ein Café auf der Straße nach Fontainebleau gehn. Er saß neben mir, damit wir auch Klienten aufnehmen könnten. Alles in allem fanden wir zwei, ferner zog ich mir zwei Strafen für zu schnelles Fahren zu, was kein schlechter Durchschnitt ist; aber Roland, verstört und abwesend, bemerkte kaum etwas von all dem.
»Sie ist bezaubernd«, seufzte er plötzlich, nachdem wir unsern zweiten Kunden abgesetzt hatten.
»Wer?«
»Lisette de Vences natürlich. Wer sonst?« Er hatte den Handschuh, den sie ihm gelassen hatte, aus der Tasche gezogen, roch sehnsüchtig daran und drückte ihn an seine Wange, wobei er

wehmutsvoll die Augen schloß. »Keine kommt ihr an Charme, Schönheit und Geometrie gleich. Das ist der Typus, der einem auf der Zunge zergeht.«
»Ich kann auch ohne sie leben.«
»Reden Sie nicht so vulgär von ihr! Hat sie nicht ausgesehen wie ein Engel, als sie diesem Grenouilleville zulächelte?«
»Ja, wie ein gefallener Engel. Und er ist genau der Typus Mann, auf den dieser Frauentypus fliegt. Natürlich erst, nachdem der verkalkte Herzog ihr gute Nacht gewünscht hat und nach Hause gestolpert ist.«
»Es ist mir bekannt«, sagte Roland mit düsterer Miene, »daß böse Zungen behaupten, der Herzog sei ihr Liebhaber. Ich neige eher zu der Annahme, daß er, wenn auch insgeheim, ihr Vater ist.«
»Dazu ist er doch viel zu alt! Also muß er ihr Liebhaber sein.«
»Was Grenouilleville betrifft«, fuhr Roland nachdenklich fort, »bin ich überzeugt, daß sie ihn nur als Laufburschen benützt.«
»Und eine seiner nächsten Funktionen ist es, Sie aufzuspießen. Und da fällt's mir ein – jetzt ist es höchste Zeit, daß ich zum Herzog gehe und mit ihm die Bedingungen festlege.«
»Unterdessen gehe ich zu einem Fechtmeister – Maestro Serpento. Frankreichs bester Fachmann. Ein Landsmann von Ihnen. Ich habe mich bei ihm angesagt.«
»Ist's nicht ein wenig spät für Fechtstunden?«
»Ich darf Grenouilleville nicht merken lassen, daß ich nie eine tödlichere Waffe in der Hand gehalten habe als einen Rasierapparat. Maestro Serpento muß mir beibringen, wie man grüßt und wie man Stellung nimmt, damit mein Gegner glauben kann, daß ich ein alter Fechter bin. So rette ich doch wenigstens die Ehre.«

Nachdem ich Roland bei Maestro Serpento abgesetzt hatte, fuhr ich zu ›Vive le Czar!‹, einem kleinen russischen Restaurant, wo man sich die billigste Verdauungsstörung an der Rive Gauche zuziehen konnte. Der Türhüter, Smerdjakoff, der, zum Unterschied von mir, alles wußte, was man vom Duellieren wissen muß, war ausersehen worden, Rolands zweiter Sekundant zu sein.
Er trug die Oberstenuniform der Zarenarmee, damit ein jeder sofort erkennen konnte, daß er der Türhüter war. Er war ein breiter, untersetzter Mann, dessen Schnurrbart an die Griffe einer Lenkstange erinnerte, trank Wodka wie ein Roß und hatte seit der

Revolution noch keinen nüchternen Atemzug getan. Seine rotblaue Uniform war mit Wodka bespritzt und die Brust mit einem ganzen Spenglerladen von Orden besteckt.
Er war entzückt, als er hörte, daß er bei einer Ehrenangelegenheit helfen sollte, zumal, weil er auf diese Art den Duc de Grand-Marnier kennenlernen würde, der zu seiner Zeit ein berühmter Duellant gewesen war und mehr Menschen ins Jenseits befördert hatte als ein Chirurg.
»Der Degen ist die einzige wirksame Duellwaffe«, erklärte er selbstgefällig, während wir zu dem Herzog fuhren. »Grenouilleville, der ein guter Fechter ist, wird zweifellos nichts anderes wählen.«
Sorgfältig trocknete er den Wodka von seinem Schnurrbart, bevor er ein Streichholz an seinen Zigarrenstummel führte. »Mit dem Säbel«, fuhr er fort, »kann man dem Gegner bestenfalls ein Ohr abhauen; wenn man ihm den Säbel an den Schädel schlägt, zerbricht wahrscheinlich eher die Klinge als der Schädel. Bei der Pistole ist die Distanz zwischen den Gegnern so groß, daß sie keinem Menschen etwas zuleide tun können – es sei denn, mit einigem Glück, einem der Zeugen, denn in solchen Augenblicken ist man natürlich nervös. Aber mit dem Degen kann man seinen Gegner ohne Zeitverlust umbringen.«
»Wie viele Leute hat Grenouilleville schon umgebracht?«
»Ich glaube nicht, daß er je ein richtiges Duell ausgetragen hat; sonst hätte ich davon gehört.«
»Doch glauben Sie, daß Roland keine Aussichten hat?«
»Nicht die geringsten.«
»Dann schlagen wir doch Pistolen vor!«
»Grenouilleville wäre ein Narr, wenn er sich der Möglichkeit einer verirrten Kugel aussetzen würde. Es geht auf Degen, das werden Sie sehen.«
»Das ist doch traurig, das ist barbarisch, das ist nackter Mord – fast ungesetzlich. Schließlich kann ein Mann ja eine Frau haben, Kinder, Gläubiger ...«
»Der Tod im Duell ist gar nicht so schlimm«, meinte Smerdjakoff beruhigend. »Er ist sogar ausgesprochen elegant. Einer meiner Onkel ist im Duell umgekommen, in St. Petersburg. Er wurde mit militärischen Ehren begraben, obgleich man annehmen mußte, daß er vor Angst gestorben war, denn man konnte auch nicht den kleinsten Kratzer an ihm entdecken. Sein Begräbnis war eines der

Hauptereignisse der Saison. Rasputin hatte sich durch den Zaren vertreten lassen.«

Der Duc de Grand-Marnier erwartete uns im Salon seines vornehmen Palais. General Goujat war bei ihm. Von dem großen Flügel her lächelte uns ein silbergerahmtes Bild Lisettes zu.
Nach der förmlichen Begrüßung erklärte der Herzog:
»Der Marquis hat als Waffe den Degen gewählt.«
»Soll er nur«, meinte ich, »aber der Comte wird eine Pistole benützen.«
»Verzeihung, Monsieur«, sagte der Herzog eisig. »Der Beleidigte hat die Wahl der Waffen – für beide Teile.«
»Achten Sie nicht auf ihn, meine Herren«, erklärte Smerdjakoff. »Er hat keine Ahnung von diesen Dingen.«
»Das wundert mich, Monsieur, wenn Sie Italiener sind, wie man doch wohl Ihrem Namen und Ihrer Aussprache anmerken kann«, sagte der Herzog.
Bevor ich noch erklären konnte, daß wir in Montrecase uns nur auf Stöcke oder Steine duelliert hatten, unterbrach Smerdjakoff ungeduldig:
»Kann ich die Waffen sehen?«
»Da sind sie«, sagte der General beflissen und öffnete ein längliches Futteral, das wie der Sarg einer Schlange aussah. »Echter toledanischer Stahl, beste spanische Handarbeit.«
Ich trat einen Schritt zurück, aber Smerdjakoff erwies sich als mutiger Mann und betrachtete, ohne mit der Wimper zu zucken, die beiden Klingen mit der Filigranarbeit der Griffe und den Rinnen im Stahl.
»Charmante Waffen!« rief er. »Entzückend! Eines Engels würdig!«
»Wozu die Rinnen?« fragte ich.
»Für das Blut«, erklärte Smerdjakoff.
»Ich sehe, daß wenigstens Sie ein Mann von Welt sind, Oberst«, sagte der Herzog. »Und nun wollen wir uns über den Grad der Beleidigung einigen. Überflüssig zu sagen, daß Mademoiselle de Vences die Kränkung empörend findet. Was ist Ihre Meinung?«
»Ich finde, daß die ganze Geschichte empörend ist!« rief ich.
»Wenn der Herr entschuldigen will«, entgegnete der Herzog, »der Ehrenkodex unterscheidet zwischen ›empörenden‹, ›schweren‹, und ›leichten Beleidigungen‹. Ist die Beleidigung ›empörend‹, so muß das Duell bis zum letzten Blutstropfen ausgefochten werden,

das heißt bis zum Tode eines der beiden Gegner. Ist sie lediglich ›schwer‹, so genügt die Kampfunfähigkeit, und ist sie ›leicht‹, so wird das Duell beim ersten Blutstropfen abgebrochen. Wollen Sie den betreffenden Artikel einmal laut vorlesen?« Und er reichte mir das verhängnisvolle Exemplar des *Universel.*
Nachdem ich Rolands Artikel in sanften Tönen vorgelesen hatte, bemerkte ich:
»Die Beleidigung ist so leicht, daß man sie eigentlich als Schmeichelei betrachten könnte.«
»Wir wollen uns auf halbem Weg treffen uns sie bloß als ›schwer‹ bezeichnen«, gestand der Herzog zu.
»Das ist sehr großherzig von Ihnen«, meinte Smerdjakoff. »Wann und wo soll die Begegnung stattfinden?«
»Morgen früh um fünf Uhr dreißig.« Und der Herzog bezeichnete als Ort der Handlung eine abgelegene Stelle im Bois, wo sich Liebespaare und Duellanten zu treffen pflegten.
»Aber der Comte wird schrecklich müde sein, wenn er so lange aufbleiben muß«, bemerkte ich.
»Die Sonne geht morgen um fünf Uhr siebenundvierzig auf«, erklärte der Herzog. »Wenn wir mit allem fertig sind, wird er gerade hell genug sein, damit die Gegner einander deutlich sehen können. Wir müssen vermeiden, die Aufmerksamkeit auf uns zu lenken.«
»Es gibt in Frankreich immer noch ein reaktionäres Gesetz gegen das Duell«, donnerte der General.
»Wir werden an Ort und Stelle sein«, verkündete Smerdjakoff feierlich.
Der Herzog legte einen Finger auf die Lippen und flüsterte: »Unbedingte Verschwiegenheit ist strengstes Gebot!« Dann läutete er, und der maître d'hôtel brachte alten Armagnac, mit dem wir auf das Gelingen unseres Vorhabens anstießen.

Ich fuhr Smerdjakoff ins ›Vive le Czar!‹ zurück, verlor ein wenig Zeit mit zwei Kunden, erhielt drei Strafzettel, weil ich ohne Führerschein drei rote Lichter durchfahren hatte, und dann holte ich Roland bei Maestro Serpento ab.
»Haben Sie was gelernt?«
»Genug, um nicht als Anfänger zu wirken.«
»Hat er Ihnen nicht irgendeinen Geheimtrick beibringen können?«

»So einfach wird man nicht zum fertigen Fechtmeister, mein Lieber. Aber Ihr Interesse an meinem Fall rührt mich wirklich!«
Es war Mitternacht. Wir fuhren nach dem Montmartre, der gerade zu erwachen begann; langsam rollten wir auf Rolands Wunsch an den Nachtlokalen vorüber, denen er schwermütige Blicke zuwarf. Dann stiegen wir aus und setzten uns auf die Terasse von Graff, das die ganze Nacht offen war. Ich bestellte mir etwas zu essen, aber Roland wollte nur Champagner haben, den er müde und abgekämpft hinunterschlürfte. Er sah teilnahmslos auf das Gedränge, das den Boulevard de Clichy belebte, und wartete auf das Morgengrauen.
»Wissen Sie«, sagte er plötzlich, »eines macht mir Sorgen.«
»Das verstehe ich.«
»Nicht das, was Sie meinen. Ich habe Angst, ich könnte ohnmächtig werden, wenn ich vor der Klinge meines Gegners stehe. Ich habe mitangesehen, wie das zweimal sonst ganz tapferen Leuten zugestoßen ist.«
»Und wäre das so schlimm?«
»Das wäre noch schlimmer als nach den Vereinigten Staaten durchzubrennen! Und deswegen trinke ich Champagner. Wieviel Geld haben Sie?«
Ich zählte mein Vermögen. Es reichte kaum mehr für eine zweite Flasche.
»Warum gehen Sie nicht zu Madame de L.?« fragte ich. »Sie würde sich doch ein Vergnügen daraus machen, Ihnen Champagner aufzutischen, bis für Sie die Stunde schlägt.«
»Ich will sie nicht sehen.« Er war sichtlich mit den Gedanken ganz woanders. »Verstehen Sie . . .ich glaube, daß ich völlig in Lisette de Vences vernarrt bin.«
»Sie sind verrückter als ein Psychiater!«
»Ich kann mir nicht helfen, aber ihr Bild glänzt mich aus jeder Blase des Champagners an. Ich habe ihr heute einen Brief geschrieben. Sie wird ihn erhalten, nachdem... nachdem ihre Ehre wiederhergestellt sein wird. In diesem Brief habe ich ihr meine Gefühle gestanden und ihr geschrieben, daß ich froh bin, diese äußerste Sühne auf mich zu nehmen – wenn es sie denn glücklich macht.«

In den Bäumen begannen sich die Vögel zu regen. Langsam siegte das Tageslicht über die Dämmerung. Das Gras der Lichtung war

feucht von der Nacht, auf Wiese und Blättern glitzerte der Tau. Der Bois de Boulogne, meinte ich, wäre ganz reizend, wenn er nicht von Wespen, Grenouillevilles und andern Insekten verpestet wäre.
Das Geheimnis war wohl bewahrt worden. Von den unentbehrlichen Teilnehmern abgesehen, waren nur die Vertreter der zweiundzwanzig wichtigsten französischen Zeitungen mit ihren Freunden anwesend. Der ungewöhnlichen Tageszeit entsprechend, sahen alle blaß und unausgeschlafen aus. Der Einzige, der gelassen und distanziert wirkte, als ginge die ganze Sache ihn nichts an, war Roland. Die Gewißheit seines Verderbens erfüllte ihn mit der Gleichgültigkeit letzter Resignation. Es mag auch der Champagner gewesen sein, der seine Wirkung tat, obgleich Roland sich noch recht gut auf den Beinen hielt.
Der Herzog stellte uns den Kampfleiter vor, einen schwermütigen kleinen Herrn mit hoher Stimme, und den Arzt, einen untersetzten Mann mit buschigen Brauen.
»Der Tarif ist fünfhundert Francs pro Kopf«, sagte der Doktor barsch.
»Im voraus zu zahlen?« fragte Roland besorgt.
»Nachher. Im Todesfall zahlt der Überlebende für beide.«
»Schön«, meinte Roland erleichtert.
»Die Kirche verbietet den Priestern, solchen Affären beizuwohnen«, erklärte der Herzog, »aber wir haben einen Geistlichen dort drüben hinter dem Busch versteckt. Im Bedarfsfall kann er sofort eingreifen.«
Grenouilleville trat steif in die Mitte der Lichtung, gekleidet, wie es sich für den perfekten Duellanten schickt: ohne Rock, den rechten Ärmel bis zum Ellbogen aufgerollt, das seidene Hemd über einer überraschend kräftigen Brust weit offen. Er war tatsächlich nichts weniger als sympathisch; meine tiefe Verbeugung erwiderte er überhaupt nicht. Aus dem blassen, hagern Gesicht starrten die Augen unheilverkündend fest in die Leere. An seiner unerschütterlichen Ruhe war etwas Erschreckendes.
Roland legte Rock und Krawatte ab, rollte den Ärmel auf, und General Goujat öffnete ihm das Hemd, um sich zu vergewissern, daß dahinter nicht etwa ein silbernes Teetablett verborgen war, ein beliebter, aber nicht erlaubter Talisman von Duellanten. Dann losten Smerdjakoff und der Herzog um die Wahl der Degen und reichten sie den beiden Kämpen. Die Reporter standen im Kreis

umher und machten sich eifrig Notizen, als ob sie dafür bezahlt wären.
»Bevor wir beginnen«, verkündete der Herzog, während die ersten Sonnenstrahlen die Baumwipfel vergoldeten, »ist es meine Pflicht, die beiden Herren aufzufordern, sich zu versöhnen. Sie wünschen doch nicht etwa eine Versöhnung, nicht wahr?«
Die beiden schüttelten den Kopf.
»Damit sind alle Formalitäten beendet, und wir können anfangen!« rief Smerdjakoff mit bewunderungswürdigem Heldenmut.
»Meine Herren, an Ihre Plätze!« befahl der Kampfleiter mit seiner dünnen Stimme, und die Gegner näherten sich einander.
»Sollten sie nicht fünfzehn Schritte voneinander entfernt bleiben?« fragte ich Smerdjakoff.
»Nicht beim Duell auf Degen«, zischte er verächtlich.
»Dann sollte man ihm wenigstens die Augen verbinden«, meinte ich. Aber Smerdjakoff wollte auch davon nichts wissen.

Alles war für den Kaiserschnitt bereit, als plötzlich das Geräusch eines heranrasenden Automobils vernehmbar wurde. Ich hatte es die ganze Zeit über gewußt. Tief in meinem Innern war ich davon überzeugt gewesen, daß in elfter Stunde ein Wagen kommen und irgendjemandes Mutter, Gattin oder Geliebte, oder gar die Polizei, der ganzen Affenkomödie ein Ende machen werde. Und so war ich nicht übermäßig überrascht, als ich den gelben Delage durch die tiefhängenden Blätter hervorbrechen und am Rand der Lichtung halten sah.
Lisettes reizendes Gesicht erschien am Fenster, und ihr Sopran rief in die jähe Stille hinein: »Mach es kurz, Liebster! Triff ihn ins Herz!« und damit lächelte sie ihrem Streiter ermutigend zu.
Grenouilleville sagte kein Wort. Er stand, mit zusammengepreßten Kiefern, verdrossen da, den Degen fest in der Faust. Rolands Gesicht aber erhellte sich mit einer geradezu unirdischen Seligkeit.
»Ist sie nicht entzückend?« flüsterte er mir zu. Er verbeugte sich vor ihr, und dann nahm er leichten Schritts, beinahe heiter seine Stellung ein. Ich wußte jetzt, er würde glücklich sterben, wenn es ihm gelang, vor ihren Augen mutig und gelassen zu fallen.
Der Kampfleiter hatte *»En garde«* hervorgestoßen.
Die Gegner standen sich aufrecht gegenüber. Sie grüßten einander

mit den blinkenden Klingen und dann die Zuschauer auf beiden Seiten, wie es sich gehörte; dann rundeten sie den linken Ellbogen, beugten den rechten Arm und setzten den rechten Fuß vor. Das alles erledigte Roland durchaus überzeugend und mit viel Schwung. Soweit hatte Maestro Serpentos erste Lektion ihn gebracht. Sein Blick war abwesend, aber seine Hand zitterte nicht, während er auf die Abschlachtung wartete.
Doch Grenouilleville tat etwas ganz Unerwartetes; er begann zu zittern wie eine Straßenbohrmaschine. Das Zittern begann an der Degenspitze, ging auf die Hand über, ergriff den ganzen Körper, und als es bei den Knien angelangt war, sank Grenouilleville zusammen wie ein leerer Anzug, ohne auch nur *›Touché!‹* hervorzubringen.

»Ich bin ruiniert, ruiniert!« rief Roland und hob verzweifelt die Arme, während Grenouilleville mit Hilfe von des Herzogs Armagnac halbwegs wieder zum Leben erweckt und in das Auto seines Sekundanten geschafft wurde, das sogleich davonfuhr.
»Warum?« fragte ich, außer mir vor Freude.
»Ich kann es mir nicht leisten, der Sieger zu sein! Jetzt muß ich die Miete der Degen, die Rechnung des Doktors und ein Champagnerdiner für alle Anwesenden zahlen. Das ist ein furchtbarer Schlag, denn das sind Ehrenschulden, und die müssen bezahlt werden – selbst wenn ich dafür arbeiten müßte!«
»Es gibt ja immer noch Madame de L.«
»Nein, die gibt es nicht mehr. Das ist ja die Tragödie. Gestern habe ich ihr geschrieben, daß ich eine andere liebe.«
»Warum haben Sie so eine Dummheit gemacht?«
»Um ihr den großen Schmerz zu erleichtern – ich hatte doch angenommen, sie werde mich durch dieses Duell verlieren, und ich will einer Frau kein unnötiges Leid verursachen. Jetzt werden Lisette und Madame de L. in ihrer Morgenpost meine Briefe finden, und da gibt es kein Zurück. Sie wissen doch, wie die Frauen sind!«
Aber er selber wußte es nicht.
Den ganzen Vormittag fuhren wir in der Stadt herum, in der Hoffnung, irgendeinen betrunkenen Kunden mit viel Geld zu finden, und als wir schließlich heimkamen, wartete der gelbe Delage vor unserm Haus. Ein hoher Sopran forderte Roland auf einzusteigen, und er gehorchte, obgleich ich ihn mit tiefem Bariton

zurückzuhalten versuchte. Ich verfolgte den Delage, bis mir das Benzin ausging. Dann verständigte ich die Polizei.

Abends fand man schließlich den gelben Wagen auf einem dunklen, abgelegenen Fleck im Bois. Roland war darin. Und nicht weit, gar nicht weit davon auch Lisette.
Die empörten Gendarmen wollten die beiden verhaften, aber das Paar erklärte, es habe soeben die Ringe gewechselt und sich verlobt. Roland trug den Adler von Vences am Finger, Lisette den Eber von Roquefort. Die Gendarmen meinten, das geschähe beiden recht, und verzogen sich.
»Die Ehre einer Frau kann nur mit Blut reingewaschen werden – oder durch Heirat«, erklärte ihm Lisette. »Da mein Ritter verloren hat, kann ich mich in Paris nicht mehr sehen lassen, wenn der Sieger mich nicht heiratet – und es wäre doch schade, wenn ich mich nicht sehen lassen könnte. Oder nicht?«
»Allerdings«, mußte Roland zugeben.
Was er mir schuldig war, konnte Roland mir der Ehrenschulden wegen nicht wiedergeben, denn sie hatten natürlich den Vorrang. Doch er versicherte mir, wenn er erst einmal verheiratet und ein richtiger Ehemann wäre, würde er das leicht erledigen können.
»Meine Braut ist in der Beschaffung von Geldmitteln sehr geschickt«, erklärte er. »Sie brauchen sich keine Sorgen zu machen.«
Die Hochzeit Rolands und Lisettes eröffnete die Pariser Herbstsaison des Jahres 1939 in großem Stil. *Le tout Paris* war da – bis auf Grenouilleville, der von der Bildfläche verschwunden war. Wie es hieß, hatte er sich um ein Visum nach den Vereinigten Staaten bemüht. Der Duc de Grand-Marnier und General Goujat waren die Trauzeugen der Braut. Die beiden alten Haudegen verpflichteten sich, sie in ihrem Eheleben zu unterstützen, während Smerdjakoff und ich dem Bräutigam zu helfen hatten.
Rolands Blick hatte den gleichen abwesenden Ausdruck wie auf dem Kampfplatz, aber seine Hand zitterte nicht, als er der Braut den Ring an den Finger steckte.

7

Ein Ehrenmann in Nöten

Noch bevor ich, dank Rolands Heirat, mein Guthaben bei ihm eintreiben konnte, begann das Gemäuer in Europa abzubröckeln, und Roland mußte zu seinem Regiment einrücken, um das Vaterland zu verteidigen. In aufrichtiger Rührung bedauerte er, daß er mich nicht bezahlen konnte, aber er werde seine Zusage nich vergessen. Seine Schuld belief sich auf etwas mehr als zweitausend Francs.

Ich schrieb heim, daß ich bisher noch keine nennenswerte Summe beisammen hätte, daß ich aber ein großes, ständig anwachsendes Guthaben besäße. Da ich ja Roland nicht mehr herumfahren mußte, verdiente ich bei meinen regelmäßigen Fahrten ziemlich viel Geld, von dem ich möglichst wenig verbrauchte; ich gab es meinem Brotgeber, der so freundlich war, es mir aufzubewahren, damit ich nicht Gefahr lief, es auf törichte Art zu vergeuden.

Den ganzen Winter über war es in Paris trotz dem Krieg ruhig. Es fielen einige Bomben, es gab gewisse Einschränkungen und die Stadt wurde abends verdunkelt, sonst aber ging alles seinen leidlich normalen Gang – bis zum Frühjahr.

Dann aber – falls jemand es vergessen haben sollte – begann die deutsche Armee plötzlich mit ihrem großen Angriff, unser Mussolini wollte nicht hinter seinem Verbündeten zurückstehen, beschloß auch etwas zu unternehmen und erklärte Frankreich, England, Holland, Belgien, Kanada, Australien, der Südafrikanischen Union und Gott weiß, wem sonst noch, im Namen Italiens den Krieg. Ich hatte gegen keinen Menschen etwas, aber von heute auf morgen wurden viele Franzosen wütend gegen mich, weil ich Italiener war, nannten mich einen Kriegshetzer und einen Freund von diesem Hitler. Solch dummes Gerede wurde natürlich von Leuten verbreitet, die mich um meine Situation beneideten, aber die Behörden waren töricht genug, es zu glauben, und befahlen mir, das französische Territorium binnen achtundvierzig Stunden zu verlassen; andernfalls würde ich interniert werden.

Während die deutsche Wehrmacht auf Paris marschierte und die italienische Armee in Südfrankreich einfiel, wurde plötzlich jeder Franzose von der Wanderlust gepackt. Die im Süden wollten nach

dem Norden, und die im Norden beschlossen, ihre Rivierasaison sehr früh zu beginnen. Der Preis des Brennstoffs stieg bis zu den Sternen, und mein Chef mußte die Pneus verkaufen, um sich Benzin zu verschaffen. Ich hatte einen recht ansehnlichen Betrag von ihm zu fordern, doch er verweigerte die Zahlung; dieses Geld sah er mit Patriotenaugen als die erste Kriegsbeute seines Vaterlandes an.
Während wir beide noch diskutierten, hatte mir die deutsche Armee den Rückzug nach dem Süden abgeschnitten, und der kürzeste Weg aus Frankreich hinaus führte über den Atlantischen Ozean. Und so lenkte ich meine Aufmerksamkeit auf die Vereinigten Staaten.
In jenem Jahr war die italienische Quote sozusagen ganz offen, denn Mussolinis Regime hatte die Auswanderung nach Übersee erschwert, und so bekam ich ohne Schwierigkeiten ein Visum für die Vereinigten Staaten, wo es allen auf diese oder jene Art gelang, zu Geld zu kommen; sogar Ferdinando Vanvitelli, meinem Onkel mit der Tenorstimme.
Brest war der nächste, noch immer geöffnete Hafen. Unmöglich war es, einen Zug oder einen Autobus zu erwischen, aber es fuhren eine Menge militärische Fahrzeuge hin, weil Brest der letzte Ort war, wo man den Feind erwartete. Und so sprang ich in eines. In dem wilden Durcheinander, das in Brest herrschte, war es verhältnismäßig leicht, an Bord eines Schiffes zu schleichen, das nach Amerika fuhr, und sich mit andern blinden Passagieren im Zwischendeck zu verstecken.
Am vierten Tag wurde unsere Anwesenheit bemerkt, und wir durften sogar am Bordleben teilnehmen, Teller waschen, das Deck fegen und dergleichen mehr. So hätte ich eine luxuriöse Überfahrt gehabt, wenn nicht die erstickenden Nächte gewesen wären. Der Kapitän, ein abergläubischer Mann, ließ sämtliche Bullaugen schließen, weil er glaubte, die Lichter könnten ein Unterseeboot anlocken.

Bevor ich Frankreich verließ, hatte ich Lucciola und Mutter von meinen Plänen geschrieben; in jenem Land der unbegrenzten Möglichkeiten würde ich mich bestimmt ebenso gut halten, wie so viele meiner Landsleute es getan hatten. Und tatsächlich war es ein Mann aus Montrecase, der mir bei den ersten Schritten behilflich war.

Wie ich aus einem armen Emigranten zu einem armen Absolventen eines Colleges wurde, ist, mit allen unerfreulichen Einzelheiten, eine viel zu lange Geschichte. Es möge genügen, wenn ich berichte, daß bald nach meiner Ankunft in New York ein Onkel väterlicherseits, der es im Italienerviertel von New York als Zuckerbäcker zu Geld gebracht hatte, plötzlich Gewissensbisse verspürte, weil er sich nicht um seine Verwandten in der Heimat kümmerte; so beschloß er, für meine Ausbildung zu sorgen, unter der Bedingung, daß ich nie in meinen Briefen durchblicken lassen dürfe, wie gut es ihm ging.
Meine Landsleute, mit viel Familiensinn begabt, haben nämlich die Gewohnheit, ihre Verwandten im Ausland ständig um Unterstützung zu bitten. Einige dieser Verwandten wiederum sind so weichherzig, daß sie solche Bitten nicht abschlagen können, ohne sich bittere Vorwürfe zu machen, und darum halten sie ihre Vermögenslage geheim, wie das auch mein Onkel getan hatte. Seit seiner Auswanderung vor dreißig Jahren hatte er kein Lebenszeichen mehr von sich gegeben, und allgemein nahm man an, daß er tot war oder im Gefängnis saß.
Als ich in New York ankam und mich beim italienischen Konsulat meldete, fand ich dort einen Brief meiner Mutter. Und darin bat sie mich, Nachforschungen nach diesem Onkel anzustellen, ihm wenigstens moralisch zu helfen, wenn er in Not sein sollte, oder ihm einen Kranz zu stiften, wenn seine Not ein Ende hätte.
Es ist nicht weiter schwierig, einen Landsmann aufzuspüren, der erst vor wenigen Jahrzehnten ausgewandert ist, zumal, wenn er in der Zwischenzeit den Namen geändert hat. Es gibt ja nur eine Million Italiener in New York, und alle kennen einander.
Als ich diesen Onkel endlich am Telephondraht hatte, war er in der größten Verlegenheit. Aber immerhin forderte er mich auf, ihn zu besuchen. Natürlich beherrschte er die Sprache seiner neuen Heimat noch nicht und war darum froh, sich mit jemanden unterhalten zu können, den er verstand. Das Schlimme war nur, daß ich zur falschen Zeit zur falschen Adresse ging. Alfonso Bellavita, der sich jetzt Al Highlife nannte, hatte mich in seine Bäckerei bestellt, ein kleines Kellerloch, wo er die ganze Nacht mit einigen Gesellen arbeitete. Ich sollte um sieben Uhr kommen, und damit hatte er sieben Uhr morgens gemeint. Und das war sein Fehler, denn ich hielt es für selbstverständlich, daß ich um sieben Uhr abends kommen sollte. Das wiederum war mein Fehler. Die

Folge war, daß ich in ein College gehen und er die Kosten tragen mußte. Und das begab sich folgendermaßen.

Als ich in seiner Bäckerei ankam, die recht unansehnlich wirkte, war er schon heimgegangen, und seine Gesellen gaben mir, als sie hörten, ich sei sein Neffe, seine Privatadresse. Als ich dort ankam, begriff ich, warum er mir seine Privatwohnung nicht zeigen wollte, denn da half kein Leugnen. Man sah auf den ersten Blick, daß der Bewohner ein Vermögen haben mußte, groß wie eine Telephonnummer. Und er sah auch recht wohlhabend aus, mit seinem ansehnlichen Bauch und Brillantringen an den Fingern.

Er stotterte in seiner Verlegenheit etwas davon, daß er in all den Jahren keine Minute Zeit gehabt habe, um nach Hause zu schreiben, und da er wollte, daß sein Reichtum eines Tages als große Überraschung wirken sollte, flehte er mich an, ihm diese Freude nicht zu verderben.

Unterdessen sei er selbstverständlich bereit, etwas für mich zu tun. Was aber? Mir Geld geben? Das Geld sei die Wurzel alles Übels, die Geißel der Seelen, die Autostrada, die ohne Umwege in die Hölle führt. Eine Stelle? Er habe keine Stelle frei für einen, der nicht vom Fach war. Und wie wäre es mit einer richtigen Bildung? Er versicherte mir, daß in den Vereinigten Staaten Bildung alles sei. Sobald ich ein Diplom erworben hätte, stünden mir sämtliche Schenkentüren offen; wenn er etwas bereue, so sei es, daß er einen Haufen Geld zusammengescharrt habe, statt sich Bildung anzueignen. Und er wünsche mir und meiner Universität alles Gute.

So kam es, daß ich wenige Wochen nach meiner Ankunft bereits im Zug saß, um auf einer der unbekanntesten Schulen des Mittleren Westens in Schellkursen mit konzentrierter Bildung vollgestopft zu werden.

Ich hätte natürlich auf Onkel Als Hilfe verzichten, eine Arbeit in New York suchen und für die Zeit sparen können, da der Krieg zu Ende sein würde. Doch dieser Tag schien reichlich weit entfernt zu sein. Jetzt las ich jede Zeitung, die ich in die Hand bekommen konnte, ob ich sie verstand oder nicht – und daß das ein langer, langer Krieg sein würde, war das einzige, worüber sie sich einig waren. Und mein Entschluß, die Höhere Schule zu besuchen, war nicht nur aus meiner Hoffnung entstanden, später eine bessere Stelle zu finden. Ich sehnte mich heftig danach, meine Lage nicht nur finanziell zu verbessern, um heiraten zu können, sondern auch auf dem Gebiet der Bildung Fortschritte zu machen, um Lucciolas

würdig zu sein. Meine Anschauungen hatten sich seit meiner Kinderzeit wesentlich geändert. Deswegen ließ ich mir die unverhoffte Chance nicht entgehn, die Onkel Al mir geboten hatte.
Daß Jahre voll Arbeit und ein nie wankendes Streben nach höheren Zielen eines Tages Früchte tragen müssen, das ist eine altbekannte Wahrheit, die nur intelligente Menschen abstreiten werden.

Onkel Al bezahlte, in seiner Fürsorge für meine Zukunft, die Studien, nicht aber meine persönlichen Auslagen. Er sagte, während der Universitätszeit sein Leben zu verdienen, sei eines der hervorstechendsten Merkmale amerikanischer Erziehung. Er mußte wohl recht haben. So studierte ich am Vormittag, schlief nachmittags und arbeitete in der Nacht. Zunächst als Kellner in einem Café, wo ich sämtliche Namen und Formen des Eiscreams kennenlernte. Dann, als die Vereinigten Staaten in den Krieg eintraten und die zahllosen Arten des Eiscreams auf kümmerliche vier herabgesetzt wurden, wodurch es dem Publikum langsam bewußt wurde, daß es sich um einen harten Krieg handelte, nahm ich eine Stelle an, bei der ich noch mehr lernen konnte. Ich wurde Platzanweiser in einem Kino. Erst dann begann ich wirklich die amerikanische Sprache zu erlernen. Als ich Montrecase verließ, war mein Englisch nicht besser als mein Französisch gewesen, und das eine ließ sich vom andern kaum unterscheiden. Zwei Jahre angestrengter Tätigkeit im Kino erledigten diese Frage und sorgten auch in anderer Beziehung für meine Ausbildung.
Während der zwei Jahre vier Monate, die meine beschleunigten Studien beanspruchten, hatte ich nur wenig Zeit, in Ungelegenheiten zu kommen. Aber es eilte mir auch nicht. Zuerst schrieb ich häufig in die Heimat. Und wenn ich ›Heimat‹ sage, so meine ich auch Lucciola. Aber vom College sagte ich ihr kein Wort. Lucciola hätte mir nie verziehen, daß ich meine Zeit mit Studien vergeudete, statt Geld zu verdienen, um möglichst schnell nach Hause zu kommen. Und dann sollte meine Bildung für sie ja eine Überraschung sein. Doch als die Vereinigten Staaten in den Krieg eintraten, war es nicht mehr möglich, nach Italien zu schreiben.
Als ich nach New York zurückkehrte, führte mich mein erster Weg zu Onkel Al, um ihm für seine Unterstützung zu danken. Diesmal ging ich zur rechten Zeit an den rechten Ort, doch das war nicht sehr erfolgreich.
In seiner Werkstatt sah er erheblich anders aus als in seiner

Wohnung. Er trug eine weiße Schürze über der Goldkette, sagte ganz trocken, er sei froh, daß ich jetzt als gebildeter junger Mann seine Hilfe in keinerlei Form benötigen werde, und schob mich zur Türe hinaus.

Dank meines beschleunigten Diploms und großer Zähigkeit gelang es mir schließlich, eine Stellung als Kellner in einer kleinen Bar unweit vom Broadway zu finden. Das war meine erste Ganztagsbeschäftigung in den Vereinigten Staaten, und ich hatte das Gefühl, daß ich jetzt den ersten Schritt zur Eroberung der Welt getan hatte.

Das Lokal hieß ›Der Goldfasan‹ und gehörte einem gewissen Hamilton Hancock, einem Engländer von Geburt und Überzeugung, der sprach, als ob er dauernd Stockschnupfen hätte. Auf seine Art sah er, trotz seiner kleinen Statur, gar nicht schlecht aus. Die vielen Jahre in New York hatten nichts an seiner traditionellen Haltung noch an seinen imperialistischen Gewohnheiten geändert. Er war wohl schon vierzig Jahre alt, sah aber jünger aus, und das schrieb er dem reichlichen Gebrauch alkoholischer Getränke zu, die er als ›lebenserhaltende Flüssigkeiten‹ bezeichnete.

Nach den Vereinigten Staaten war er irgendeinmal zwischen den beiden Weltkriegen als Mitglied der englischen Handelsmission gekommen. Nach langen, mit Studien und Forschungen erfüllten Jahren war er zu der Erkenntnis gelangt, daß das, was New York brauchte, ein englisches Wirtshaus war, wo seine Landsleute bei Warmbier und heißem Tee Trost und Erfrischung finden könnten. Und so hatte er den »Goldfasan« eröffnet.

Seine Kundschaft war ebenso gewählt wie rar. Die geräuschvollen Broadway-Besucher mieden das Lokal wie die Pest, aber einige bejahrte englische Herren, die in ihrer Jugend Tiger geschossen hatten, kamen hierher, um in Frieden ihre Henry Clays zu rauchen und den Geruch des englischen Tees oder auch stärkerer Getränke einzuatmen. Da gab es einen Kamin, in den Hamilton, wenn er angeheitert war, Weihnachtslieder sang oder auch weniger feierliche Stücke wie ›Der lustige Geist von Chatham Square‹ und ›Nüchtern sein hat keinen Zweck‹, obgleich er nicht besser sang als eine Eule. Manche Leute nannten ihn altmodisch oder sogar reaktionär. In Wirklichkeit aber war er, für einen Engländer eher fortschrittlich gesinnt und fand, daß das Radio eine nützliche Erfindung sei, die Dauer haben werde.

Um fünf Uhr nachmittags hatte er gewöhnlich mit Hilfe von reichlichem Tee den Rausch des Vorabends so weit überwunden, um sich der lebenserhaltenden Kur von Manhattan Cocktails hinzugeben. Der Doktor hatte ihm nämlich für seine Diät mehr Obst verschrieben, und Hamilton hatte nichts gegen Kirschen einzuwenden.

Mit dem Genuß kräftigender Getränke steigerte sich Hamiltons eingeborener Respekt vor Gesetz und Ordnung zu einer wahren Verehrung. Doch sogar in nüchternen Augenblicken und ohne die leiseste Provokation konnte man ihn sagen hören: »Es geht doch nichts über das Gesetz!«

Er persönlich war ein strahlendes Beispiel für Gesetzestreue. Allen Gesetzen, allen Geboten, allen Vorschriften zu gehorchen, freute ihn ebenso, wie es andere Leute freut, sie zu verletzen. Als die Zwölf-Uhr-Sperre als Kriegsmaßnahme über die Nation verhängt wurde, da machte er es sich zur Pflicht, punkt Mitternacht sein Lokal zuzusperren, obgleich es ihn beinahe umbrachte, so lange aufzubleiben.

Für solch einen Mann zu arbeiten, war mir ein Vergnügen, und obgleich die Trinkgelder hier wohl geringer waren, als in andern Lokalen am Broadway, gelang es mir doch, ein wenig Geld zur Seite zu legen. Und nach Kriegsende hätte ich – in Lire umgerechnet – ein ganz nettes Sümmchen beisammen haben können, wenn nicht jemand in Schwierigkeiten geraten wäre, von dem ich es zuletzt erwartet hätte – Hamilton Hancock selber! Mit anderen Worten, ich hatte die Rechnung ohne den Wirt gemacht.

Wie dieser Mann, dessen Respekt vor dem Gesetz sich nur mit seinem Mißtrauen gegenüber dem schwachen Geschlecht vergleichen ließe, schließlich gleichzeitig in der Ehe und im Gefängnis landete, das ist eine Geschichte, die in den reichbefrachteten Annalen des Broadways denkwürdig geblieben ist – oder doch zum mindesten in den Annalen Mr. Molvenis, des Polizeikommissars.

Mit dem Auftritt einer berüchtigten Broadway-Erscheinung im »Goldfasan« nahmen Hamiltons Schwierigkeiten, aber auch sein Glück ihren Anfang.

»Ich heiße Harry«, sagte jener Herr, »aber meine Freunde nennen mich scherzend den Panther. Ich habe gehört, daß Sie im obern

Stockwerk einen leeren Lagerraum haben, den ich gern für Privatveranstaltungen mieten möchte.«
Wer Kellner in der Nähe des Broadways ist, weiß so mancherlei. So wußte ich denn auch einiges über Harry, den Panther. Und während er das Lokal im obern Stockwerk besichtigte, sagte ich zu meinem Chef:
»Vergessen Sie nicht, daß dieser Herr bei der Polizei sehr gut bekannt ist.«
»Vielen Dank, junger Mann«, erwiderte Hamilton, der meine Warnung für eine Empfehlung hielt.
»Paßt ausgezeichnet«, sagte der Panther, als er seine Besichtigung beendet hatte. »Ich wäre bereit, Ihnen monatlich sechshundert Lappen zu geben.«
»Lappen?« fragte Hancock betroffen. »Offen gestanden, ich wüßte nicht, wohin damit.« Die Sprache des Viertels war ihm nämlich noch immer unbekannt. »Es wäre mir lieber, zweihundert Dollar zu bekommen, wenn Sie nichts dagegen hätten.«
»Gemacht«, sagte der Panther, nicht weniger betroffen. »Mein Anwalt wird morgen den Vertrag aufsetzen.«
»Aber wird es auch gewiß nicht zu viel Lärm geben?« fragte Hamilton.
»Ganz bestimmt nicht! Ich leite eine erstklassige Bande – ich meine einen Klub, dessen Mitglieder jedes Aufsehen scheuen. Ich werde sogar, um möglichst ungestört zu sein, noch zwei Türen einsetzen lassen, eine vorn und eine hinten. Ich habe übrigens gehört«, setzte er hinzu, »daß Sie in guten Beziehungen zum Polizeikommissar stehen. Und nichts ist mir lieber als mit respektablen Leuten zu tun zu haben.«
»Dann sind wir einig!« rief Hamilton entzückt und hielt seine Hand hin. »Genau so geht's mir auch.«
Nach einem herzlichen Händedruck sagte der Panther:
»Weil Sie so ein netter Kerl sind, Ham, will ich Ihnen einen Gefallen tun. Sie sollen Sugar Candy haben, die berühmte Lerche.«
»Eine Lerche?«
»Ja, eine Lerche, ein Singvogel.«
»Offen gestanden mache ich mir nicht viel aus Vögeln. Sie sind mir zu geräuschvoll.«
»Aber ich spreche ja von einer Puppe! Von einer, die mit den Stimmbändern arbeitet.«

»Eine Puppe? Die mit Stimmbändern arbeitet?«
»Eine, die singt.«
»Sie meinen wohl nicht eine Sängerin?«
»Na schön, eine Sängerin. Das wird Ihrer Bude einen Mordsaufschwung geben, und Sie nur hundert Dollar die Woche kosten.«
»Hundert Dollar für eine Sängerin!« Hancock war außerordentlich beunruhigt. »Das ist wirklich liebenswürdig von Ihnen, aber ich kann mir Ihre Gefälligkeit nicht zunutze machen.«
Er hatte kaum ausgeredet, als Sugar Candy hereinschwankte. Sie trug ein kalifornienblaues Kleid, Schuhe und Handtasche waren makellos weiß, ihr Haar, in diesem Monat gefärbt wie Pfirsiche mit Schlagrahm, hochaufgetürmt, und obendrauf saß etwas, das ein Hütchen sein mochte, und worauf mehr Blumen wuchsen, als man in dem Katalog einer Samenhandlung finden kann.
Ich kannte sie gerade genügend, um nichts als Verehrung für sie zu empfinden. Jedenfalls war sie die anmutigste Lerche, die je ein Trommelfell erschüttert hatte, obgleich sie trotz hohen Absätzen und Turmfrisur nicht größer war als Hamilton. Aber sie war bildhübsch, durchwegs handgemalt und fürchtete sich vor nichts auf der Welt – außer natürlich vor Mäusen. Sie war kein Küken mehr, obgleich nicht einmal die Polizei ihr wahres Alter kannte. Sie mochte dreißig im Schatten sein und im vollen Sonnenschein vielleicht auch ein paar Grad mehr. Doch das kam kaum je vor, denn sie war ein ausgesprochener Nachtvogel.
»Darf ich Ihnen Miß Candy vorstellen«, sagte der Panther. »Und das ist dein neuer Brotgeber, der sich danach gesehnt hat, deine Bekanntschaft zu machen. Er heißt Ham, aber du kannst immerhin Mr. Hancock zu ihm sagen. Für einen Ausländer redet er sehr gut Englisch.«
»Großartig«, sagte Sugar Candy, gönnte Hamilton ein strahlendes Lächeln und reichte ihm die Hand.
Als Hamilton sich bückte, um diese Hand zu küssen, hörte ich sein Rückrat knacken, denn eine so gewaltige Körperübung hatte er seit Jahren nicht mehr unternommen; und gleichzeitig knackte es auch in Candys Herz, denn, wie sie mir später gestand, versuchten die Männer sie beständig überallhin zu küssen, nur nicht auf den Rücken ihrer Hand. Dieser Zwischenfall veranlaßte sie, sich sogleich ein Paar lange Handschuhe zu verschaffen, während Hamilton sich in aller Eile nach der Miete eines Klaviers erkundigte.

Und er kam zum Schluß, daß Klaviere auch eine schöne Erfindung seien und zur Hälfte des Preises sogar billig.

Bald darauf war der Klub des Panthers in vollem Schwung. Über die Feuertreppe konnte man unmittelbar von der Straße aus hinauf, aber man konnte auch durch den »Goldfasan« gehn, und es währte nicht lange, da kamen allerlei seltsame Herren mit recht auffallenden Krawatten und romantisch wirkenden Damen mit Federhüten, die auf ihrem Weg in den Klub Halt machten, um ein oder zwei Glas zu trinken. Hamilton betrachtete dieses ungewohnte Kommen und Gehn mit einiger Besorgnis, aber ich war sehr glücklich, denn die neuen Kunden sparten nicht mit Trinkgeldern.

Um zehn Uhr abends leerte sich der »Goldfasan«. Das war die Stunde, da Sugar Candy zu singen begann. Die einzigen Zuhörer waren ich und Hancock. Ich, weil ich bezahlt und Hancock, weil er verliebt war. Er saß starr und steif zwei Schritte vom Klavier entfernt und beobachtete sie in stummer Verehrung, ohne mit der Wimper zu zucken. Gleichzeitig stärkte er sich ausgiebig mit Getränken. Ich dagegen hielt mich so fern ich nur konnte. Obgleich ihre Stimme sehr angenehm war, hatte sie nicht die Spur von Talent. Sie mochte romantische alte Balladen singen wie etwa ›Moiphy, komm und nimm meine Hand‹ oder lockerere Dinge wie etwa ›Alte Männer mach ich jung, junge Männer mach ich alt‹, es war immer dasselbe – sie verdarb die einen wie die andern unterschiedslos mit ihrer angenehmen Stimme.

Sugar Candys Haar wechselte von einer Farbe zur andern, mit der Ausnahme von Grau, und Hamilton hatte sich hohe Absätze an seine Schuhe machen lassen, um doch ein wenig größer auszusehen als sie, aber das Idyll war in einer Sackgasse festgefahren. Sugar Candy, sonst nicht schüchtern, war vor diesem seltsamen Vogel völlig gehemmt. Aber sie merkte, daß es der Dame zukam, den ersten Schritt zu tun, und so nahm sie eines Tages ihren Mut in beide Hände und platzte heraus:

»Ich habe Sie beobachtet. Sie trinken zuviel. Und deshalb haben Sie keinen Blick für die edleren Dinge des Lebens.«

»Ja – a … aber«, stammelte Hamilton. »Tee ist doch gesund. Er gerbt einem den Magen. Er reinigt die Nieren. Sie sollten es manchmal damit versuchen.«

»Ich meine all diese Feuerwasser, die Sie schlucken!«

»I... ich trinke sie auf Ihr Wohl!«
»Das will ich nicht. Ich versuche abzunehmen. Warum reden Sie nicht manchmal ein Wort mit mir?«
»Worüber soll ich schon reden?« fragte er verdutzt.
»Über meine Frühjahrshüte zum Beispiel!«
»Ich habe nichts gegen Ihre Frühjahrshüte einzuwenden«, versicherte Hamilton; und dann holte er zu der schwersten Beleidigung aus: »Ich achte Sie sehr, Miß Candy, und ich werde Sie immer achten.«
Und das war zunächst einmal das Ende der Sache. Verliert aber nicht den Mut, denn diese Geschichte wird, wie Cäsars Frau, immer aufregender, je weiter die Nacht fortschreitet.

Hancock steckte nie die Nase in den Klub des Panthers, weil er noch keine förmliche Einladung erhalten hatte. Die Tigerjäger aber und einige wenige andere altenglischen Kunden, die seit Jahren Frieden und Entspannung im Goldfasan gesucht hatten, begannen, sich auch bei den Festlichkeiten im obern Stock zu zeigen.
»Mich freut es«, vertraute Hamilton mir eines Tages an, »daß unsere Kunden an Mr. Panthers Veranstaltungen Gefallen finden. Wer weiß, was für Lokale sie sonst besuchen würden! Es gibt doch hier in der Gegend allerlei Spelunken. Sogar Spielhäuser!«
»Was Sie nicht sagen!«
»Jawohl«, erklärte er mit kräftigem Nicken. »Sie haben ja keine Idee, was in dieser Stadt vorgeht, mein Junge. Fragen Sie mal den Kommissar Molveni, der wird Ihnen die Augen öffnen.« Und er entzückte sich an der Vorstellung, daß seine Freunde, vor den mannigfachen Versuchungen des Broadways gerettet, im Pantherklub saßen und sich den Freuden des Schachs, des Dominos und des Halmas ergaben.
Eines Samstagabends, als Sugar Candy sich eben verabschiedet hatte und ich das Lokal schließen wollte, trat der Polizeikommissar ein. Hamiltons Blick haftete noch immer an dem unbesetzten Klavier, und ich klopfte ihm auf die Schulter.
»Jetzt können Sie die Watte aus den Ohren nehmen, Mr. Hancock. Die Musik ist aus. Und Mr. Molveni möchte Sie sprechen.«
Hamilton sah bei dieser guten Nachricht erfreut drein und begrüßte den Kommissar mit großem Zeremoniell. »Tee für Mr.

Molveni«, sagte er. »Meine Spezialmarke!« Für die Polizei war nichts zu gut.
Mr. Molveni aber, ein wohlbeleibter Herr mit einem Anflug von Gicht und dementsprechend glatten Manieren, verzog das Gesicht.
»Schade, daß Sie nicht ein paar Minuten früher gekommen sind«, sagte Hamilton mit einem Blick auf die Uhr. »Dann hätte ich Ihnen auch einen Whisky anbieten können. Aber jetzt ist es zwei Minuten nach Mitternacht. Da gibt's keinen Alkohol mehr. Das wäre gegen das Gesetz.«
»Hm...« meinte Mr. Molveni höhnisch. »Wirklich schade!« Er beschnupperte argwöhnisch, was ich vor ihn hingesetzt hatte, und schlürfte widerstrebend.
»Tee«, sagte Hamilton. »Ein verteufelt gutes Getränk. Ölt einem die Nieren.«
»Mr. Hancock«, begann der Kommissar kurz angebunden, »seit Jahren habe ich Sie als Musterbeispiel von Korrektheit hier auf dem Broadway geschätzt. Und nur Ihrer makellosen Vergangenheit wegen möchte ich Sie jetzt warnen.«
»Warnen, Sir?«
»Warnen, Sir! Unsere Sektion ist in Kenntnis gesetzt worden, daß sich in Ihrem Hause eine Spielhölle befindet.«
»Was?!« Hamilton saß aufrecht wie ein Bolzen. Dann aber ging ihm ein Licht auf, und er lachte schallend: »Hahaha! Jetzt verstehe ich! Großartig! Hahaha! Eine Spielhölle!« Er schüttelte sich vor Lachen, bis der Kommissar ihn unterbrach:
»Wir wollen sehen, ob Sie sich meine Warnung zunutze machen werden«, sagte er kühl. Und dann erhob sich der großzügige Beamte.
»Warten Sie« rief Hamilton. »Meinen Sie etwa den Klub im ersten Stock?«
»Ja, diesen Klub meine ich«, höhnte Molveni.
»Warum«, fragte Hamilton nicht ohne Bitterkeit, »macht man immer nur argwöhnische Leute zu Polizeikommissaren? Die Lokale im obern Stock werden ausschließlich von einer gewählten Gesellschaft benützt, die sich zu freundschaftlichen Spielen wie Schach, Domino oder Bridge vereinigt. Der Leiter des Klubs, Mr. Panther, würde niemals Hasardspiele zulassen.«
»Harry, der Panther?!« rief der Kommissar verblüfft.
»Kennen Sie den Herrn?« fragte Hamilton hoffnungsvoll.

»Wenn es der ist, den ich kenne, dann ist er nichts weniger als ein Herr.«
Das war zuviel für Hamilton. Er erhob sich, nicht ohne Schwierigkeit. »Ich muß Sie ersuchen, Mr. Molveni, mich sofort hinaufzubegleiten. Und dann werden Sie mir in aller Form Abbitte leisten müssen.«
Jetzt hielt ich es für richtig, einzugreifen.
»Mr. Hancock«, flüsterte ich und trat ihm taktvoll auf die Zehen, »ich muß ein Wort mit Ihnen reden.« Und ich zog ihn in eine Ecke. »Ich entsinne mich deutlich daß der Klub ausdrücklich gewünscht hat, nicht gestört zu werden«, flüsterte ich.
»Richtig!« erwiderte Hamilton laut. »Aber Mr. Panther wird entzückt sein, eine so hervorragende Persönlichkeit wie Mr. Molveni kennen zu lernen und gleichzeitig die bösen Zungen Lügen zu strafen. Daß Sie das nicht selber einsehen, mein Junge?« Und er taumelte, mit Mr. Molveni und mir im Kielwasser, in sein Verderben.
Der Panther – darin muß man ihm Gerechtigkeit widerfahren lassen – hielt sehr auf Ordnung, und die beiden Türen, für die er gesorgt hatte, waren aus solidem Eisen mit kleinen Gucklöchern, die sich als ebenso nützlich erwiesen wie die Löcher in einer Flöte. Hamilton klopfte, die Klappe am Guckloch öffnete sich, ein großes Auge spähte neugierig hinaus, und dann sagte eine Stimme: »Ach, Sie sind's, Mr. Ham! Kommen Sie nur herein!«
Wir betraten einen Raum, darin eine stille, würdige Atmosphäre herrschte. Etwa hundert Menschen saßen um etliche grüne Tische und unterhielten sich mit allerlei Spielen; hier klapperten Würfel, dort wurden Karten ausgeteilt, Banknoten häuften sich vor den Gästen, und auf den Banknotenhaufen lagen, gewissermaßen als Briefbeschwerer, automatische Pistolen.
Sugar Candy fehlte, dagegen saß an einem der Tische der Panther, zu sehr in seiner Unterhaltung vertieft, um unser Eintreten zu bemerken.
»Das ist er!« rief Mr. Molveni.
Beim Klang dieser Stimme schaute der Panther auf. »Fort mit euch!« schrie er. »Die Polizei!« Und schon hatte er die Banknoten zusammengerafft, die auf seinem Tisch lagen, war aufgesprungen und rannte zur Hintertüre.
Nachdem sich Mr. Molveni von seiner Überraschung erholt hatte, brüllte er:

»Jeder bleibt, wo er ist! Ihr seid alle verhaftet!«
Seltsamerweise schien kein Mensch diesen Befehl gehört zu haben, obgleich er nicht nur mit dröhnender Stimme, sondern auch sehr deutlich gegeben wurde. Und es muß selbst für einen Polizeikommissar schwierig sein, etwa hundert Menschen festzunehmen, von denen ein jeder in der kürzesten Zeit den entferntesten Ausgang zu erreichen sucht. Am Ende hatte Molveni einen einzigen erwischt, und das war Hancock. Und auch den wohl nur, weil Hancock nicht den leisesten Versuch unternahm, sich aus dem Staube zu machen.
»Das ist etwas höchst Ungewöhnliches«, sagte Hamilton, »aber an Ihrer Stelle würde ich keine übereilten Schlüsse daraus ziehen. Die Mitglieder verwenden wahrscheinlich Banknoten, weil die Spielmarken infolge des Krieges rar geworden sind. Galalith, wissen Sie, ist jetzt jeden Tag schwieriger aufzutreiben. Man braucht es vor allem für Flugzeuge.«
»Dafür allein«, stieß Mr. Molveni hervor, »werde ich Sie mit Armbändern geschmückt über den Broadway schleppen!« Und er ließ die Handschellen einschnappen.

Am nächsten Morgen, einem Sonntag, hing an der Türe des »Goldfasan« eine Tafel, darauf von der Polizei mitgeteilt wurde, daß das Lokal bis auf weiteres geschlossen sei. Als ich sah, daß meine Hoffnungen in Rauch aufgehn wollten, eilte ich zu den Tigerjägern, um sie von dem Vorgefallenen in Kenntnis zu setzen. Sie versprachen, sie würden sofort, wenn die Banken am nächsten Tag ihre Schalter öffneten, die nötigen Beträge erheben, um eine Kaution für ihren Landsmann zu stellen. Und dann ging ich in die kleine Wohnung Sugar Candys, die von nichts eine Ahnung hatte.
Als sie erfuhr, daß ihr Märchenprinz hinter Schloß und Riegel saß, hob sie eine gemalte Braue.
»Ich hab den Panther gewarnt«, sagte sie. »Ich habe ihm prophezeit, wenn er eines Tages die Verantwortung auf Mr. Hancock abwälzen sollte, dann würde ich ohne Klavierbegleitung singen.«
»Geben Sie acht, Miß Candy. Ich habe gehört, daß schon einmal einer auf dem Grund des Hudsons gelandet ist, der zuviel über den Panther geredet hat.«
Ihre Augen zogen sich zusammen. »Wenn ich einmal an einem Mann von meinem Format einen Narren gefressen habe, dann darf

sich niemand einmischen. Auch der Panther nicht. Eine Frau ist nur zweimal jung.« Sie lächelte schmerzlich. »Ich weiß, daß ich nicht viel anzubieten habe. Nur ein Herz; und das ist auch ein wenig verbraucht.«

Am nächsten Nachmittag ging ich in den »Goldfasan« und zwar in das obere Stockwerk, um das arg verwüstete Klublokal zu besichtigen. Ich traf dort Hancock an, der eben freigelassen worden und von dem Mangel an Alkohol ebenso erschöpft war wie von einer längeren Unterredung mit seinem Anwalt.
»Ich habe ihm die ganze Geschichte erzählt«, sagte Hamilton bestürzt, »und er meint, ich brauche mir keine Sorgen zu machen. Ich würde mit fünf Jahren davonkommen, gutes Verhalten vorausgesetzt.«
»Sie haben genug Sorgen, auch ohne Anwälte«, erwiderte ich. »Diese Geschichte überlassen Sie lieber Miß Candy. Frauen haben ihre eigenen Wege.«
Hamilton war entsetzt. »Miß Candy darf nie erfahren, daß ich etwas mit der Polizei zu tun gehabt habe! Was würde sie von mir denken? Sagen Sie ihr, daß ich nach England zurückgefahren bin.«
Ich wollte ihm gerade antworten, als wir Schritte auf der Hintertreppe hörten und zwei der Leute des Panthers eintraten, bekannt unter den Namen Willy, das Kaninchen und Tom, der Bandwurm. In den Kreisen des Panthers war es üblich, Übernamen zu haben.
»Mr. Kaninchen«, sagte Hamilton, »wo kann ich Mr. Panther erreichen?«
»Ein glücklicher Zufall!« sagte das Kaninchen strahlend. »Ich bin der Adjutant des Panthers und bringe Ihnen folgende Botschaft von ihm: Sie vergessen, daß Sie ihn je in Ihrem Leben gesehen haben, und er wird Ihnen dafür so viel Whisky liefern, daß Ihnen die paar Jahre im Loch vergehn werden wie ein Nachmittag auf Coney Island.«
Hamilton war erschüttert. »Herr Adjutant«, sagte er, »ich beginne an der Ehrbarkeit der Absichten Mr. Panthers zu zweifeln und rate Ihnen, ein volles Geständnis abzulegen. Wenn Sie wollen, werde ich Sie dem Polizeikommissar vorstellen, und er wird Ihnen bestätigen, daß das Verbrechen sich nicht lohnt.«
»Seien Sie nicht so vertrottelt«, sagte der Bandwurm. »Sie müssen

zu oft im Kino gewesen sein.« Und das Kaninchen schnarrte: »Sie haben den Panther in Ihrem ganzen Leben nicht gesehen; das ist ein Befehl! Verstanden?«
»Kommt nicht in Frage«, erklärte Hamilton und richtete sich zu seiner vollen Kürze auf.
Aber das dauerte nicht lange. Das Kaninchen gab ihm eins mit einem Schlagring auf den Kopf, während der Bandwurm ihm, mit bewundernswertem Zeitgefühl, ins Gesicht schlug, und Hamilton sank zusammen wie eine Serviette. Bald aber hatte er sich wieder aufgerichtet.
»Meine Herren, das ist ungesetzlich.«
Die zwei schlugen weiter auf ihn ein, obgleich er immer wieder mit blutenden Lippen, doch unerschrocken wiederholte:
»Merkt ihr denn nicht, daß ihr das Gesetz verletzt, ihr Schafsköpfe? Wie kann man nur so töricht sein!« Und er konnte sich ein Lachen über die Torheit seiner Gegner nicht verkneifen.
Sie aber schlugen in ihrer Torheit weiter auf ihn ein, bis sie ihn schließlich dazu überredet hatten, sich auf dem Boden auszustrekken und eine Weile still zu liegen.
»Und wie steht's mit dir«, knurrte der Bandwurm jetzt und wandte sich mir zu. »Wie oft hast du den Panther hier im Haus gesehen?«
»Nur selten«, stotterte ich.
»Nehmen wir den Burschen hinter die Bar«, schlug das Kaninchen vor. »Der Panther kann es nicht leiden, wenn sein Teppich Blutflecken hat.« Und nun schleppten sie mich von des Panthers kostspieligem Teppich fort und bearbeiteten mich so gründlich, wie man das in einer unvollkommenen Welt vernünftigerweise verlangen kann.
»Und jetzt – wie oft hast du ihn hier gesehen?« fragten sie, als sie fanden, nun wären meine Gefühle genügend verletzt worden.
Ich weiß, was ein Wink ist. »Höchstens einmal«, murmelte ich mühsam.
Daraufhin schlugen sie so lange auf mich ein, bis mein Gedächtnis derart geschwächt war, daß ich mich überhaupt nicht entsinnen konnte, den Panther gesehen zu haben.
»Bist du dessen auch sicher?« fragten sie.
»Ganz sicher.«
»Du würdest den Panther nicht erkennen, wenn er jetzt hier eintreten sollte?«

»Nicht einmal seine Großmutter würde ich erkennen.«
»Da hast du Glück!«
Das Kaninchen wandte sich zu Hamilton, der eben wieder zum Leben erwachte.
»Du kommst mit uns. Der Panther wird dich eine Weile unter den Augen haben wollen. Bis auch du überzeugt bist!«
»Ich bedaure lebhaft, aber ich kann nicht mitkommen«, brachte Hamilton vor, der zwar noch taumelte, aber doch wieder auf den Beinen stand. »Ich erwarte den Polizeikommissar. Es würde doch sehr verdächtig wirken, wenn ich diese Verabredung nicht einhalten wollte.«
»Gerade deswegen kommst du mit uns«, fuhr das Kaninchen ihn an und ließ die Schlagringe klirren wie Kastagnetten. »Und was dich angeht«, das galt mir, »Maul halten, wenn dir deine Haut lieb ist!«
»Das ist Menschenraub und höchst illegal«, protestierte Hamilton, während er zwischen dem Kaninchen und dem Bandwurm den Raum verließ. Und auf der Treppe hörte ich ihn noch kurz lachen: »Wartet nur, bis Mr. Molveni das erfährt. Da werdet ihr etwas erleben, haha!«
So gut hatte er sich in seinem ganzen Leben nicht unterhalten.

Ich höre nicht; und wenn ich höre, gebe ich nicht acht; und wenn ich achtgebe, verstehe ich nicht. Davon versuchte ich Mr. Molveni zu überzeugen, als er gerade zur rechten Zeit zu seiner Verabredung mit Hamilton kam, um zu spät zu kommen. Ein klobiger Polizist begleitete ihn.
»Ich weiß von nichts. Ich bin nur ein bescheidener Einwanderer, der sich alle Mühe gibt, nicht im Gefängnis zu landen.« Das wiederholte ich immer wieder, bis Mr. Molveni sich entmutigt in den nächsten Stuhl fallen ließ.
»Am liebsten wäre ich tot«, stöhnte er. »Am liebsten wäre ich im Paradies, unter den Engeln.«
»Das läßt sich ohne weiteres einrichten, mein Schatz«, sagte eine angenehme Stimme, und Sugar Candy, die sich aus Bescheidenheit eine Weile hinter der Türe versteckt gehalten hatte, trat mit charmantem Lächeln ein. Sie sah, wie immer, hochelegant aus, in einem Kleid modernsten Schnitts, ein neues Wolkenkratzerhütchen auf dem Kopf und in der Hand ein entzückendes Pistölchen mit Perlmuttergriff, das aus dem Ärmel eines Nerzmuffs hervorlugte.

»Was soll das?« schrie Mr. Molveni und sprang auf, denn er war ein wohlerzogener Mann.
»Daß du mich zu den Herrschaften begleiten wirst, die Mr. Hancock zurückhalten«, vor dem geliebten Namen schrie Candys Stimme eine Verbeugung zu machen, »damit er sich nicht verteidigen kann.«
»Geben Sie mir das Ding her«, knurrte Mr. Molveni und ging auf sie zu. Aber er hatte vergessen, ›wenn ich bitten darf‹ zu sagen, und Sugar Candy wurde wütend.
»Stehn bleiben und Hände in die Stratosphäre – aber plötzlich!« rief sie, und da die beiden zögerten, feuerte sie die lautesten Schüsse ab, die je einem Nerzmuff entfahren sind, und der Boden vor den Füßen der Herren zersplitterte. Von soviel Beredsamkeit überwältigt, blieb der dicke Polizist stehn und streckte die Arme hoch, doch ein weiterer Schuß, der knapp eine Nasenlänge vor ihm in die Türe krachte, war nötig, um Mr. Molveni daran zu hindern, ohne Abschied das Zimmer zu verlassen und auf diese Art abermals gegen die Vorschriften der Etikette zu sündigen.
Mit sachverständigem Griff erleichterte Sugar Candy den Kommissar des Gewichts seines Revolvers. Dann befahl sie mir, den Polizisten, unter Anwendung des sogenannten Kellnerknotens, mit Tischtüchern zu binden, und dann nahm sie auch seinen Dienstrevolver in Verwahrung, damit keiner auf die törichte Idee kam, ihn zu stehlen.
»Du gehst hinter mir und trägst meine Schleppe«, befahl sie mir, »und du, mein Schatz«, sagte sie zum Kommissar, »gehst voran. Es heiß zwar allgemein, daß die Damen den Vortritt haben, aber für Polizeikommissare macht man überall eine Ausnahme.« Und sie bewies ihre Achtung vor dem Gesetz dadurch, daß sie den Beamten zwei Schritte vorangehen ließ, und ihre Bescheidenheit dadurch, daß sie ihre elegante Pistole im Muff versteckt hielt, während sie uns über den dichtgedrängten Broadway steuerte.
Sie machte nie halt, es sei denn hin und wieder vor der Auslage eines Hutladens, bis wir ein chinesisches Restaurant erreicht hatten. Dort führte sie uns durch die Küche und über eine Treppe. Oben standen wir wieder vor einem vertrauten Eisentor, und durch dessen Guckloch sahen wir das Gesicht des Nervösen Rudy, der auch zu dem engsten Freundeskreis des Panthers gehörte.
»Ist der Boß drin?« fragte Sugar Candy.

»Er war da, aber jetzt ist er fort«, erwiderte der Zartbesaitete und ließ uns in ein Lokal eintreten, das unserem eigenen Klub glich: Grüne Tische, daran sich Damen und Herren mutwillig mit Karten und Würfeln amüsierten, während vor ihnen Banknoten aufgestapelt lagen.
»Meine Damen und Herren«, verkündete Sugar Candy scharf. »Geht heim zu euren Gatten und Gattinnen, Die Polizei ist da.«
Im Nu herrschte jenes bedauerliche Durcheinander, das die Ankunft der Hüter des Gesetzes nur allzu häufig in sonst ruhigen, ordentlichen Lokalen verursacht – jeder für sich selbst, und den Letzten schnappen die Polizisten. Wenige Sekunden später waren wir zu dritt allein im Saal.
»Wer lebt, lernt, mein Schatz«, sagte Sugar Candy zu Mr. Molveni. »Und wo's das gibt, da gibt's noch mehr.«
Und so verhielt es sich wirklich. Wir besuchten noch ein halbes Dutzend andere Lokale, und mit der Zeit fand ich die Sache eintönig. Aber der Kommissar langweilte sich anscheinend gar nicht, ganz im Gegenteil. Und Candy Sugar führte uns unermüdlich von einem Haus zum andern, denn sie fürchtete, der Panther könnte Wind von unserer Jagd haben, bevor wir ihn erwischten.

Unser Ausflug fand ein Ende, als wir eine irische Bar erreichten, wo der Stramme Peter durch das Guckloch spähte.
»Heiliger Peter, öffne das Himmelstor«, befahl unsere Führerin.
Aber Peter war ein unerzogener Lümmel und schlug die Klappe des Gucklochs zu. Dann hörten wir, wie er sich eiligst entfernte. Eine weniger mannhafte Dame hätte das in Verlegenheit setzen können, nicht aber unsere. Sie zog die Pistole aus dem Muff und erklärte trocken: »Tretet zur Seite, meine Herren. Ich sage ›meine Herren‹, aber ich meine Sie beide.« Darauf schoß sie zweimal in das Schlüsselloch, öffnete die Türe, und wir traten ein. Doch hier hatten die Klubmitglieder sich bereits verflüchtigt.
»Zu spät«, sagte Sugar Candy und ließ die Waffe sinken.
»Nicht, wenn ihr mich sucht«, sagte eine Stimme. Und hinter der Kasse trat lächelnd der Panther hervor. Nur seine Augen verrieten die Spannung, die seine Züge erfolgreich verhüllten. »Du singst jetzt also für die Polizei, Sugar«, sagte er mit einem Lächeln, das seine schönen Raubtierzähne sehen ließ.

»Nein, ich bin nur eine gesetzesfürchtige, weitblickende Frau, die sich gern ein Heim schaffen möchte.«
»Du niederträchtiges Luder«, sagte der Panther, und das Lächeln verbreitete sich über sein ganzes Gesicht. Aber in Wirklichkeit gebrauchte er keine so salonfähigen Ausdrücke; ich wollte nur schwach andeuten, was er wirklich gesagt hat. »Nachdem ich dich aus der Gosse gezogen hab!«
»Ja«, sagte sie mit einem schiefen Lächeln. »Um mich in den Schlamm des Broadway zu werfen. Aber jetzt wollen wir keine Gefühlskisten aufmachen. Ich bin rein geschäftlich hier. Ich will nur, daß du Mr. Hancock reinwäschst, den ich als meinen Verlobten ansehe.«
»Meinen Glückwunsch«, höhnte der Panther.
»Dann gebe ich dir eine halbe Stunde Vorsprung auf den Kommissar«, fuhr Sugar Candy fort, »damit du wieder deinen Geschäften nachgehen kannst. Ich lege sogar diesen zierlichen Talisman weg, den du mir zu meinem Geburtstag geschenkt hast. Siehst du? Gegen dich könnte ich ihn ja doch nicht verwenden.« Und damit ließ sie die Pistole verschwinden.
»Das ist der Unterschied zwischen einer Gassenkatze und einem Panther«, war die Antwort; und schon hatte der Panther selber eine Pistole gezogen und richtete sie auf Sugar Candy. »Da! Dein Hochzeitsgeschenk!«
In solchen Augenblicken bin ich dankbar für meine militärische Ausbildung, die den Mann lehrt, in der Not rasch zu handeln. Im Bruchteil einer Sekunde war ich unter dem nächsten Tisch, hielt mir die Ohren zu und schloß die Augen. Ich hörte zwei dumpfe Schüsse, einen Fall, und als ich die Augen wieder aufmachte, da sah ich Sugar Candy, die mit offenem Mund dastand, während der Panther sich auf dem Boden wälzte und Mr. Molveni einen rauchenden Revolver in der Hand hatte.
»Ich habe nichts gesehen«, erklärte ich, als ich aus meiner Deckung hervorkam, »aber der Verdacht fällt auf Sie, Kommissar.«
Sugar Candy sah kläglich drein. »Sie ... Sie haben das Schießzeug die ganze Zeit bei sich gehabt?«
»Jawohl«, erwiderte Mr. Molveni. »Ich habe immer einen zweiten Revolver bei mir.«
Sie begann zu weinen. »Das ist eine tiefe Demütigung für mich!« stieß sie hervor.
Mr. Molveni klopfte sie besänftigend auf die Schulter. »Ich weiß

nicht, ob ich die Waffe gegen Sie gebraucht haben könnte. So wie Sie habe ich nie eine Dame mit einem Schießzeug umgehn gesehen.«
»Rufen wir doch einen Arzt für den Panther«, schluchzte sie.
»Überflüssig«, meinte ich, nachdem ich mich über ihn gebeugt hatte. »Den kann kein Doktor toter machen als er ist.«
Sugar Candys Liebsten entdeckten wir, verschnürt wie eine Salami und betrunken wie ein Fürst, im Nebenzimmer. Es war ihm gelungen, eine Hand frei zu machen, mit der er die Whiskyflasche auf dem Tisch erreichen konnte. Und so besoff er sich in aller Ruhe und erwartete zuversichtlich die Vertreter des Gesetzes.
»Habe ich dir nicht gesagt, daß du nicht so viel trinken sollst?« fuhr Sugar Candy ihn an und löste ihn aus der Verschnürung.
»So viel ist's gar nicht gewesen«, protestierte Hamilton. »Seit Stunden mußte ich mich mit dieser Flasche begnügen.«

»Die Vorgänge dieser Nacht«, erklärte mir Hamilton, nachdem ich ihn in sein Haus gesteuert hatte, »sollten allen eine Lehre sein, daß man das Gesetz nicht straflos brechen kann.« Und er fuhr fort, seine weisen Sprüche zu verzapfen, bis ich mich nicht länger halten konnte und ihm erzählte, welche Fülle von Verbrechen wir begangen hatten, um der Gerechtigkeit zum Triumph zu verhelfen. Wir waren in eine Reihe von Privathäusern eingedrungen, ohne die notwendige Vollmacht zu besitzen, wir hatten in aller Öffentlichkeit ohne Jagderlaubnis geschossen, einen Polizeikommissar der Freiheit beraubt, einen Polizisten mit Hilfe eines ›Kellnerknotens‹ gefangen gesetzt, ganz zu schweigen davon, daß Hamilton geschmuggelten Whisky getrunken hatte; das hatte ich der Marke angesehen, die in diesen Zeiten nicht mehr zu finden war.
Hamilton, der bereits dabei war, sich auszuziehen, unterbrach seine Tätigkeit.
»Wenn das Gesetz verletzt wurde, so muß Anzeige erstattet werden. Ich werde Mr. Molveni sofort aufsuchen.«
»Er hat eine anstrengende Nacht hinter sich. Er wird sehr ungemütlich werden, wenn Sie ihn jetzt aus den Federn jagen.«
»Unsinn!« erklärte Hamilton und zog sich mühsam die Hosen wieder an. »Er wird dankbar dafür sein, daß wir ihm die Gelegenheit geben, alles wieder in Ordnung zu bringen.«
Und schon waren wir wieder auf dem Broadway, wo ein neuer Tag angebrochen war.

»Der Kommissar ist heimgegangen und darf nur im Notfall geweckt werden«, erklärte der Sergeant auf dem Kommissariat.
»Es handelt sich um einen Notfall«, beruhigte Hamilton ihn. »Sagen Sie ihm, daß es sich im Zusammenhang mit Mr. Panther um eine ganze Welle Verbrechen handelt. Ich weiß, daß er sehr froh sein wird, wenn ich ihm das berichte.«
Der Sergeant griff nach dem Telephon und sagte dann:
»Der Kommissar erwartet Sie bei sich zu Hause. Ein Dienstwagen wird Sie sofort hinbringen.«
Mr. Molveni empfing uns und den begleitenden Polizisten im Bett; er sah verschlafen, aber besorgt aus.
»Was ist los? Hat man Sugar Candy abgeknallt?«
»Ach du guter Gott, nein!« Hamilton erschauerte. »Aber Sie müssen erfahren, wie viele Gesetzwidrigkeiten begangen wurden, um mich zu befreien. Daraus kann nichts Gutes entstehen.«
»Und deswegen sind Sie hergekommen?« fragte der Kommissar mit unheilverkündender Miene.
»Jawohl!« erklärte Hamilton freudig. »Ich meinte, daß da doch etwas geschehen müsse.«
»Und das soll es auch!« rief der gewissenhafte Beamte, setzte sich in seinem gestreiften Pyjama auf und musterte den Eindringling. »Wegen Störung meiner Nachtruhe lasse ich Sie eine Woche lang in Eisen legen! Sie sind ohnehin nur provisorisch in Freiheit. Sergeant, führen Sie den Gefangenen ab! Sind Sie jetzt zufrieden?!«
Hamilton erschien äußerst befriedigt.

Während er im Kerker schmachtete, bat Sugar Candy mich, ihm einen Kuchen zu bringen, den sie gebacken hatte, um seine Stimmung zu heben. Doch das konnte ich nicht: ich hatte Hamilton, auf sein Verlangen, mein Ehrenwort gegeben, Sugar Candy einzureden, er sei auf einer Geschäftsreise, und es hätte ihn furchtbar aufgeregt, zu erfahren, daß sie die Wahrheit wußte.
Dadurch kam ich in eine arge Verlegenheit. Ich mußte den Kuchen selber essen – und brach mir dabei einen Zahn aus. Aber man möge mich nicht falsch verstehn. Es gibt keine besseren Kuchen, mit Zusatz von Sägen, als die, welche Mrs. Hancock bäckt.
Ja, Mrs. Hancock habe ich gesagt, denn Mrs. Hancock wurde sie bald nachdem er von seiner Geschäftsreise zurückkehren durfte.
Er wehrte sich mit seiner ganzen Manneskraft, denn er meinte, es

sei nicht anständig, Sugar Candy einen entlassenen Sträfling heiraten zu lassen. Ja, in seiner Verzweiflung ging er so weit, ihr mitzuteilen, wo er diese Tage gesteckt hatte. Doch alles war vergebens. Sie warb ungestüm um ihn, bis er sich ihrer Überredungskunst beugte.
Es fand eine prächtige Hochzeit in der Kirche statt, und ich war wieder einmal Trauzeuge. Der andere Trauzeuge war Mr. Molveni.
Kaum hatte Hamilton Hancock sich von seiner Hochzeitsreise nach Atlantic City erholt, als er beschloß, den »Goldfasan« zu verkaufen, an dem allzu viele peinliche Erinnerungen hafteten. Er fuhr mit seiner jungen Frau nach Kalifornien, das, wie er vom Hörensagen wußte, das Land der Zukunft war. Beim Abschied waren wir alle sehr tief bewegt – insbesondere ich, denn ich war wieder einmal ohne Stellung.

8

Machen wir's den Kaninchen nach ...

Unterdessen wurden immer mehr Männer zur Armee der USA eingezogen, darunter auch die Italiener, die man ›feindliche Ausländer‹ nannte. Feindliche Ausländer, die keinen Dienst tun wollten, setzten sich der Gefahr aus, interniert zu werden; andererseits durften wir verlangen, daß man uns nicht an die italienische Front sandte. Ich wollte lieber gegen jeden Gegner – von meinen eigenen Landsleuten abgesehen – in den Krieg ziehen, als mich internieren zu lassen, denn ich hatte den Eindruck, daß ein Internierungslager der letzte Ort auf der Welt ist, wo man sein Glück machen kann; vielleicht irre ich mich aber auch in diesem Punkt.
Doch die Kommission beschloß, daß sie meiner Hilfe entraten könne. Zu jener Zeit glaubte das amerikanische Oberkommando in seiner Unschuld, der Krieg sei eine Art Ringkampf, bei dem man nur große, kräftige Männer brauchte. Und so wurde ich bei der ärztlichen Untersuchung unter größter Heiterkeit zurückgestellt. Doch die gute Laune der Ärzte ließ sich keineswegs mit meiner guten Laune vergleichen.
Da war meine Stunde gekommen; der Mangel an Arbeitskräften

wurde immer größer, und die Löhne stiegen täglich. Ich begann, mir die Sohlen auf dem rauhen New Yorker Pflaster abzulaufen, läutete mit der einen Hand an den Türen und schwenkte mein Universitätsdiplom mit der andern, bis ich eine Stelle als Tankwart in Greenwich Village, in der Nähe des Italienerviertels von New York fand, die einer Pneuhandlung angegliedert war. Mein Vorgänger war zum Militärdienst eingezogen worden. Ich erhielt fünfundzwanzig Dollar wöchentlich, überdies die Trinkgelder, von denen Mr. Crouch, mein Brotgeber, mir die Hälfte überließ.

Ich war glücklich. Für Autos hatte ich immer eine Vorliebe gehabt, und auch ohne Bezahlung wäre ich gern bereit gewesen, den ganzen Tag Tanks mit Benzin und Reifen mit Luft zu füllen. Und ich vermochte auch jede Woche einiges Geld auf die Bank zu tragen. Über meinem Bett hing Lucciolas Bild als Ansporn zur Arbeit und zur Sparsamkeit.

Unterdessen sollte sich in dem italienischen Delikatessengeschäft Rosso Ferretti etwas vorbereiten, das meine rosigsten Hoffnungen auf ungeahnte Art steigen ließ.

Die Geschichte fing mit einer vertraulichen Mitteilung an. Nun ist es mir zuwider, mit vertraulichen Mitteilungen belastet zu werden. Manche Leute aber bedürfen nur einer kleinen Aufmunterung, um ihr Herz auszuschütten und einen in peinliche Lagen zu versetzen. So sagte ich eines Tages zu Nell Ferretti, der Frau des Delikatessenhändlers, lediglich: »Nell jetzt habe ich Rosso schon ein paar Tage nicht mehr im Laden gesehen. Ist er am Ende krank?« Und schon begann der Schneeball zu rollen; und natürlich war ein Stein darin.

Nell Ferretti war eine ungewöhnliche Frau. Sie sah aus wie ein Zwei-Tonnen-Lastwagen, aber viel nützlicher; sie war so schön, wie ihr Gewicht das zuließ, und hatte ein Lächeln, das das Herz ebenso erfreute wie ihre warmen Platten, die im Viertel ihresgleichen suchten. Sie war von Geburt Französin und vielleicht darum eine Meisterin der kulinarischen Künste. Das Geschäft führte sie sozusagen allein und gönnte sich gerade nur so viel freie Zeit, wie sie benötigte, um einen Sprößling in die Welt zu setzen, was sich regelmäßig jedes Jahr und manchmal auch öfter ereignete. Zu jener Zeit hatten Ferrettis mehr als eine halbe Tonne Kinder, alles in allem siebzehn, und wer siebzehn Kinder nicht gleichzeitig beisammen gesehen hat, kann sich nicht vorstellen, wieviele Kinder siebzehn Kinder wirklich sind.

»Gianni«, erwiderte Mama Ferretti auf meine harmlose Frage, »ich kann diesen Mann nicht ausstehen!« Wenn sie sagte, sie könne ›diesen Mann nicht ausstehen‹, so handelte es sich natürlich um ihren Gatten. »Aber wer hat mich auch geheißen, einen ... einen Vegetarier zu heiraten? Einen Menschen, der zum Frühstück Karottensaft trinkt, zu Mittag einen gemischten Salat ißt und abends Blumenkohl! Ob so was möglich ist!«
»Rosso hat bestimmt auch seine guten Eigenschaften.«
»Hör, Gianni«, erwiderte sie hitzig, »ich bin gewiß nicht die Frau, die einen Mann einen Vorwurf daraus macht, daß er nichts für die eigene Gattin übrig hat. Er wäre nicht der Erste. Aber daß einem meine Küche nicht schmeckt, das ist eine nationale Beleidigung! Und als ob das nicht genügen würde, hat er sich jetzt mit Leib und Seele wieder einer von seinen lächerlichen Erfindungen gewidmet.«
»Hat er den Keim zu einer neuen Idee?«
»Der ist mit Keimen vollbepackt! Das Einzige, was er bisher noch nicht versucht hat, ist, mir im Laden zu helfen. Ich weiß wirklich nicht mehr, welchen Heiligen ich anflehen soll. Keine Hilfe im Laden, alle Hände voll mit den Kindern, und dabei wieder eines unterwegs. Und der Doktor droht diesmal sogar mit einem Doppelsegen! In kinderreichen Familien sollen Zwillinge sehr häufig sein.«
»Meinen Glückwunsch, Mama.«
»Du scherzt wohl. Dich möchte ich an meiner Stelle sehen! Und mittlerweile verbarrikadiert sich mein lieber Gatte in seinem Verschlag und steckt bis über die Ohren in wissenschaftlichen Büchern, wie ich ganz zufällig, durch das Schlüsselloch, entdeckt habe. Warum hilfst du mir nicht, ihn zur Vernunft zu bringen?«
»Wie komm gerade ich dazu?«
»Sieh, Gianni, ich bin ja nur seine Frau, auf mich hört er nicht. Wir sprechen ja nicht einmal miteinander. Drei Kinder ist's her, daß wir zum letzten Mal miteinander geredet haben, oder uns auch nur ins Gesicht geschaut. Aber du bist sein Landsmann, auf dich wird er hören. Versuch doch, herauszubekommen, womit er sich jetzt beschäftigt, und sag ihm, wie unnütz es ist. Willst du das für eine Mutter tun, Gianni?« Sie sah mich flehend an und schluckte ihre Tränen hinunter.
Konnte ein Gentleman einem so rührenden Appell gegenüber kalt bleiben? Gewiß. »Tut mir leid, Mama«, sagte ich. »Jetzt ist's Zeit

zum Abendessen, und in Joes Cafeteria gibt's heute etwas Besonderes.«
»Du wirst mit uns essen, Gianni. Bei unserer Zahl spielt ein Mund mehr oder weniger schon keine Rolle.«
Konnte ein Gentleman eine Einladung zu den köstlichen Produkten von Mama Nells Küche ausschlagen?

Ich kannte Ferrettis, seit ich im »Goldfasan« tätig war. Daß wir aus dem selben Land waren – Rosso, schon mehr als zwanzig Jahre amerikanischer Bürger, stammte aus den Abruzzen – verlieh mir besondere Vorrechte, wie zum Beispiel einen Anspruch auf echte importierte Salami, die durch den Krieg immer knapper wurden; ferner Vertrauter der Familie zu sein. Und ich war mir klar darüber, daß man eben das Bittere mit dem Süßen nehmen mußte.
Rosso heißt auf Italienisch ›rot‹, und so wurde er genannt, weil Nell allen Freunden versicherte, wenn er überhaupt ein Haar auf dem Kopf hätte, wäre es rot. Und wir glaubten ihr aufs Wort. So wurde er, trotz seiner Kahlheit, als Rotschädel angesehen. Überdies war er Vegetarier. Er sagte mir, in seinem Heimatdorf habe er jeweils nur ein einziges Mal im Jahr, zu Weihnachten, Fleisch gegessen, und zwar in solchen Mengen, daß ihm davon jedesmal schlecht wurde. So hatte er eine Abneigung gegen Fleisch gefaßt.
Auch Rosso war eine bemerkenswerte Erscheinung, nicht nur, weil er ein vegetarischer Salamihändler und ein rothaariger Kahlkopf war, sondern auch weil in ihm ein Ehrgeiz brannte, der, im Gegensatz zu seiner Begabung, keine Grenzen hatte. Er war entschlossen, berühmt zu werden. Nicht reich, noch Präsident, noch schön, noch behaart; lediglich berühmt. Und es war der Krieg, der aus einem gewöhnlichen Wursthändler einen so ungewöhnlichen Mann gemacht hatte.
Während des Krieges litten die Vereinigten Staaten spürbar Mangel an all den Dingen, die das Leben lebenswert machen, wie Schinken, Eier, Butter, Speck, Zucker und Ähnliches. Und da hatten die amerikanischen Hausfrauen begonnen, ihren Lieferanten unverschämt den Hof zu machen, um vielleicht ein paar Scheiben Speck zu ergattern. Ich konnte ein Lied davon singen, wenn die begehrenswertesten Damen des Viertels ohne Coupons zu meiner Tankstelle kamen, dafür Honig auf den Zungen und

Verheißungen in den Augen, weil sie hofften, ich würde ihnen dafür ihr Feuerzeug frisch füllen. Aber ich war mir immer bewußt, weswegen sie sich so benahmen, und Rosso nicht.
Dem guten Rosso stiegen die Schmeicheleien allmählich zu Kopf, und es dämmerte ihm, daß er ein Genie Nummer eins war. So begann er zunächst all seine freie Zeit und dann auch seine Arbeitszeit an Pläne zu vergeuden, die ihm Weltruhm bringen sollten. Der Anfang war schwer, aber jeder Rückschlag ermutigte ihn nur zu noch größeren Dummheiten.
Zuerst erfand er Klammern, um die Sandwiches zusammen zu halten, damit der Inhalt nicht herausquellen konnte, wenn man hineinbiß. Doch die Klammern erwiesen sich als unverdaulich. Seine zweite Erfindung war eine magnetische Vorrichtung für Damenhandtäschchen, damit man im Dunkel den Hausschlüssel leichter finden könnte. Er machte einen Versuch mit seiner Frau, aber im Dunkel konnte sie die Vorrichtung nie finden, und so gab er die Sache auf. Dann baute er ein Super-Radio, doch die Fabrikanten fanden die altmodischen besser, weil man sie wenigstens hören konnte. Dann entwickelte er eine Maske für den Fischfang unter Wasser. Die Sportsleute würden damit viel länger unten bleiben können. Der Erste, der einen Versuch machte, hatte so großen Erfolg damit, daß er bis heute noch nicht an die Oberfläche gekommen ist.
Eine Angelrute mit Radargerät, um festzustellen, wo der Fisch sich befand, war sein nächster Einfall. Aber irgendwie stellte der Fisch immer noch früher fest, wo sich das Radargerät befand. Das veranlaßte Rosso, den Wassersport aufzugeben und sich stattdessen dem Wintersport zu widmen, der immer mehr in Mode kam. Er erfand Skier, die man durch einen Zug an der Bindung in Krücken verwandeln konnte. Der einzige Nachteil war, daß jeder, der diese Skier benützte, wirklich Krücken brauchte. Was Rosso auch unternahm, er traf unweigerlich daneben.
Unter diesen Umständen konnte ich verstehen, daß Nell eine Abneigung gegen seine Tätigkeit hatte, die ihn nicht nur seinen Geschäfts- und Familienpflichten fernhielt, sondern auch alle Ersparnisse aufbrauchte; und so war ich bereit, ihm mit viel Takt beizubringen, daß er vollkommen verrückt war.

Ferrettis wohnten über ihrem Laden, und ich ging kurzerhand hinauf und bahnte mir einen Weg durch das Kindergewimmel.

Nur wenig beschädigt, erreichte ich Rossos Verschlag und meldete mich.
Ich hörte, wie Möbel gerückt wurden, dann öffnete sich behutsam die Türe, und der Toscano, ohne den Rosso nicht atmen konnte, spähte hervor; ein Toscano ist eine italienische Zigarre, lang und dünn, der man vor allem eins nachrühmen kann: je mehr sie stinkt, desto kürzer wird sie. Dann folgten Rossos starke, gelbe Zähne und der schöne kahle Schädel, der die grübelnden Augen beschattete.
Nachdem er festgestellt hatte, daß ich allein war, ließ er mich eintreten. Gewichtige Bücher bedeckten Tisch und Boden.
»Sag mal, Rosso«, begann ich ohne lange Vorreden, »hältst du es wirklich für gerecht, daß Mama Nell sich ganz allein im Laden abrackern muß? Gar jetzt, wenn sie wieder ein Kind erwartet?«
»Tut sie das?« fragte er verblüfft.
»Das hast du nicht gewußt?«
»Woher sollte ich das wissen? Wir haben seit Jahren nicht mehr miteinander geredet. Gianni, ich kann diese Frau nicht riechen! Statt mich zu ermutigen, schimpft sie mit mir. Sie nennt mich einen Träumer. Manchmal sogar einen Idealisten! Als ich ihr sagte, daß sie mich nicht verstehe, da meinte sie, das sei vielleicht ein Glück für mich. Ich würde sie verprügeln, wenn ich nicht so ein Gentleman wäre. Und außerdem ist sie stärker als ich. Aber Gianni, ich bin zu Besserem geboren, als ahnungslosen Kunden gefälschte Salami und Käse zu verkaufen!«
»Das sind wir alle. Aber du hast deinen Spaß gehabt, und jetzt mußt du die Kinder füttern.«
Er runzelte die Stirne. »Du sprichst genau wie meine schlechtere Hälfte. Und ich dachte, du wärst ein Freund! Wenn ein Mann in sich die Kraft zu großen Taten spürt, dann muß das heraus! Ich will meinen Namen in den Zeitungen sehen. Jeder Trottel wird heute für die Zeitung photographiert! Also warum ausgerechnet ich nicht? Nur ein einziges Mal, und ich will mich zufrieden geben. Den einen gelingt's, weil sie viel Geld verdienen, den andern, weil sie es verlieren, weil sie schöne Beine haben, oder eine Henne, die jede Minute ein Ei legt, und was solcher albernen Gründe mehr sind, während alles sich gegen mich verschwört und mich verurteilt, in kläglichem Dunkel dahinzuschmachten! Hör, Gianni...«
»Ich höre.«
»Während meiner letzten wissenschaftlichen Forschungen bin ich auf das wunderbare Rezept eines holländischen Alchimisten gesto-

ßen, der vor Hunderten von Jahren gelebt hat. Er hat sein Leben dem Plan geweiht, Eisen in Gold zu verwandeln. Sämtliche Alchimisten des Mittelalters beschäftigten sich mit dieser Idee.«
»Keine schlechte Idee!«
»Erheblich besser als die Ideen der Gelehrten von heute! Nun, diesem Holländer ist es gelungen, Gold in Eisen zu verwandeln.«
»Und wozu ist es gut, Gold in Eisen zu verwandeln?«
»Da sieht man, daß du keinen wissenschaftlich geschulten Geist besitzt, mein armer Gianni! Jeder chemische Prozeß kann nach beiden Richtungen wirksam gemacht werden. Habe ich Gold in Eisen verwandeln können, so werde ich durch einfache Umkehrung des Verfahrens auch Eisen in Gold verwandeln können.«
»Und das hat der Holländer fertig gebracht?«
»Glücklicherweise nicht. Er ist zur rechten Zeit gestorben, doch nicht, ohne Schritt für Schritt die Prozedur beschrieben zu haben, die er bei der ersten Phase seines Experiments eingeschlagen hat.«
Ich begann mich für die Idee zu erwärmen.
»Nun«, fragte ich ungeduldig. »Worauf wartest du?«
»Ich brauche moralische Unterstützung. Kannst du sie mir leihen?«
»Moralische Unterstützung, soviel du willst. Hier meine Hand, Rosso.«
»Die kannst du behalten! Ich rede von Geld. Kannst du mir Geld verschaffen, Gianni?«
»Gerne – wenn es sich um eine sichere Sache handelt.«
»Sichereres als Gold gibt es überhaupt nicht. Das weiß jeder Esel!«
»Ja, ich auch. Und ich habe auf der Bank hundertachtundsiebzig Dollar, fünfundvierzig Cent. Die will ich dir bis zum letzten Cent leihen.«
»Vielen Dank, Gianni. Aber ich brauche Tonnen Geld für meine Experimente, um Gold zu kaufen, Erze, Säuren, viele teure, gelehrte Dinge – und du mußt mir helfen, es zu finden. Denn wenn ich einmal reich und berühmt bin, dann ist auch dein Glück gemacht.«
»Werde ich reich genug sein, um mir ein Lebensmittelgeschäft in Montrecase einzurichten?«
»Reich genug, um dir ganz Neapel zu kaufen!«

Mein Gehirn fing sogleich an zu arbeiten. Da Onkel Al bei unserer letzten Begegnung so unangenehm war, verdiente er auch nicht, daß man ihn an diesem Bombengeschäft beteiligte. Da blieb nur Mr. Crouch...

»Ich könnte mich an meinen Chef wenden; er hat einen einzigen Nachteil.«

»Und zwar?«

»So etwas Knausriges gibt's nicht wieder!«

Rosso strahlte. »Für einen lukrativen Plan Geld aus einem knausrigen Menschen herauszuholen, ist so leicht, wie einem Neugeborenen die Ohren abzuschneiden.«

Mr. Crouch war auf seine Art ein Genie; ein kaufmännisches Genie. Bei Kriegsbeginn hatte er, bevor die Hamsterer auf diese Idee kamen, einige tausend Reifen in seinem Keller aufgestapelt, und auf ihnen saß er seither sicher. Er war ein Berg von einem Mann, hatte ein fahles Gesicht, und schielte durch dicke, schwarzgeränderte Brillengläser erstaunlicherweise nach zwei Richtungen gleichzeitig.

Rosso ließ sich nicht leicht aus der Fassung bringen und sprach durch die erloschene Zigarre hindurch mit dem ihm eigenen Feuer.

»Ihnen steht Ruhm und Reichtum bevor, Mr. Crouch. Sie werden als Wohltäter der Menschheit angesehen werden, Ihr Bild wird in den Zeitungen erscheinen!«

»Ob mein Bild in den Zeitungen ist oder nicht, darauf pfeife ich«, erklärte der bescheidene Mann. »Was kann man bei der Geschichte verdienen?«

»Wie tief ist das Meer? Wie hoch ist der Himmel? Die Wissenschaft kennt keine Grenzen, Mr. Crouch.«

»Ja aber«, klagte Mr. Crouch mit letzter Widerstandskraft, »haben Sie eine Vorstellung davon, was für schreckliche Steuern mich das kosten wird? Daran werde ich zugrunde gehn!«

Rosso wurde mit solchen Einwänden rasch fertig, und eine Woche später erschien Mr. Crouchs Anwalt und brachte ihm einen Vertrag zum Unterzeichnen und den ersten Scheck. In Amerika, insbesondere zu jener Zeit, da die Leute viel Geld verdienten, wurden erheblich größere Beträge in erheblich weniger aussichtsreiche Unternehmungen gesteckt.

Da Rossos Experimente mit manchen Unbequemlichkeiten für die Nachbarschaft verbunden waren, wie etwa Rauch, Gestank oder

hin und wieder eine kleinere Explosion, mietete er eine verfallene Scheune in der waldigen Catskill-Gegend nördlich von New York, ein paar Stunden von der Stadt entfernt.
Das erfuhr ich, als eines Tages Mama Nell wie eine Furie mit dieser Mitteilung bei mir auftauchte. Sie hatte sich eben erst von dem freudigen Ereignis erholt, das sie erwartet hatte und das sie vor allem deswegen als freudig ansah, weil es auch diesmal nur ein einziges Kind gewesen war und nicht die befürchteten Zwillinge.
»Es war eine schreckliche Dummheit, diesen Mann zu heiraten«, schloß sie mit tränenerstickter Stimme. »Ich kann ihn einfach nicht ausstehen!«
»Nur keine Sorge«, sagte ich um sie zu beruhigen. »Morgen ist auch ein Tag.«
»Das ist's ja, was mir die größten Sorgen macht!«
Underdessen wollte Mr. Crouch beständig auf dem laufenden sein und zeigte das größte Interesse an den Fortschritten der Wissenschaft.
»Seit Monaten keine Nachricht mehr«, sagte er beunruhigt. »Nur immer wieder Geld und Geld!«
»Keine Angst, Boß«, erwiderte ich. »Rosso ist so gut wie Einstein, auch wenn der alte Herr einen gewissen Vorsprung hat.«
Doch trotz aller Zuversicht, die ich vor Nell und meinem Chef zur Schau trug, gestehe ich, daß ich erstaunt war, als die Experimente begannen, Ergebnisse zu zeitigen.

Eines Abends, in unserem Büro, als Mr. Crouch mit seinen Rechnungen beschäftigt war und ich die Witze in der Zeitung las, stürzte Rosso herein; die Zigarre im Mund und die Augen darüber leuchteten, wie sie nur bei ganz großen Ereignissen leuchten konnten, die Unterarme waren verbunden, weil er sich mit einer kostspieligen Säure verbrannt hatte, aber das Gesicht strahlte. Er warf ein kleines Bündel dröhnend auf den Tisch und verkündete:
»Es ist so weit!«
Mr. Crouch sprang elektrisiert auf. »Gold?«
»Eisen!« erklärte Rosso triumphierend, öffnete das Bündel und enthüllte einen Klumpen dunklen Materials. »Fast ein Pfund Eisen, aus dem Gemenge verschiedener Erze gewonnen, darunter auch ein Pfund Gold.«

»Oh!« stöhnte Mr. Crouch und fiel in seinen Stuhl zurück.
»Das ist eine große wissenschaftliche Leistung, Mr. Crouch«, sagte Rosso nachdrücklich, durch die kühle Aufnahme etwas gereizt.
»Aber wo ist all das Gold, das wir gekauft haben?«
»Höchstwahrscheinlich irgendwo in der Schlacke. Das ist ja nur die erste Runde, Mr. Crouch. Warten Sie, bis ich wiederkomme!«
»Wann wird das sein?« drängte Mr. Crouch, den die wissenschaftliche Neugier ins Schwitzen brachte.
»Das weiß ich nicht. Vielleicht in einem Monat, vielleicht dauert es auch Jahre! Was liegt schon daran?«
»Was liegt daran?« schrie Mr. Crouch.
»Was bedeutet die Zeit, wenn es um die größte amerikanische Erfindung seit den hautlosen Frankfurter-Würstchen geht? Die Menschheit hat fünfhunderttausend Jahre gebraucht, um das Rad zu erfinden. Da arbeite ich erheblich schneller. Jedenfalls ist ein Fehlschlag bei meinem Verstand und Ihrem Geld ausgeschlossen. Jetzt muß ich schnell zu meiner Frau hinüber, um sie mit meinem Erfolg zu beschämen, weil sie immer an mir gezweifelt hat! Ich werde kein Wort zu ihr sagen, ich werde nur das Eisen vor ihrer Nase schwenken.«
Und er war so schnell verschwunden, daß er nicht mehr hören konnte, was mein Chef ihm nachrief.
»Sie müssen doch zugeben, Boß, daß es vom wissenschaftlichen Standpunkt aus eine bemerkenswerte Leistung ist. Und das Eisen können Sie immerhin als Briefbeschwerer gebrauchen.«
Doch plötzlich erwies Mr. Crouch sich als so engstirnig, zeigte so geringes Interesse an dem Fortschritt der Wissenschaft, daß ich zu vermuten begann, sein materielles Interesse sei vielleicht stärker als seine Besorgnis um das Wohl der Menschheit.
Nun, es ist eine beklagenswerte Tatsache, daß nur allzuoft das Geld in den falschen Händen zu sein scheint. In den nächsten drei oder vier Monaten machte Mr. Crouch stets höchst unangenehme Szenen, wenn er um weitere moralische Unterstützung angegangen wurde, oder hatte geradewegs Tobsuchtsanfälle, obgleich ich ihn immer wieder mit dem Spruch besänftigte: »Keine Nachrichten – gute Nachrichten!« und was es sonst an dergleichen Beruhigungsmitteln gibt. Und eines Tages unterbrach der undankbare Mann den Fortschritt der Wissenschaft, indem er sich weigerte,

weitere Schecks zu unterzeichnen, und gegen Rosso einen Prozeß auf Schadenersatz anstrengte.
Nicht zufrieden damit, setzte er mich mit einer schnellen Beugung und kräftigen Streckung des Beines brüsk an die frische Luft.

Es folgten schlimme Tage. Rosso, handbreit vom endgültigen Erfolg entfernt, eilte in die Stadt und sah sich allenthalben nach moralischer Unterstützung um, doch vergebens. Gerade zu jener Zeit hatte anscheinend, außer Rosso und mir, kein Mensch ein Interesse an der Wissenschaft. Und da Rosso meinte, daß meine Ersparnisse vielleicht nicht ganz ausreichen würden, blieb mir nichts übrig, als zu Onkel Al zu gehn, wie zuwider es mir auch sein mochte, ihm solch eine Chance anzubieten.
»Was willst du schon wieder?« schrie er mich an.
»Ich komme rein geschäftlich«, erwiderte ich kühl.
»Welche Firma vertrittst du?«
»Ich vertrete Rosso Ferretti, einen Wissenschaftler, der dir die Möglichkeit geben will, etwas Geld in einen Plan zu investieren ...«
»Geld willst du?« unterbrach er mich und trat lebhaft näher, ein Brotmesser in der Hand, und ich wich einen Schritt zurück. »Ich habe dir den Stadtpunkt anscheinend nicht genügend klar gemacht. Einmal ist es dir gelungen, mich zur Ader zu lassen, und damit basta. Jetzt kannst du nicht nach Montrecase schreiben, ich brauche also keine Angst vor deinen Erpressungen zu haben.« Und damit schwang er sein Messer gegen mich, als ob ich seine Schwiegermutter wäre, und ich zog von dannen.
In gewissem Sinne war ich froh darüber. Was würde der für ein Gesicht machen, wenn er eines Tages von unserem Erfolg las! Da würde er begreifen, daß er kein so tüchtiger Geschäftsmann war, wie er sich einbildete. Aber irgendwer mußte sich doch für Rossos geniale Pläne interessieren.
Der Einzige, von dem sich das zunächst sagen ließ, war ein Gerichtsvollzieher, der eines Morgens um acht Uhr fünfzehn bei den Ferrettis erschien und überall in Geschäft und Wohnung seine Siegel anbrachte, nur auf den siebzehn Betten nicht, die nicht gepfändet werden durften. Auf diese Art erfuhren Mama Nell und ich zum ersten Mal, daß Rosso Mr. Crouch als Sicherheit für dessen Darlehen alles verpfändet hatte, was er besaß.

Da gab Mama Ferretti sich geschlagen. Ganz auf einmal war es mit ihrer Kraft aus.
»Ich bin geduldiger gewesen als die Freiheitsstatue«, sagte sie einfach. »Aber jetzt ist's Schluß. Ich geb's auf. Von jetzt an wird er der Abwechslung halber das Vorrecht haben, für uns zu sorgen. Und warte nur, bis er erfährt, daß wieder ein kleiner Ferretti unterwegs ist! Er hätte damals nicht heimkommen sollen und mit seinem Eisenklumpen prahlen! Nein, ich kann den Kerl nicht ausstehen!«
Kaum vierundzwanzig Stunden später war Nell bereit, mit ihrer ganzen Nachkommenschaft die Stadt zu verlassen.
»Komm mit uns, Gianni«, sagte sie, als ich ihr beim Packen half. »Durch ihn hast du deine Stelle verloren, und jetzt muß er dich auch durchfüttern.«
»Wie soll er das?«
»Darüber mag er sich den Kopf zerbrechen. Komm nur und bleib bei uns auf dem Land.«
»Tut mir leid, aber ich kann Ihr freundliches Angebot nicht annehmen, Mama. Ich bin drauf aus, mein Glück zu machen, und langsam wird's mir zweifelhaft, ob mir das in eurer Gesellschaft gelingen würde.«
»So wie du jetzt ausschaust, wirst du auch in New York dein Glück nicht machen.«
»Ich habe ja auch nicht geglaubt, daß ich es mit meinem Aussehen machen werde.«
»Wenigstens solltest du dich etwas erholen. Du hast dir deine Gesundheit ebenso ruiniert wie alle, die auf gute Nachrichten von diesem Nichtsnutz warten. Du bist so blaß, du könntest ein Gespenst erschrecken. Ein Monat auf dem Land wird einen ganz anderen Kerl aus dir machen!«
Ich hatte nichts zu verlieren als Zeit. Und das Landleben hat mir immer gefallen. Darum, als der Anderthalbtonner vorfuhr, den Nell bestellt hatte, ihr ganzer Nachwuchs untergebracht war und sie mich noch einmal aufforderte, da sprang ich hinauf, bevor sie sich anders besinnen konnte. Unterwegs machten wir halt, um meine Siebensachen zu holen, und dann fuhren wir zu Rossos Scheune hinaus.
Die Miete wenigstens war für ein Jahr im voraus bezahlt, und so wußten wir, daß wir doch ein Dach über dem Kopf hatten, wenn auch kein sehr dichtes; und wir konnten vom Ertrag des Pachtlands leben, auf dem vor allem Ameisen gediehen.

Rosso grüßte nicht einmal, als er uns ankommen sah. Unter den Trümmern eines seiner Luftschlösser sah er nie besonders vorteilhaft aus. In düsterem Schweigen trieb er sich um die Scheune und das nutzlose Laboratorium herum, seine Augen starrten ins Leere, und die Zigarre hing erloschen herab.
Natürlich konnte Mama Nell sich nicht länger als eine Stunde vom Küchenherd fernhalten, obgleich sie geschworen hatte, sie würde von jetzt an das Leben einer großen Dame in Schwelgerei und Sündhaftigkeit führen, und ich machte mich auch gleich von Anfang an ans Werk. Ich kann nicht müßig dabeistehn, wenn allerhand getan werden muß, und so wiegte ich mich den ganzen Tag in dem alten Schaukelstuhl und sagte den Kindern, wie sie das Dach reparieren und gelbe Rüben und Salat pflanzen sollten.
Die Zeit verstrich, aber Rosso weigerte sich noch immer hartnäkkig, unsere Anwesenheit zur Kenntnis zu nehmen, und eines Tages sagte Mama Nell zu mir:
»So lange hat er noch nie gebraucht, um sich zu erholen. Das macht mir Sorgen. Beinahe wär's mir lieber, er würde mit einer neuen Wahnidee kommen.«
»Ich glaube, Ihre Sorgen sind bald vorüber, Mama. Haben Sie nicht gesehen, daß die Zigarre jeden Tag ein Stückchen höher aufragt? Und daß auch der alte Glanz in den Augen sich wieder einstellt?«
»Wirklich? Seit Jahren habe ich ihn nicht mehr angesehen. Aber hoffentlich hast du recht.«

Und tatsächlich, wenige Tage später packte mich Rosso beim Arm und brach das Schweigen.
»Gianni, jetzt hab ich's! Und diesmal wird kein Mensch mich kurz vorm Ziel ablenken können.« Er sprach mit Feuer, und seine Zigarre war ebenso entzündet wie er.
»Hast du Gold gemacht?«
»Ach was, Gold! Davon gibt's in den Vereinigten Staaten schon viel zu viel. Diesmal zielen meine Experimente darauf ab, die Menschheit zu verbessern. Warum machst du so ein Gesicht, Gianni? Glaubst du nicht, daß die Menschheit eine Verbesserung dringend nötig hat?«
»Das gewiß!«
»Gianni«, erklärte er feierlich, »es ist lediglich eine Sache der Diät.«

»Was, Rosso?«
»Alles! Krieg, Unglück, Mr. Crouch, zänkische Weiber! Das und alle andern schlimmen Dinge lassen sich durch die richtige Diät beseitigen. Und ich werde es beweisen.«
»Rosso«, sagte ich, »vielleicht hast du in der letzten Zeit zu viel Gemüse gegessen, und was Mama Nell auch mit einem Bündel Karotten für Wunder anrichten kann, wie viele Namen sie auch für grünen Salat ersinnen mag – der Mensch braucht Abwechslung. Wir sind keine Kaninchen, Rosso.«
Er fuhr auf. »Kaninchen! Woher weißt du es?«
»Was, Rosso?«
»Daß ich Experimente mit Kaninchen mache?«
»Keine Ahnung.«
»Komm mit, Gianni!« Er ging durch das Unterholz voran und blieb vor einer Baumgruppe stehn. Hier, im Gebüsch verborgen, waren etliche Bierkisten, zu Käfigen umgewandelt und von Kaninchen wimmelnd.
»Seit Monaten habe ich sie hier insgeheim gezüchtet. Wenn Nell es wüßte, hätte sie sie mir für ihre albernen Kochtöpfe gestohlen und damit meine Experimente zunichte gemacht. Nun, diese Gruppe ist nach einer japanischen Diät ernährt, nichts als ein wenig Reis und Fisch. Und schon kannst du sehen, wie klein, aber wie zäh und angriffslustig sie sind. Die dort drüben ernähre ich mit einer chinesischen Diät, Mandelkuchen und Scampi und dann und wann eine Schüssel *chow mein*, die ich im Dorfrestaurant hole. Und sieh nur, wie fett und faul und klug sie dreinschauen!«
»Ich sehe keinen Unterschied.«
»Schwatz nicht wie eine Ehefrau, Gianni! Und die dort nähre ich mit einer englischen Diät. Tee und Hammelfleisch und –«
»Und jetzt wollen sie Whisky mit Soda haben?«
»Mach keinen Scherz in einer so ernsten Angelegenheit! Begreifst du denn nicht, was das, auf die Menschheit übertragen, bedeutet? Wir wollen endlich eine Diät zusammenstellen, die uns wahrhaft demokratisch und pazifistisch macht, und dann empfehlen wir sie der Bevölkerung der ganzen Welt. Wir wollen feststellen, was Mr. Crouch zum Frühstück ißt, und dann zwingen wir ihn und seinesgleichen, das Menü zu ändern. Es ist eine streng wissenschaftliche, mathematisch sichere Methode. Was sagst du dazu, Gianni?« Er bebte vor Begeisterung.
»Ich sage, daß ziemlich viel Kaninchen da sind.«

»Kaninchen haben eben bestimmte Gewohnheiten«, meinte Rosso nachdenklich. »Im letzten Winter erst habe ich mit einem einzigen Paar angefangen, das sich halb erfroren in mein Laboratorium geflüchtet hatte, und sieh dir jetzt das Gewimmel an.«
»Wie wär's, wenn wir Nell welche für ihren Kochtopf mitbrächten?« schlug ich vor, und das Wasser lief mir im Mund zusammen. »Mir wachsen die gelben Rüben und der Salat zum Hals heraus, Rosso. Es ist ungünstig für die Moral, und deine Kinder werden sich schlecht entwickeln, wenn du sie mit einer Kaninchendiät fütterst.«
»Gegen eine Kaninchendiät läßt sich nichts einwenden«, erklärte Rosso. »Den größten Teil meines Lebens habe ich mich ernährt wie ein Kaninchen – und sieh mich an!«

Rosso ließ sich schließlich überreden, ein paar Kaninchen zu opfern, und Mama Nell nahm ihm sein neues Steckenpferd nicht übel, zumal nachdem er sich bereit gefunden hatte, ihr den Produktionsüberschuß abzutreten.
Und so kostete ich zum ersten Mal eine Speise, die *lapin à la moutarde* heißt, ein Ragout von Kaninchen, mariniert mit Senf und gelben Rüben und allerlei Kräutern. Und es war nicht das einzige Mal. Das war eine Spezialität aus der Gascogne, und so wie Mama Nell sie nach einem von ihrer Großmutter ererbten Rezept zubereitete, war das einfach die beste Speise, die ich je gegessen habe – abgesehen natürlich von der Bohnensuppe meiner Mutter.
Von jenem Tage begann ich mich immer lebhafter für die Wissenschaft zu interessieren und sorgte auch dafür, daß die erwachsenenen Kinder die Pflege der Kaninchen nicht vernachlässigten. Das war weiter nicht schwierig. Die Kaninchen ernährten sich von allem, was nicht davonlief, und in der übrigen Zeit beschäftigten sie sich eben damit, Kaninchen zu sein. Zwölf Kisten überließen wir Rosso für seine Experimente, und dann bauten wir einen großen Stall für die Überproduktion.
Überproduktion war ein schwacher Ausdruck für das, was sich da begab.
Wir begannen, Kaninchen und Kaninchenragout zu verkaufen, einfach, um sie los zu werden, denn die fleißigen Tierchen übervölkerten unser Haus dermaßen, daß sie sogar in unsere Träume eindrangen, und Bauern und Lebensmittelgeschäfte aus

der Nachbarschaft fanden Geschmack an unseren Gerichten. Als es so weit war, daß ich in die Stadt zurückkehren wollte, da gab es so viel mit der Überwachung der Produktion zu tun, daß Mama Nell mir ein Gehalt anbot. Und so blieb ich. Sie bezahlte mir ebensoviel wie Mr. Crouch, und zudem war ich ernährt und untergebracht und mußte keinen Penny ausgeben. Jetzt endlich war ich auf dem Weg zum Wohlstand!
Und damit war unser Glück noch nicht erschöpft. Bald erschien der Direktor einer Konservenfabrik, der im Dorfrestaurant Nells Spezialität gekostet hatte, und schlug vor, Büchsen damit zu füllen. Zu jener Zeit litt das amerikanische Volk unter der Knappheit an Rindfleisch und unter den Fleischpreisen; Kaninchenfleisch war billig, reichlich vorhanden und, nach Mama Nells Rezept gemacht, eine unvergeßliche Köstlichkeit.
Tüchtige Beamte der Gesellschaft tauchten auf, inspizierten unsere Zucht, verhandelten mit den Ferrettis, dann errichteten sie auf unserem Grund eine Konservenfabrik, und übertrugen Mama Nell die Aufsicht in der Küche. Und bald wurde die neue Konserve, Nationales Ragout genannt, einem fleischhungrigen Publikum in großen Mengen angeboten, und Mama Nells breites Gesicht mit dem warmen Lächeln zierte Büchsen, Plakate, Prospekte von einer Küste bis zur andern.
Und so wurden Ferrettis, durch Nells Künste, sozusagen über Nacht reich und berühmt.

Das aber war mehr, als ein rechter Mann vertragen konnte. Rossos Zigarre senkte sich zu einem neuen Tiefstand, sein Blick starrte ins Leere wie nie zuvor, und abermals machte Nell sich Sorgen um ihn.
»Laß dich nicht abschrecken«, mußte ich ihm auf ihr Geheiß sagen, da sie noch immer nicht miteinander sprachen. »Jetzt haben wir Geld, wir können dir ein richtiges Laboratorium bauen, und dort magst du dann nach Herzenslust experimentieren. Einmal mußt du doch Erfolg haben!«
Aber er wollte nichts hören, wollte nicht sprechen, rührte kaum eine Speise an. Nur mit halbem Herzen setzte er seine diätetischen Experimente fort, denn nun dämmerte es in ihm, daß schlüssige Resultate noch sehr lange auf sich warten lassen würden. In seiner Schwermut ließ er sogar einmal ein Paar Kaninchen an Unterernährung zugrunde gehn. Und als ich ihm sagte, daß das ein Beweis

für die Wichtigkeit der Nahrungsaufnahme sei, wenn man am Leben bleiben wollte und daß er selber auch nicht vergessen sollte, sich zu ernähren, rief er aus:
»Was liegt daran, wenn ein Mensch stirbt, der doch zu nichts taugt?« Und er setzte grimmig hinzu: »Vielleicht werden sich dann die Zeitungen endlich mit mir beschäftigen, als dem ›Gatten der berühmten Nell Ferretti‹. Ich kann sie nicht riechen, dieses Frauenzimmer!«
Unterdessen fand seine viel bessere Hälfte, so beschäftigt sie auch mit ihrer Industrie war, doch noch Zeit, die Zahl ihrer Nachkommenschaft zu vergrößern. Diesmal waren es Zwillinge. Und so geschah es, daß auch Rosso endlich den Lohn seiner Bemühungen fand.
In den Vereinigten Staaten, wo sich die Mehrzahl der Ehepaare in der Fortpflanzung eine gewisse Zurückhaltung auferlegt, stellten zwanzig Kinder binnen achtzehn Jahren eine Art Rekord dar, und eines Tages erschien denn auch bei uns ein Schwarm von Reportern und Photographen. Rosso war zum ›Vater des Jahres‹ ernannt worden. Er erhielt eine Medaille für seine außerordentliche Leistung. Zeitungen und Zeitschriften veröffentlichten sein Bild im Kreise seiner Familie, auch die Wochenschau vergaß ihn nicht, und der Präsident der Vereinigten Staaten schrieb ihm, Einwanderer seines Kalibers seien es, die für die Größe der Nation sorgten.
Auf der Wolke des Ruhms schwebend, versöhnte Rosso sich mit der Welt und sogar mit seiner Gattin; seine Augen strahlten wieder in der alten Begeisterung. Nachdem er alle Zeitungsausschnitte, die sich mit ihm befaßten, gesammelt und in ein Heft geklebt hatte, begann er mit der Niederschrift eines Buches, darin er der Nachwelt die Summe seiner Erfahrungen anvertrauen wollte. Doch er gab sogleich zu verstehn, daß das keine kleine Arbeit sein würde, denn er könne doch sein ganzes Leben nicht in einem einzigen Band unterbringen.
Sein Werk sollte den Titel tragen ›Wie man berühmt wird‹. Ob er den ersten Band je zu Ende geschrieben hat oder noch immer daran schreibt, das weiß ich nicht, weil bald darauf ein unerwartetes Ereignis mich aus dem Bannkreis der Familie Ferretti entfernte.

9

Langer Krieg und kurze Begegnung

Mama Nell fragte mich, welchen leitenden Posten in ihrem ständig wachsenden Unternehmen ich bekleiden wolle. Nun erklomm ich tatsächlich schwindelnde Höhen. Ich – und ein leitender Posten! Da erbat ich mir einige Tage Bedenkzeit. Doch bevor ich die Ernte von Mama Nells Mühen einheimsen konnte, bemächtigte die Weltgeschichte sich meiner, und zwar in der Form eines Briefes, der trügerisch mit Grüßen des Präsidenten der Vereinigten Staaten begann und mit der Einberufung zur Armee endete. Und diesmal war ich gefangen.

Mama Nell hatte nur zu sehr recht gehabt; der Aufenthalt auf dem Lande war mir, leider, ausgezeichnet gekommen, ich fühlte mich wirklich wie ein anderer Mensch, und zwar ein sehr unglücklicher, als diesmal die Ärzte der Kommission mich gesund genug fanden, um abgeschlachtet zu werden. Dann richteten sie eine Reihe Fragen an mich, um zu ergründen, ob ich auch in geistiger Beziehung dem Soldatenleben gewachsen wäre. Ich stellte mich dumm, und so beschlossen sie, die Armee könne nicht länger ohne mich auskommen.

Nach sechs Monaten Ausbildung in einem Lager in Nord-Carolina, die mich derartig abhärteten, daß ich mich kaum mehr auf den Beinen halten konnte, wurde ich nach Frankreich geschickt, in die Nähe von Arcachon. Dort sammelte ich Kampferfahrung im Zwist mit meinem Sergeant, der mich immer wieder in die Küche schickte, den einzigen Ort, wo ich, seiner Ansicht nach, kein Trost für den Feind wäre. Eine Verwundung, die ich mir dadurch zuzog, daß ich mich auf den noch nicht erkalteten Herd setzte, trug mir das ›Purpurne Herz‹ ein, eine Auszeichnung, die jedem Soldaten verliehen wurde, der sich im Spital von Wunden erholte, die manchmal noch weniger ruhmreich erworben worden waren als meine.

Das Kriegsende sah mich noch immer als Rekonvaleszenten, doch konnte ich mich schon ohne Kissen auf einen Stuhl setzen.

Wenige Wochen später erhielt ich den ersten Brief aus Montrecase. Meiner Mutter ging es gut, Assunta hatte nach Neapel geheiratet, meine andere Schwester, Carmelina, war noch immer mit ihrem

Jugendgeliebten verlobt. Onkel Attila war an Altersschwäche und an einer Magenverstimmung gestorben, die er sich bei einem heiteren Mahl im Kreise seiner Freunde zugezogen hatte. Um den Krieg und die Lebensmittelknappheit zu vergessen, hatte er dem Wein der neuen Ernte allzu reichlich zugesprochen. Sein Haus hatte er meiner Mutter vermacht, die infolge der großen Hypotheken in tiefe Schulden geriet.
Lucciola hatte ihren Vater verloren, ihr selber aber und ihrer Mutter ging es gut, wenn auch nicht so gut wie ihren vier Brüdern, die die militärische Laufbahn mit einem glänzenden Triumph abgeschlossen hatten. Es war ihnen gelungen, sich von den Engländern in Afrika gefangen nehmen zu lassen.
Die Halbinsel von Sorrent hatte wohl nicht besonders unter den Bombardierungen gelitten, dagegen waren viele Häuser von den Besetzungstruppen requiriert worden. Natürlich nicht die Häuser von Montrecase, das zu abgelegen und primitiv war, um die alliierten Truppen anzulocken, die an modernen Komfort gewöhnt waren.
Die amerikanische Armee hatte kein Verständnis dafür, daß es mir eilig war, heimzufahren, und so mußte ich warten. Immerhin tröstete mich ein Strom von Briefen aus Montrecase. Meine Mutter schrieb, Lucciola sterbe vor Sehnsucht danach, mich wiederzusehen; und Lucciola schrieb dasselbe von meiner Mutter. Das alles klang sehr ermutigend.
Da ich mein Gehalt zum größten Teil beiseitegelegt hatte, war es mir gelungen, mehr als fünfhundert Dollar zusammenzusparen. Aber der Krieg hatte mich gierig gemacht, ich wollte noch mehr haben, und als die Kameraden mich zu einem Abschiedspoker einluden, machte ich eifrig mit und nahm bei dieser Gelegenheit von meinen Ersparnissen Abschied.

In Paris erhielt ich, gleichzeitig mit den Entlassungspapieren, einen amerikanischen Paß.
»Da Sie in unserem Heer gedient haben, sind Sie amerikanischer Bürger geworden mit allen Rechten eines amerikanischen Bürgers; nur Präsident der Vereinigten Staaten können Sie nicht werden«, sagte der Mann hinter dem Pult.
»Was ist das für eine Geschichte?«
»Da Sie im Ausland geboren sind, können Sie nie Präsident der Vereinigten Staaten werden. So lautet das Gesetz. Sonst aber sind

Sie ein vollwertiger amerikanischer Bürger mit dem Recht, Ihr Glück zu machen, Steuern zu bezahlen und Unterstützung zu verlangen.«
Ich muß sehr niedergeschlagen dreingeschaut haben, als ich mich zum Gehen wandte, denn der Mann rief mich zurück und meinte begütigend:
»Wenn Sie schon nicht Präsident werden können, so können Sie doch einen Prozeß gegen ihn anstrengen.«
»Gegen wen?«
»Gegen den Präsidenten.«
»Warum sollte ich einen Prozeß gegen ihn anstrengen?«
»Das weiß ich nicht«, sagte er ungeduldig. »Ich wollte Ihnen das nur mitteilen, damit Sie darin einen Trost finden. Hätten Sie in Italien gegen Mussolini einen Prozeß anstrengen können?«
»Bestimmt nicht.«
»Na sehen Sie? Aber als amerikanischer Bürger haben Sie das Recht, einen Prozeß gegen Ihren Präsidenten anzustrengen.«
»Was schaut dabei heraus?«
Der Mann am Pult begann zu schwitzen. »Gar nichts!« schrie er. »Aber Sie können, und darauf kommt es an. Und, abgesehen von der Präsidentschaft, können Sie jede andere Stellung im Staat erreichen.«
»Staatssekretär?«
»Natürlich.«
»Finanzminister?«
»Jederzeit. Und jetzt mach, daß du weiterkommst!«
Auf dem italienischen Konsulat erfuhr ich, daß ich nunmehr Ausländer sei, als solcher behandelt würde, ein Visum haben müsse, um nach Italien zurückzukehren, da man noch nicht nach Belieben reisen konnte. Dazu sei aber eine Entscheidung aus Rom erforderlich, und das könne einige Wochen dauern. Das war ein harter Schlag für mich.
Ich sehnte mich danach, das Gesicht eines Freundes zu sehen, und so suchte ich im Telephonbuch nach der Adresse Roland de Roqueforts. Doch das Telephonbuch war noch aus der Zeit vor dem Krieg. So ging ich denn zu Fouquet, um den vertrauten Schauplatz meines ersten Pariser Aufenthaltes wiederzusehen.
Das Lokal war voll wie einst, und ich hatte den Eindruck, wieder in der Vergangenheit zu leben. Besonders, als ich an einem einsamen Tischchen Roland sitzen sah, der in aller Ruhe seine Zeitung las.

Wir begrüßten uns herzlich, und dann ließ er ein zweites Gedeck auflegen.
»Ich habe wahrhaftig nicht genug Geld, um zwei teure Diners zu bezahlen«, sagte ich besorgt.
»Diesmal lade ich Sie ein.«
»Das kenne ich. Und ich erinnere mich, daß wir nachher immer in Schwierigkeiten geraten sind.«
»Das ist jetzt alles ganz anders geworden, mein Freund! Ich bin nicht mehr der Roland, den Sie gekannt haben, sondern ein seriöser, gesetzter Ehemann, von allen Kellnern hochgeachtet.«
»Das hör ich gern. Und wie geht's der Frau Gemahlin?«
»Lisette könnte es gar nicht besser gehn. Heute speist sie bei dem Herzog.«
»Dem Herzog?«
»Ja, beim Duc de Grand-Marnier. Sie erinnern sich doch an ihn. Er war einer ihrer Sekundanten bei jenem schauerlichen Duell. Er ist ein Freund der Familie.«
»Welcher Familie?«
»Meiner Familie, natürlich. Von Lisette und mir. Er ist ein braver Kerl, ein echter Edelmann. Zweimal in der Woche lädt er sie zum Abendessen ein. Die andern fünf Abende ißt sie mit mir.«
»Das würde ich nicht erlauben!«
»Warum sollte der Herzog das nicht erlauben? Er ist doch ein Mann von Welt.«
»Ich meine, an Ihrer Stelle würde ich das nicht erlauben.«
»Wie könnte ich ihm das verweigern, nach allem, was er für uns getan hat?«
»Was hat er für euch getan?«
»Er ist unser Gönner. Wir schulden ihm unsere Wohnung, unsere Kleider, unsere Nahrung.«
»Ich möchte ihm nichts schulden!«
»Nun, diese Mahlzeit schulden Sie ihm«, meinte Roland trocken, während der Kellner das Soufflé servierte. Es war ausgezeichnet, wie das ganze Mahl, das den Herzog eine Stange Gold gekostet haben mußte; das wenigstens schloß ich aus dem Banknotenbündel, das Roland aufstapelte, als er die Rechnung erhielt. In jener Zeit war Fouquet eines der wenigen Restaurants in Paris, die einem alles auftischten, wonach das Herz begehrte, wenn man nur

zahlen konnte. Und dazu gute Vorkriegsweine, die zu vertraulichen Mitteilungen anregten.
So erfuhr ich mit Freude, daß Roland unter dem Krieg nicht erheblich mehr gelitten hatte, als er jetzt litt. Die ersten sieben Monate Sitzkrieg hatte er als Offizier in der Maginot-Linie abgehockt, was gutes Essen und gute Weine in sichern Unterständen bedeutete. Der frühere Küchenchef von Fouquet, der, wie die meisten Köche der berühmesten Restaurants, zur Armee eingezogen worden war, hatte die Oberaufsicht in Rolands Sektor, und die Offiziersmesse erinnerte die Herren täglich daran, wofür sie eigentlich kämpften. Und sie waren fest entschlossen, sich bis zum letzten *pâté de foie-gras* zu schlagen, hätte die deutsche Armee, in ihrer üblichen hinterlistigen Art, die französische Verteidigungsfront nicht umgangen und die Besatzung der Maginot-Linie nicht zur Übergabe gezwungen.
Erst als der Krieg für Frankreich zu Ende war, wurde das Leben schwierig. Doch da hatte die Gönnerschaft des Herzogs sich als besonders nützlich erwiesen. Für Geld konnte man alles haben, und davon hatte der Herzog eine Menge. Er hielt darauf, daß seine beiden Schützlinge nichts entbehrten, was das Eheleben erträglich machen kann.
»Richtig«, sagte Roland mit einem Blick auf die Uhr, »jetzt muß ich Lisette beim Herzog abholen. Das Eheleben ist nicht einfach, Gianni«, seufzte er und stand auf. »Es ist, wie wir Franzosen sagen, eine so schwere Kette, daß zwei daran zu tragen haben und manchmal auch drei. Und doch hat es auch seine guten Seiten. Warum machen Sie nicht einen Versuch?«
»Das beabsichtige ich ja.«
»Da werde ich Sie einer Dame vorstellen, deren Bekanntschaft sehr lohnend sein könnte. Man kann eine zufällige Begegnung arrangieren.«
»Zu spät. Ich bin schon versorgt. Aber trotzdem vielen Dank.«
»Hat sie Geld?«
»Wieviel, das wissen wir beide nicht genau.«
»Na, da gratuliere ich Ihnen aber!«
»Wir wissen es nicht genau, weil ihr ganzes Vermögen in einem Schwein aus Ton steckt. Wenn ich heimkomme, werden wir es zerbrechen. Ich habe Ihnen schon früher von ihr erzählt. Es ist Lucciola, das Mädchen aus meinem Dorf.»
»In diesem Fall müssen Sie mir erlauben, Ihnen meine alte Schuld

zu bezahlen.« Er zog die Brieftasche und nahm einige Scheine heraus. Mein Herz pochte lebhaft. »Im allgemeinen tilgt der Krieg alle Schulden. Aber bei Ihnen will ich eine Ausnahme machen, wenn Sie dafür ein Glas Champagner auf mein und ein Glas auf Lisettes Wohl trinken. Schade, daß der Franc nicht mehr viel wert ist. Die Inflation!«
Und während Roland dem Ruf seiner ehelichen Pflichten folgte, ging ich an die Bar und bestellte zwei Glas Champagner.

»Vielen Dank«, sagte eine kräftige Stimme mit englischem Akzent zu meiner Rechten. »Das ist furchtbar nett von Ihnen. Ich glaubte immer, die Ausländer hätten keine Lebensart, aber Sie haben mich von meinem Irrtum geheilt. Ich hatte diesen Trunk dringend nötig.« Und der umgängliche Herr hob eines meiner Gläser und trank es auf einen Zug leer, bevor ich protestieren konnte. Und dann stellte er sich vor: Captain Henry Beaver von den Königlichen Dragonern.
Der Hauptmann war ein strammer, hochgewachsener junger Mann, sah recht gut aus, hatte blondes Haar und ein rötliches Schnurrbärtchen, dessen gewichste Enden aufwärts strebten. Vor wenigen Wochen war er aus dem Dienst entlassen worden, und nun trug er seinen Zivilanzug aus der Vorkriegszeit. Obgleich der Anzug schon ein wenig fadenscheinig war, trug der Hauptmann ihn mit militärischem Schneid, wenn auch nicht mit der sorgfältig einstudierten, eleganten Lässigkeit Rolands. Zum Unterschied von mir hatte er keineswegs die Absicht, heimzukehren, wo nur Gläubiger und Bräute ihn erwarteten, sondern er wollte sich in Paris niederlassen und auf redliche Art sein Leben verdienen. So hatte er denn begonnen, auf Pferde zu wetten.
»Es gibt ein wissenschaftliches System, um beim Rennen zu gewinnen«, erklärte er mir. »Heute ist es noch nicht anwendbar, weil die Rennen eben erst wieder begonnen haben und man die Pferde noch nicht kennt; da muß man sich an das sogenannte mathematische System halten. Das kennen Sie doch bestimmt.«
Nein, ich kannte es nicht. Die einzigen Rennen, denen ich beigewohnt hatte, waren die alljährlichen Wettrennen zwischen Eseln und Maultieren auf dem Hauptplatz in Montrecase.
»Da geht man folgendermaßen vor: Man nimmt das Alter des Nachbarn, multipliziert es mit dem Datum seiner Geburt, subtrahiert fünfzehn von dem Ergebnis; den Rest erhebt man zum

Quadrat, verdoppelt das Quadrat, dividiert das Resultat durch drei und fügt eins hinzu. So erhält man die Nummer des Pferdes, auf das man beim ersten Lauf setzen muß. Dann beginnt man von neuem, diesmal mit dem Alter des zweiten Nachbarn. Ist das klar?«

»Sonnenklar. Nur eines verstehe ich nicht; warum schlagen sie zum Ergebnis eins zu?«

»Warum nicht?«

»Ich meine – gibt es dafür einen besonderen Grund?«

»Mein lieber junger Freund«, sagte der Turffachmann ein wenig gereizt, »ich habe die Regeln nicht geschaffen, ich befolge sie nur. Ich habe dieses System in Singapore gelernt. Es mag seltsam klingen, aber es funktioniert ebenso gut wie das wissenschaftliche System. Das will ich Ihnen in der Praxis vorführen.«

Er hängte seinen eleganten Spazierstock an die Bar, zog ein Rennprogramm aus der Tasche und entfaltete es. Dann erkundigte er sich nach meinem Alter, stellte seine Berechnungen an und machte bei dem für den ersten Lauf auserwählten Pferd ein Kreuz. Dann tat er dasselbe mit den Daten unserer Nachbarn. Und dazu trank er auch mein Glas aus.

»Nun«, sagte ich, als ich gezahlt hatte und so mit Rolands Geld fertig war, »es hat mich sehr gefreut, Sie kennen zu lernen.«

»Sie wollen mich schon verlassen? Das geht doch nicht. Wir müssen noch eine ganze Reihe von Läufen berechnen.«

»Ja, aber haben Sie nicht gehört, wie die Kasse geläutet hat? Das war, soweit ich in Betracht komme, das Ende des Zaubers.«

»Wollen Sie damit sagen, daß Sie blank sind?« Er betrachtete mich mißbilligend. Dann setzte er hinzu: »Leider kann ich mich nicht bei Ihnen revanchieren. Ich nehme meine Arbeit viel zu ernst, und ich rühre das Kapital nicht an, das ich morgen für das Rennen benötige. Aber ich kann Ihnen Gastfreundschaft anbieten. Es ist zwar nur ein kümmerliches Zimmer in einem schäbigen Hotel, aber ein Sofa gibt's, wenn Sie nichts Besseres haben.«

Ich hatte nichts Besseres.

Am nächsten Tag gingen wir zu Hauptmann Beavers Buchmacher, dann lungerten wir einen Nachmittag lang nervös in den Cafés herum und kehrten schließlich zum Buchmacher zurück. Und der Hauptmann hatte gewonnen.

Das Pferd, auf das er auf Grund meines Alters gesetzt hatte, zahlte

fünfunddreißig für eins und deckte damit reichlich den Verlust an den andern Pferden.
»Mein lieber Junge, du bringst mir anscheinend Glück«, sagte er und griff nach einem neuen Rennprogramm. »Von morgen an beteilige ich dich mit zehn Prozent an meinem Gewinn, wenn du bei mir bleibst.«
Eine ganze Woche lang waren die französischen Pferde uns günstig, und mein Guthaben bei dem Hauptmann summierte sich zu einem Betrag, der mit jedem Tag runder wurde. Als das italienische Konsulat mir erklärte, es habe noch keine Nachrichten betreffend mein Visum, war ich nicht weiter böse, denn es wäre mir schwer gefallen, nicht in den ersten Zug zu springen. Und damit hätte ich die Glückssträhne leichtfertig zerrissen. Vielleicht war es mir am Ende doch beschieden, als reicher Mann heimzukehren.
Doch gerade als ich mich in meinem unverhofften Glück sonnte, ereignete sich ein Zwischenfall, an den ich noch heute nicht denken kann, ohne daß mir ein Schauder über den Rücken läuft.

Die schreckliche Geschichte begann bei Fouquet und endete beinahe in der Hölle. Im Grunde berechtigte meinen Freund Henry Beaver nichts zur Eroberung einer Königin als etwas flüssiges Geld, aber er setzte allzu großes Vertrauen auf den guten Stern, der ihn stets begleitet hatte. Er war ihm bisher nichts Schlimmeres zugestoßen, als daß er gelegentlich mit drei Mädchen gleichzeitig verlobt gewesen war.
Eines Nachmittags saßen wir beim Cocktail und erwarteten die Rennresultate, als Henry den Kopf von der Abendzeitung hob und ausrief:
»Das ist einmal eine erbauliche Nachricht! Die neue Maharani von Outdore ist eben im Claridge abgestiegen – ein paar Schritte von uns entfernt.«
»Und?«
»Sie reist, wie die Zeitung berichtet, mit großem Gefolge und hat sich für ihr allwöchentliches Bad ein Quantum heiliges Wasser aus dem Ganges mitgebracht. Sagt dir das gar nichts?«
»Daß sie ein sauberes Frauenzimmer zu sein scheint.«
»Es bedeutet, daß sie steinreich sein muß! Da könnte ich ihr vielleicht einen kleinen Besuch abstatten, bevor irgendein Mitgiftjäger auf diesen Gedanken kommt.«

»Kennst du sie denn?«
»Noch nicht. Aber ich hätte nichts dagegen, mich mit einem so anmutigen Geschöpf in den heiligen Stand der Ehe zurückzuziehen. Da ist ihr Bild. Ist sie nicht großartig?«
Die Bilder in den französischen Zeitungen sind meist so verschwommen, daß man nie weiß, ob es sich um ein sinkendes Kriegsschiff, um einen ausbrechenden Vulkan oder den Präsidenten der Republik handelt, bevor man die Erklärung gelesen hat. Dieses Bild zeigte eine Form, die breiter als lang war, und angeblich die junge Herrscherin darstellte. Erst vor wenigen Wochen war sie Maharani geworden, weil ihr Vater, der Maharadscha, zu ihren Gunsten abgedankt hatte, als sie das Alter erreichte, in dem man in Indien als regierungsfähig angesehen wird, nämlich sechzehn Jahre.
Outdore war eines jener fünfhundert indischen Fürstentümer, deren Herrscher aus Gründen, die kein westliches Auge zu durchschauen vermag, die Steuern entsprechend ihrem eigenen Körpergewicht einhoben; jedes Jahr, nachdem die Abordnung des Volkes alles Blei, alle Steine und sonstigen Ballast aus den Taschen des Herrschers entfernt hatte, wurde er auf eine kräftige Waage gehißt, deren andere Schale die ächzenden Untertanen mit Goldbarren und Edelsteinen füllen mußten, bis das Gleichgewicht erreicht war. So standen die Staatsfinanzen in direktem Verhältnis zu den Rundungen des Herrschers.
Natürlich war so ein System für die Herrscher sehr peinlich; sie mußten von einem kalorienreichen Mahl zum andern jagen. Der Maharadscha von Outdore war nur ein Leichtgewicht und zudem, infolge jugendlicher Ausschweifungen, von zarter Gesundheit. Viele Jahre hindurch hatte er sich heldenhaft für die Größe des Vaterlandes und den Ruhm seiner Herrschaft überfressen; doch damit hatte er nichts erreicht als eine schwere Gicht und die unverbrüchliche Liebe seiner Untertanen. Und so waren alle seine Hoffnungen auf eine glücklichere Zukunft mit Lalun verbunden, seinem einzigen Kind, seiner Erbin, die alle Mastkuren glorreich überstand und versprach, eines Tages ebenso rundlich zu werden wie Aga Khan, und infolgedessen auch so reich.
Doch in zärtlicher Erinnerung an seine eigene in Paris verlebte Jugend, von wo er mit erschütterter Gesundheit und einem Preis auf seinen Kopf heimgekehrt war, hatte der betagte Maharadscha beschlossen, seine Tochter müsse, bevor sie die Macht ergriff, in

der französischen Hauptstadt all die Dinge lernen, die eine Königin wissen sollte.
Alle diese Informationen entnahm ich teils der Abendzeitung, teils Henry Beaver, der mehrere Jahre in Indien gedient hatte und die Geschichte der meisten mit Töchtern behafteten Herrscher kannte.
»Und was hast du mit all dem zu tun?« fragte ich.
»Eine Herrscherin muß einen Prinzgemahl haben, der dafür sorgt, daß es Thronerben gibt. Das ist eine Schweinerei, aber so verlangt es der Brauch. Und da Lalun in dieser Stadt fremd ist, könnte ihr mein Angebot unter Umständen sehr gelegen kommen.«
»Bleiben wir doch den Pferden treu, um Himmelswillen! Ich brauche das Geld so dringend!«
»Pferde sind ein gutes Mittel, um schnell zu Geld zu kommen. Aber mit Maharanis geht es noch wesentlich schneller.«
»Wie kommst du nur auf die Idee, daß sie dich nehmen würde?«
»Mein lieber Junge«, sagte er ärgerlich, »man kann doch wohl voraussetzen, daß ein Mann der viele Gattinnen anderer Männer glücklich gemacht hat, auch seine eigene Gattin glücklich machen kann. Wenn du das nicht einsiehst, so wird es Lalun einsehen.«
Damit leerte er mit großer Entschlossenheit sein in viertes Glas Gin-and-tonic, zog seine Manschetten zurecht und stand auf, in seinem schimmernden Anzug jeder Zoll ein Ritter.
»Wenn auch ein Gentleman, ohne vorgestellt zu sein, keine Dame anspricht, so muß doch eine Königin, wie eine Festung, im Sturm erobert werden.«

Es muß bequemere Wege geben, um aus dem Boudoir einer Maharani hinausgeworfen zu werden, als jener, den Henry an diesem Tage einschlug. Gestärkt durch etliche Aperitifs, einen Strauß seltenster Orchideen in der Hand, der ein tiefes Loch in unser gemeinsames Kapital gerissen hatte, betrat er das Claridge, drückte einem Pagen eine Banknote in die offene Hand und fragte nach dem Appartement der Maharani.
Im Aufzug versuchte ich noch ein Mal, unser Schiff zu retten, doch er hörte mir nicht zu. Und so folgte ich ihm, böse Ahnungen im Herzen.
Eine bejahrte Inderin in seidenem Sari öffnete die Türe.
»Wollen Sie mich, bitte, Ihrer Hoheit melden«, sagte Henry, leicht schwankend, sonst aber in untadeliger Haltung. »Mein Name ist

Hauptmann Beaver; es handelt sich um eine private, ganz persönliche Angelegenheit.«
»Ich bedaure, aber da müssen Sie sich zunächst an unsere Gesandtschaft wenden«, erwiderte die Dame in bestem Englisch. Doch bevor sie die Türe schließen konnte, war Henry schon an ihr vorbei und trat in einen großen Salon, darin eine Schar von exotischen Damen erschrocken hin und her zu flattern begann.
Henry, mit seiner feinen Witterung für königliches Blut, klopfte diskret an eine Türe, durch die sich zwei Seidensaris schleunigst verzogen hatten, während von den drei im Salon gebliebenen eine nach dem Telephon gegriffen hatte, die zweite auf sämtliche Klingelknöpfe drückte, als ob sie dafür bezahlt wäre, und die dritte in den Korridor stürzte und in einer fremden Sprache kreischte.
»Daneben gelungen – schauen wir, daß wir weiterkommen«, rief ich und zog meinen Gefährten am Ärmel.
Der Hauptmann aber, sichtlich an hysterische Weiber gewöhnt, wich keinen Zoll. Mit einer Hand versuchte er die geschlossene Tür zu öffnen, in der andern hielt er unsere Orchideen, und dazu rief er: »Eure Hoheit, ich habe alles über Sie gelesen, und ich liebe Sie, mein Schatz. Gewähren Sie mir doch eine Privataudienz!«
Meine Verlegenheit stieg bergehoch, und ich erschöpfte mich den Damen im Salon gegenüber in Verbeugungen und Entschuldigungen, aber Henry gab nicht nach, bis aus dem Korridor, ohne auch nur anzuklopfen, der Hoteldirektor hereinstürzte, gefolgt von einem Schwarm von Kellnern, Liftboys, Detektiven, Portiers und sonstigen Angestellten des Hotels.
Es folgte eine schlimme Viertelstunde. Diese Hitzköpfe wollten uns zeigen, was sie leisten konnten, während die Pressephotographen, stets in den großen Pariser Hotels in Erwartung solcher Zwischenfälle auf der Lauer, uns in den verschiedensten Stellungen photographierten, bis schließlich das Überfallkommando uns befreite und mit Handschellen zum nächsten Kommissariat schleppte. Hier wurden unsere Fingerabdrücke genommen, und dann wurden wir verhört.
Ein Verhör auf Französisch ist nicht gerade amüsant. Ein Kommissar mit Ziegenbart entfesselte ein Kreuzfeuer von Fragen, während zwei stämmige Schergen mich schüttelten wie eine Medizinflasche. Unsere Versicherungen, daß die Liebe der einzige Beweggrund des Hauptmanns gewesen sei, fanden bei dem zynischen Beamten keinen Glauben. Seiner Überzeugung nach waren

wir *agents provocateurs*, von einer fremden Macht gedungen, um zwischen zwei befreundeten Völkern Unfrieden zu stiften. Erst als er und seine Spießgesellen erschöpft waren, wurde ich in eine Einzelzelle geworfen, ohne andere Gesellschaft als die berühmten französischen Ratten und ohne andern Trost als das Stöhnen Henrys, der sich in der Nachbarzelle erholte.
Nachdem wir vierundzwanzig Stunden Gäste der Republik gewesen waren, führte man uns wieder dem Kommissar vor, der die Strapazen des Vortags sichtlich gut überstanden hatte.
»Ihr seid wieder frei«, sagte er mit Bedauern. »Die Gesandtschaft von Outdore hat zu euren Gunsten interveniert. Und außerdem sind alle Gefängnisse überfüllt. Wenn ich euch aber noch einmal in der Nähe der Maharani erwische, so werdet ihr in euer Vaterland abgeschoben.«
Angesichts dieser entsetzlichen Drohung war Henry bereit, das ganze Unternehmen abzublasen, und der Zwischenfall hätte damit ohne weitern Nachteil für uns beendet sein können, wenn die Reporter der Boulevardblätter nicht festgestellt hätten, daß die Geschichte Stoff für eine glänzende Reportage lieferte.
Diese Herren fanden das Ereignis *très parisien* und höchst passend, um dem nach dergleichen lechzenden Publikum vorgesetzt zu werden; und so gingen sie ans Werk, indem sie ihrer Phantasie freien Lauf ließen. Ihren Artikeln zufolge hatte Hauptmann Beaver nicht nur gestanden, daß er Lalun liebte, sondern auch, daß er sie schon geliebt hatte, da er sie das erste Mal als Kind in Indien erblickte. Damals hatte er geschworen, sie müsse eines Tages die seine werden. Und es wurde hinzugefügt, daß der letzte Vorfall ihn in seinem Entschluß nur bestärkt hatte.
»Es ist eine Sauerei von ihnen, so eine spannende Geschichte über mich zu erfinden«, rief Henry bestürzt. »Wenn dieser greuliche Kommissar die Artikel liest, wird er mich bestimmt nach England zurückspedieren. Wir müssen für eine Weile einen Szenenwechsel vornehmen. Wir haben noch gerade genug Geld übrig, um im Autocar nach Le Touquet zu fahren. Dort ist jetzt Hochsaison.«
»Ich habe es dir gesagt«, erklärte ich wütend. »Wir hatten ein sicheres, sauberes, regelmäßiges Einkommen, und wegen einem Frauenzimmer hast du alles verdorben!«
»Unsinn, mein Junge. In Le Touquet gibt's auch Pferde.«
Am nächsten Tag, nachdem wir uns bereits die Fahrkarten

gesichert hatten, hielten wir uns noch in einem Café auf. Das war ein Fehler.
»Sehn wir mal, ob die Reporter sich beruhigt haben«, meinte Henry, während wir auf unsern Kaffee warteten, und ich winkte arglos einem Zeitungsjungen. Es war, als hätte der Blitz uns getroffen. Obgleich das französische Kabinett eben in einer stürmischen Nachtsitzung gestürzt und der übliche slawische Konsul erschossen worden war, hatte das Blatt dennoch die Schlagzeilen seiner ersten Seite dem Idyll der Maharani und ihres Hauptmanns gewidmet. Eine große Photographie von Lalun trug in mächtigen Lettern die Unterschrift:
»Hat unserm Reporter gestanden: ›Ich liebe ihn auch!‹«
Und im Artikel war zu lesen, daß die junge Maharani die Interviewer empfangen hatte und von Henrys Liebe zu ihr offenbar tief gerührt gewesen war; als sie gar sein Bild gesehen hatte, war ein Kabel an den Mahraradscha abgegangen, darin er gebeten wurde, eine Zusammenkunft zu gestatten.
»Eine Zeitungsente«, sagte ich rasch, denn ich witterte neue Mißhelligkeiten.
»Diesmal nicht«, erklärte Henry erregt. »Hier steht: ›Die Gesandtschaft von Outdore, bei der wir angefragt haben, verweigert jede Auskunft.‹ Das ist eine Bestätigung. Und warum sollte sie sich nicht in mich verlieben, wenn sie mein Bild gesehen hat? Obgleich es ein greuliches Bild war! Maharanis sind doch am Ende auch nur Menschen.«
Er zupfte an seinen Manschetten, und das war stets der Auftakt zu einer dramatischen Aktion. »Ich ruf sie an. Wahrscheinlich hat das arme Kind schon versucht, sich mit mir in Verbindung zu setzen.« Und mit militärischem Schritt ging er ans Telephon.
Doch als er zurückkehrte, war er sichtlich betreten. »Infolge ihrer Erklärung vor den Reportern wird die Maharani von ihrer Gesandtschaft wie eine Gefangene gehalten; man erwartet die Weisungen ihres Vaters. Ein Telephonfräulein hat mich gewarnt; alle Frauen sind ja bereit, sich mit einem Liebespaar zu verbünden. Im Hotel wimmelt es von Polizisten in Zivil, die den Auftrag haben, mich auf der Stelle zu verhaften.«
»Ausgezeichnet«, meinte ich. »Wir kommen gerade noch recht zum Autocar.«
Henry blitzte mich an. »Mein lieber Junge, jetzt, da ich in ihrem Herzen die Liebe entzündet, da ich geschworen habe, ihr überall-

hin zu folgen, sie um jeden Preis zu erringen, kann ich meinen Eid nicht rückgängig machen, auch wenn es in Wirklichkeit andere waren, die ihn abgelegt haben. Meine nationale Ehre steht auf dem Spiel.«

»Meine nicht«, erklärte ich und griff nach meinem Koffer. »Ich verdufte.«

Er packte meinen Arm. »Begreifst du denn nicht, daß ich dir vielleicht eine großartige Stellung in Indien verschaffen kann? Deine eigenen Bauchtänzerinnen im Gehalt inbegriffen?«

»Auf meinem Bauch wird keine tanzen! Auf die Stellung in Indien pfeife ich. Ich habe in Montrecase eine Verabredung mit einem Mädchen und einem Geistlichen.«

»Gerade darum. Du wirst als reicher Mann heimkehren können, bevor ich noch mit Lalun fertig bin.«

»Mir scheint, daß du schon jetzt mit ihr fertig bist. Du kannst ihr ja nicht einmal mehr in die Nähe kommen, ohne im Loch zu landen.«

»Wenn Mohammed nicht zum Berg kann, so wird der Berg zu Mohammed kommen«, bemerkte er zuversichtlich. »Abwarten und zusehen. Bei Inderinnen ist die Liebe ein mächtiger Beweggrund. Da die Zeitungen unsere Adresse genannt haben, müßten wir jetzt wieder ins Hotel zurückkehren und warten, bis der Berg Mittel und Wege findet, sich mit uns in Verbindung zu setzen.«

Ein hinterlistig dreinblickender Herr im Schwalbenschwanz, eine rote Nelke im Knopfloch, wartete in der Halle, die Zeitung mit unsern Bildern in der Hand.

»Ist einer von Ihnen Hauptmann Beaver?« fragte er salbungsvoll und schaute von der Zeitung zu uns auf.

»Das hängt davon ab«, erwiderte Henry. »Wer sind Sie denn?«

»Marcel, Inhaber der berühmten Blumenhandlung. Ganz zu Ihren Diensten, *mon capitaine*! Ich bin stets der Lieferant aller Herrscherhäuser gewesen.«

Henry legte eine Hand auf die respektvoll gebeugte Schulter Marcels. »Tut mir leid, *mon ami.* Gerade jetzt kann ich mir nicht einmal Veilchen erlauben.«

»Natürlich, *mon capitaine*!« Und der Blumenhändler machte ein verständnisvolle Geste. »Ist aber ein Mann der Favorit einer Maharani, so hat er bei Marcel jederzeit Kredit.«

An jenem Abend mangelte es den Pariser Boulevardiers an Gardenien. Mit Marcels Hilfe hatte Henry den ganzen Markt – auf

Kredit – aufgekauft und lange Safaris von blumentragenden Boten ins Claridge geschickt. Vor dem Hotel drängte sich eine Menschenmenge, und Photographen wurden nicht müde, zu knipsen. Und sehr bald stellten sich bei uns auch etliche unternehmungslustige Geschäftsleute ein: Schneider und Modewarenhändler, bei denen Henry Bestellungen machte, ferner der Besitzer eines alten Schlosses, der schon in früheren Zeiten königliche Gäste beherbergt hatte und nach neuen lüstern war, ein Schwarm von andern Leuten, die allerhand Kram verkaufen wollten, und schließlich die üblichen Reporter und Photographen.
Henry bestand darauf, daß ich meinen Anteil an seinem Ruhm haben und neben ihm vor die Linse treten sollte; das muß ich ihm lassen. Um sich größeres Ansehen zu geben, mußte ich als sein Kammerdiener gelten, und ich hatte nichts dagegen einzuwenden. Je geringer die Ehre, desto geringer das Risiko, sagte ich mir.

Doch schon mit der Morgenausgabe brach die Katastrophe über uns herein. Sieben erschütterte Gläubiger brachten uns die Zeitung ans Bett. Gerade in diesem Augenblick, so schrien sie durcheinander, das Blatt schwenkend, schwebe Lalun in den Wolken zwischen Paris und Karachi, nachdem ihr Vater ihre unverzügliche Heimkehr befohlen, und die Gesandtschaft der Presse folgendes Communiqué übergeben hatte:
›Ihre Erlauchte Hoheit, die Maharani von Outdore, hat ihre Pariser Erziehung nunmehr vollendet und ist zu ihren treuen Untertanen zurückgekehrt.‹
Doch ein Reporter, der zufällig auf dem Flugplatz war, als die Maharani das Flugzeug bestieg, wußte zu berichten, daß sie ihm erklärt habe: »Ich werde ihn immer lieben!«
»Sie müssen ihr natürlich folgen!« sang der Chor der Gläubiger.
»Unmöglich!« erklärte Henry und setzte sich im Bett auf. »Ich bin ja vollkommen pleite.«
»Um unsere Investitionen zu schützen«, sagte der älteste Gläubiger, »werden wir Ihnen den nötigen Betrag vorschießen. Mit solchen Situationen sind wir auch schon früher fertig geworden. Wir vertrauen Ihnen – und der Macht der Liebe!«
Während der Tage, die nun folgten, bestürmte ich das italienische Konsulat. Was denn mit meinem Visum sei? Doch umsonst; man erklärte mir, jedes Gesuch müsse genau geprüft werden, weil wir, wie sie mir versicherten, noch sehr weit von normalen Zuständen

entfernt seien. Durchaus normal aber erschienen mir die pechschwarzen Wolken, die sich für mich am Horizont sammelten.
»Ohne dich gehe ich nicht nach Indien«, sagte Henry beharrlich. »Du bist doch mein Talisman.«
»Kannst du nicht ein vierblättriges Kleeblatt nehmen? Ein Hufeisen? Eine Katze? Das sind die besten Talismane!«
»Man wechselt den Talisman nicht mitten in einer Glückssträhne Das ist eine altbekannte Regel. Du kommst mit.«
Und so kam es, daß wir wenige Tage später, umgeben von einer Schar glückwünschender Gläubiger, eine Constellation bestiegen und hinter Lalun her flogen. Ich hoffte, unser Pilot würde Asien im Dunkeln nicht finden, und hielt den ganzen Weg die Daumen. Aber das einzige Ergebnis war ein Krampf in den Fingern.

10

Nabob-Dämmerung

Kaum waren wir auf dem Flugplatz von Karachi gelandet, so stimmte mich schon die Treibhaustemperatur traurig, die einem fast den Atem raubte, dann aber auch der Anblick zahlreicher Männer, die mit bandagiertem Kopf herumliefen.
»Ein Turban, nichts als ein Turban«, erklärte Henry. »Den tragen alle Eigeborenen. Und da ist ein ganzes Rudel, das es anscheinend auf uns abgesehen hat.«
Im Nu waren wir von den Vertretern der lokalen Presse und zwei amerikanischen Korrespondenten umringt.
»Wer von Ihnen ist Hauptmann Beaver?« fragt einer der Amerikaner, und nachdem Henry sich vorgestellt hatte, setzte der Reporter hinzu: »Ich würde Sie gern auf Ihrer Reise begleiten, aber meine Agentur hat es mir verboten, weil man in Outdore gefährlich nationalistisch und xenophobistisch ist.«
»Was heißt xenophobistisch?« fragte ich.
»Fremdenfeindlich. Verschiedene Europäer, die sich ins Land gewagt hatten, mußten das bitter büßen.«
»Ja«, bestätigte einer der Lokalberichterstatter und nickte heftig. »Trotz seiner westlichen Erziehung ist der Maharadscha ein rückschrittlicher Autokrat, einer der wütendsten Gegner der neuen Indischen Union, die wir aufzurichten versuchen.«

»Bleiben wir doch lieber in Karachi, Henry«, meinte ich. »Das sieht wie eine fortschrittliche, fremdenfreundliche Stadt aus!«
»Achten Sie nicht auf meinen Kammerdiener«, sagte Henry. »Er ist ein wenig ängstlich. Wir nehmen den ersten Zug.«
»Wenn es Ihnen gelingen könnte, Ihre Braut zu beeinflussen, damit sie dem neuen indischen Staatswesen beitritt, so würde unsere Geschichte Ihren Namen mit Dankbarkeit nennen«, sagte ein anderer Reporter. »Fast alle übrigen Staaten haben schon ihre Zustimmung gegeben. Das rückständige Outdore gehört zu den wenigen, die sich noch sträuben.«
»Und sollte der rückständige Maharadscha Sie beide hinrichten lassen«, erklärte ein dritter Reporter hitzig, »so können Sie darauf rechnen, daß die ganze liberale Presse Indiens Ihnen herrliche Nachrufe widmen wird.«
»Kehren wir nach Paris zurück, Henry«, flehte ich ihn mit beiden Händen an. »Es wird auch ohne Nachruf gehen!«
»Die Blicke der Welt sind auf mich gerichtet«, sagte Henry und zupfte an seinen Manschetten. »Das Prestige ganz Englands, im Fernen Osten ist gefährdet, wenn ich mich jetzt zurückziehe, und England kann es sich weiß Gott nicht leisten, noch mehr von seinem Prestige zu verlieren. Ich werde um die Maharani werben, selbst wenn es uns das Leben kosten sollte.«
Nachdem er seiner Geliebten noch telegraphiert hatte, »hüte dich vor Mitgiftjägern, bis ich komme«, nahmen wir den Expreß nach Delhi, dann stiegen wir in die Kleinbahn um, die rumpelnd und rasselnd und unzählige Male haltend durch die zentralindischen Staaten rollte. Die Tage waren heiß, die Nächte kalt, die Wagen mit zerlumpten Eingeborenen angefüllt, die uns mißtrauisch musterten. Von dem öden Land links und rechts her starrten Bauern im Lendenschurz und Indiens heimatlose wandernde Rinder den ratternden Zug erstaunt an.

Kaum hatten wir den Fuß auf den Bahnsteig von Karpole, der kleinen Hauptstadt Outdores, gesetzt, als ein Trupp bärtiger Krieger im Laufschritt auf uns zustürzte, geführt von einem säbelschwingenden Offizier.
Auf solche Interviews legte ich keinen Wert, und so rannte ich mit gesenktem Kopf auf das nächste Gehölz zu. Doch die Hitze und ein zehn Pfund schwerer Säbel, der mir an den Knöchel geschleudert wurde, brachten mich zu Fall und bevor ich aufstehn konnte,

hielten starke Arme mich fest. Auch Henry kämpfte tapfer, bis sein Spazierstock zerbrach.
Nun öffnete sich der Kreis unserer Gegner und ließ einen vornehmen Herrn mit langen, spitzen Zähnen und einem birnenförmigen Bauch nähertreten, den ein Rock aus schwarzer Seide bedeckte. Er legte die Fingerspitzen vor seiner Brust aneinander, verbeugte sich tief und sagte in jenem tadellosen, wunderschönen Englisch, das nur die Inder beherrschen:
»Als königlicher Kämmerer heiße ich Sie, meine Herren, in unserem Land willkommen und werde mir erlauben, Sie nach dem königlichen Landsitz zu geleiten, wo Ihre erlauchten Hoheiten jeweils während der Sommerrevolten zu verbringen geruhen. Sie werden ungeduldigst erwartet.«
»Vom Henker?« stotterte ich.
»Von Ihrer Erlauchten Hoheit, der Maharani«, sagte der vornehme Würdenträger mit einem unvornehmen Grinsen. »Mit Hilfe unserer Gesandtschaft in Paris und unseres Geheimdienstes in Indien hat Ihre Erlauchte Hoheit die Reise der Herren angstvoll verfolgt.«

Während ein fatalistischer Chauffeur uns in einem vorsintflutlichen Ford durch eine glühende Granitlandschaft fuhr, die da und dort mit den roten Grabsteinen früherer Herrscher und gelegentlich auch mit einer verwahrlosten langgehörnten Kuh geschmückt war, ließen wir uns von unserem Begleiter über die letzten Entwicklungen des Falles unterrichten. Nach ihrer Rückkehr von Paris hatte sich Lalun zum ersten Mal vor einer erschrockenen Bevölkerung gezeigt, und die allsommerlichen Revolten hatten in diesem Jahr sehr früh eingesetzt. Doch der Rausch der Macht hatte die Wünsche ihres Herzens nicht unterdrückt, wie das ihr Vater erhofft hatte: Mit der Halsstarrigkeit, die Inderinnen eigen ist, wenn sie lieben, hatte sie gedroht, in den Hungerstreik zu treten, bis man sich ihrem Willen fügte. So hatte der alte Maharadscha angesichts der bevorstehenden Gewichtsprüfung keine andere Wahl gehabt, als nachzugeben; nicht ohne allerdings ihr ganzes Gefolge streng zu bestrafen, indem er die verschiedenen Würdenträger und Würdenträgerinnen ihrer Ämter entkleidete und in die fernsten Provinzen verbannte, weil sie zugelassen hatten, daß die Maharani in der französischen Hauptstadt ihr Herz verlor.
Nach einer Fahrt von wenigen Stunden hielt der Wagen vor der

farbenprächtigen Palastgarde, die uns mit Trommelwirbel begrüßte. Die königliche Sommerresidenz, ein schimmernd weißes Gebäude, lag auf einem Hügel in sicherer Entfernung von den Bambus- und Grashütten der nächsten Eingeborenensiedlung. Jenseits des Flusses war das Waldland des benachbarten Staates Tonghinpur sichtbar, und dahinter ragten schneebedeckt die Spitzen des Himalaya durch den Dunst.

Der Kämmerer geleitete uns durch Perlenvorhänge und Marmorhallen, die sprudelnde Springbrunnen kühlten, in einen Saal, der mit seidenen Kissen und Vogelkäfigen überfüllt war.

»Binnen kurzem werde ich mit Ihren Erlauchten Hoheiten zurückkehren«, erklärte der Kämmerer, verbeugte sich tief und verschwand.

»Du machst nicht den Mund auf«, befahl mir Henry, sichtlich erregt. Der entscheidende Augenblick war nahe.

Gleich darauf teilte sich der Perlenvorhang, und der Kämmerer trat wieder ein, tief gebückt, das Hinterteil voran, wie es sich für einen Kämmerer gehört, der die Ankunft seines Fürsten ankündigt. Dann humpelte ein kleiner Greis mit riesigem Turban, auf einen Elfenbeinstock gestützt, herein, wie sich das für einen gichtbrüchigen Maharadscha geziemt. Und hinter ihm, von Würdenträgern und Gardeoffizieren umgeben, erschien Lalun in einer duftigen Wolke von rosa Seide, bestickt mit Edelsteinen so groß, daß sie falsch aussahen.

Auch das größte Bild, das wir von der jungen Herrscherin gesehen hatten, war nicht imstande gewesen, uns eine genaue Vorstellung von ihren Dimensionen zu geben. Wir hatten wohl begriffen, daß ihre Thronbesteigung dem Kronschatz von Outdore nützlich sein werde, doch hatten wir nicht geahnt, welch einen Segen sie für die Finanzen des Staates bedeuten würde. Sie wog bestimmt mehr als zweihundert Pfund netto und war damit mühelos das gewichtigste Mitglied ihres Stammes.

Sekundenlang blieb sie auf der Schwelle stehn und musterte uns. Und dann rollte sie mit raschen kleinen Schritten vorwärts. Sogleich merkte ich, daß etwas an der Geschichte nicht stimmte. *Ich* war es, ich, auf den Lalun zurollte! Bevor ich mich noch rühren konnte, hatte sie meine Hände ergriffen und flüsterte, von Rührung überwältigt:

»Henry, mein Täuberich, endlich bist du zu deinem Täubchen geflogen!«

»Aber Euer Ehrwürden«, stammelte ich mehr tot als lebendig. Doch Henry stieß mir den Ellbogen in die Rippen, daß es mir die Luft verschlug, und flüsterte: »Geh drauf ein! Wir sprechen uns nachher.«

»Schick deinen Diener weg!« sagte Lalun von oben herab mit einer königlichen Geste. »Wir werden ihn nachher auspeitschen lassen; so wird er lernen, daß er nicht ungefragt zu reden hat.«

Zwei Gardesoldaten packten Henry unter den Armen und schleiften ihn hinaus. Er war rot angelaufen und sichtlich erschüttert. Aber gewiß weniger als ich.

Ich spürte den Boden unter meinen Füßen wanken. Zunächst war ich zu sehr betäubt, um mir diese Wendung zu erklären, obgleich es nicht sehr schwierig war. Henry und ich waren immer miteinander photographiert worden, und unter den Bildern stand dann ›Hauptmann Beaver und sein Kammerdiener‹, denn auf genauere Erklärungen ließ der französische Pressedienst sich nicht ein. Und da ich auf den Bildern noch meine amerikanische Uniform trug – erst vor unserer Abreise hatte Henry mir seine abgelegten Anzüge geschenkt – hatte Lalun, nicht imstande, zwischen westlichen Schafen und Böcken zu unterscheiden, angenommen, der Hauptmann müsse der in Uniform sein. Jedenfalls war es mein und nicht Henrys Bild, von dem jenes Organ erregt wurde, das Lalun ihr Herz zu nennen beliebte.

»Mein Tochter ist nicht mehr jung, Hauptmann«, sagte der Maharadscha und schreckte mich aus meiner Betäubung auf. »Schon vor mehreren Wochen ist sie sechzehn geworden und hätte somit, unsern Sitten gemäß, längst verheiratet sein sollen.«

»Aber ich bin doch ein Ausländer! Noch dazu ein Ungläubiger!«

»Ich weiß Ihre typisch englische Korrektheit zu schätzen. Hauptmann. Und offen gestanden, auch wenn wir Sie noch so gründlich bekehren und von amtswegen einbürgern, wird die Bevölkerung nicht gerade entzückt sein. Mir aber liegt nur eines am Herzen: das Wohlbefinden meiner Tochter!«

Er wandte sich zu dem Kämmerer.

»Führt den Prinz-Gemahl in seine Gemächer. Und dann verdreifacht die Wachen, setzt eine Festwoche für das Land an, und befehlt dem ganzen Volk, sich zu freuen, wenn ihm sein Leben lieb ist!«

Obgleich meine Gemächer mit warmen und kalten Zimmermädchen versehen und mit lebendigen Bajaderen dekoriert waren,

stürzte ich mich auf Henry, sobald ich ihn erblickte und fuhr ihn an:
»Was soll das heißen? Bist du's, der in dieses Frauenzimmer verliebt ist, oder bin ich's?!«
»Du bist sehr anständig, mein Junge, und ich bin dir aufrichtig verbunden. Wenn aber Lalun dich vorzieht, so bin ich bereit, zurückzutreten. Niemals darf bloße Liebe sich trennend zwischen Freunde drängen. Immerhin«, setzte er mit einiger Entrüstung hinzu, »welch eine Kränkung für die Königlichen Dragoner, daß man dich für einen von uns halten konnte! Wenn das durchsickert, ist die Ehre des Corps gefährdet. Ich glaubte, jeder Mensch wüßte doch, daß ein königlicher Dragoner mindestens ein Meter achtzig mißt!«
»Schön, klären wir Lalun auf!«
»Verrückten und Frauen darf man nie widersprechen – weißt du das nicht? Zum Wohl der Allgemeinheit werde ich die Kränkung hinunterschlucken. Schließlich sind wir ja bei diesem Geschäft Teilhaber.«
»Ich will gar kein Teilhaber bei ihr sein!«
»Warum nicht? Sie ist dir doch anscheinend sehr ergeben.«
»Und ich bewundere sie wohl, aber ich liebe sie nicht«, gestand ich kläglich.
»Mein lieber Freund«, erwiderte er ärgerlich, »Liebe ist nicht alles. Ich habe in Paris Verpflichtungen auf mich genommen, und Englands Ruf steht auf dem Spiel. Ich weiß wohl, daß die Herrscherinnen in diesem Land ein wenig altmodisch sind, schrecklich treu – bis zum Scheiterhaufen, falls dir das etwas bedeutet. Nichtsdestoweniger bist du an dem Geschäft beteiligt, und zwar mit zehn Prozent.«
»Ich verzichte auf die zehn Prozent! Ich will fort!«
»Was du da für Geschichten machst! Schließlich haben auch andere Leute schon geheiratet.«
»Ich nicht!« rief ich und rang verzweifelt die Hände. »Ließe sich das Ganze nicht irgendwie mit Spiegeln bewerkstelligen?«
»Ich verlange von dir ja nur, daß du die Zeremonien durchstehst.«
»Wie soll ich sie auch nur über die Schwelle tragen?«
»Das werden wir zusammen besorgen.«
»Aber ich bin doch mit einem andern Mädchen verlobt!«
»Laß sie herkommen. Sie kann bei dir die zweite Geige spielen. In

Indien hast du das Recht auf vier Frauen, die Kebsweiber nicht gerechnet.«

»Lucciola, zweite Geige! Da sieht man, daß du sie nicht kennst.«

»Und du kennst mich nicht«, schrie Henry wütend. »Wenn du unbedingt Schwierigkeiten machen willst, dann werde ich hier erzählen, was du für ein Hochstapler bist. Der Kämmerer hat sich schon erkundigt, warum ich mich in Karpole als Hauptmann Beaver ausgegeben habe.«

»Und was hast du geantwortet?« fragte ich hoffnungsvoll.

»Daß du incognito reisen wolltest – für den Fall, daß ein nationalistischer Inder die Idee haben sollte, Hauptmann Beaver abzuknallen. Zugleich erklärte ich ihm, unsere Pässe seien uns im Zug gestohlen worden. Und jetzt bist du bis über beide Ohren eingetunkt, und zurück geht's nicht mehr. In diesem Land herrschen noch strenge Kastenunterschiede, und weißt du, was man dir antun würde, wenn der Maharadscha erfahren sollte, daß der Mann, der die Augen zu der Prinzessin zu erheben gewagt hat, kein Hauptmann der Dragoner mit einem mächtigen Stammbaum ist, sondern ein hundsgemeiner amerikanischer Soldat mit italienischem Bauernblut?«

»Mir ist's ganz gleich, was man mir antut!«

»Deiner Lucciola wird's aber nicht gleich sein! Er wird dir von seinem Lieblingselefanten bei Sonnenaufgang das Hirn zerstampfen lassen; sonst nichts. Und ich bin gerade in der richtigen Stimmung, um unsere Pässe zu zeigen.«

»Du hast mich überzeugt«, murmelte ich und ließ mich in die Seidenkissen fallen.

»Bravo! Dann will ich der Erste sein, der dir Glück wünscht. Und nur keine Angst. Wenn's zum Handgemenge kommt, fungiere ich als Unparteiischer.«

Ich verbrachte eine greuliche Nacht, geplagt von Schreckgespenstern und von geflügelten Wesen – nicht Engeln, sondern Mücken – die mich umschwebten. Und am nächsten Morgen fühlte ich mich bereits wie ein König – miserabel. Ich war fest entschlossen, im Bett zu bleiben, bis in alle Ewigkeit oder bis irgendetwas sich ereignete, das mir aus der Patsche half. Doch ich hatte nicht mit der orientialischen Gastfreundschaft gerechnet. Kaum hatte ich ein Auge halb geöffnet, als ein Schwarm brauner Schönheiten, die offenbar auf diesen Augenblick gelauert hatten, sich auf mich stürzte. Daß die Besorgnis auf meinen Zügen mein einziges Kleidungsstück war, störte sie nicht, sie hoben mich aus dem Bett, badeten, salbten, kämmten mich, dann schleppten sie mich ins Nebenzimmer, wo Henry mit meinen neuen Gewändern wartete.

Da die Bevölkerung an unserer europäischen Kleidung Anstoß genommen hätte, mußten wir Eingeborenentracht anziehen: Henry einen einfachen Kittel aus weißer Baumwolle, wie sich das für einen Diener geziemte, ich dagegen ein reich gesticktes mit Edelsteinen verziertes Gewand. Dann wurden die ersten Vorbereitungen zur Trauungszeremonie getroffen, die eine Woche später stattfinden sollte.

»Es wird ein großes Ereignis sein«, versicherte mir der Kämmerer, der sich gewiß auf große Ereignisse verstand.

Der Orient ist ein schreckliches, ein geheimnisvolles Land, und wer es unternimmt, eine Maharani zu ehelichen, muß schreckliche, geheimnisvolle Dinge lernen, die mir teils der Kämmerer, teils der Oberpriester in zahlreichen mühsamen Stunden beibrachten; eine kleine Abwechslung boten nur Paraden, Schwerttänze, Ringkämpfe, musikalische Darbietungen, religiöse Feierlichkeiten, Feuerwerke, Mahlzeiten mit sechzig verpfefferten Gängen und andere traditionelle Lustbarkeiten.

Abends in unseren Gemächern plagte mich Henry weiter:

»Du schneidest ein Gesicht, das mir nicht gefällt! Ich könnte darauf wetten, daß du dein niederträchtiges kleines Gehirn anstrengst, um ein Mittel zu finden, wie du deine Schöne im Stich lassen und dich verkrümeln könntest. Und ich wäre dann in der Patsche! Man muß immer damit rechnen, daß Ausländer solche unanständigen Dinge tun. Ich würde mich viel sicherer fühlen, wenn du deine Verlobte dazu kriegen könntest, dir noch vor der Hochzeit den Schlüssel zur Schatzkammer als greifbares Zeichen ihrer Liebe anzuvertrauen.«

Meine Beziehung zu Lalun aber war nicht so weit gediehen, daß ich mir erlauben durfte, den Schlüssel zur Schatzkammer zu verlangen. Unser tête-à-tête ließ einiges zu wünschen übrig. Nicht nur bestand sie darauf mir zur Begleitung ihrer *Sitar* selbstverfertigte Liebeslieder vorzujammern, während ich auf die Mückenjagd ging, sondern sie häufte auch Vorwürfe auf mein besorgtes Haupt, weil ich nicht die Glut entwickelte, die sie erwartet hatte.

Ich redete mich auf die Hitze aus und vertröstete sie auf die

Hochzeit. Doch gerade die Hochzeit war es, was mir am meisten Sorgen machte.
So hatte ich denn ein sehnsüchtiges Auge auf Tonghinpur gerichtet, das die lockendste Aussicht von ganz Outdore war, und das ich von meiner Veranda aus erblicken konnte. Als echter Nachbarstaat war es Outdore feindlich gesinnt und hatte eine Vorliebe für Ausländer, weil Outdore sie haßte. Doch da Lalun mich, aus Angst vor einem Attentat, keinen Schritt ohne Leibwache machen ließ und meine Veranda auch nachts mit bewaffneten Kriegern geschmückt war, sah es aus, als ob nur eine Revolution mich retten könnte. Auf meine vorsichtigen Anfragen aber wurde mir bedeutet, daß während der Festlichkeiten von einer Revolution keine Rede sein könne. So mußte ich mich mit jenem Schicksal abfinden, das man als schlimmer als den Tod bezeichnet.
Und darum war es mir auch höchst gleichgültig, welche Partei bei der großen Tigerjagd siegreich bleiben würde, die den Höhepunkt der Festlichkeiten darstellen sollte.

Mehr als fünfzig von der Sonne schwarzgebrannte Elefanten mit schwankendem Turm auf dem Rücken und Mahouts auf dem Hals stapften auf das sumpfige Grasland zu, das manchmal von hohem Waldbestand unterbrochen wurde – das war das Reich des Königstigers.
Ich saß in dem üppigen Turm des führenden Elefanten, und meine Gesellschaft bestand aus dem Maharadscha, dem königlichen Oberjägermeister und dem Kriegsminister. Wie alle anderen Ehrengäste war auch ich entsprechend ausgerüstet, trug einen weißen Tropenhelm, elegante englische Reithosen, schlangensichere Stiefel, ein Bandelier mit Patronen für die Großwildjagd und über das Knie gelegt eine doppelläufige Flinte. Aber mir war gar nicht so kriegerisch zumute, wie ich aussah. Das Schaukeln des Elefanten bewirkte, daß ich elend seekrank wurde und Henry beneidete, der im Palast geblieben war.
Während die Elefanten in einem halbmondförmigen Bogen von etwa zwei Meilen vorwärts stapften, bemühte sich im gegenüberliegenden Wald, in unsere Richtung kommend, ein Heer von Treibern mit Stöcken, Flöten, Trommeln, Pauken, die Tiger aus ihrer Deckung aufzuscheuchen.
»Wichtig ist es, den Tiger nicht zu verwunden, sondern sofort zu töten«, erklärte mir der Maharadscha. »Verwundete Tiger können

sehr unangenehm werden; sie haben für Großjagden kein Verständnis. Und wenn der Tiger angreift, kann es vorkommen, daß der Elefant auf und davon galoppiert. Der Tiger ist sein Erbfeind.«

Schon konnten wir die ersten Männer der Treiberkette aufs offene Grasland heraustreten sehen, die ersten Schüsse hören, als unser Elefant begann, sich unbehaglich auf seinen Beinen zu schaukeln, den Rüssel über dem Boden pendeln zu lassen und sich, allen energischen Mahnungen mit dem Ankus, dem spitzen Haken, den die Mahouts benützen, zum Trotz, weigerte, einen Schritt weiter zu gehn.

»Jetzt haben wir das Sumpfgebiet erreicht«, erläuterte der Maharadscha, »und wie Sie sehen, ist unser Elefant schon nervös; nicht nur, weil er den gefürchteten Feind wittert, sondern auch, weil er schlüpfrigen Boden betritt. Der Elefant ist ein außerordentlich kluges Tier, und bald werden Sie sehen, wie er den Rüssel hebt, ihn nach unserem Turm ausstreckt und – –«

Hier aber unterbrach sich der Maharadscha; der Elefant hatte soeben den Rüssel gehoben, streckte ihn nach unserem Turm aus, und meine Gefährten flüchteten im Nu rückwärts.

Bevor ich mich in meinem Schrecken rühren konnte, hatte der Elefant mich um den Leib gepackt, aus dem Turm gehoben, und dann kreiste er mich in der Luft im entgegengesetzten Sinn des Uhrzeigers; er muß ein linkshändiger Elefant gewesen sein, denn alle Rechtshänder drehen lieber im Sinn des Uhrzeigers. Schließlich setzte er mich sachte in den Schlamm vor seinen Pfoten. Ich erkundigte mich nicht, was er vorhatte, aber später wurde es mir erklärt. Wenn diese außerordentlich klugen Tiere glitschigen Boden unter sich spüren, dann ergreifen sie den nächstbesten festen Gegenstand – und gerade in einem Sumpf ist das gewöhnlich einer ihrer Passagiere – und benützen ihn als Matte, um sich einen besseren Halt zu sichern. So hatte ich nicht unrecht, daß ich aufsprang und mich ins nächste Dickicht flüchtete.

Jetzt widerhallte der ganze Dschungel von Schüssen und Geschrei. »Tiger! Tiger!« Zum Glück hatte ich mich an mein Gewehr festgeklammert, und hielt es schußbereit, als ich meinen Weg durch den Busch suchte. Wenn man aus der Sonne kam, war es hier sehr düster.

Plötzlich erstarrte ich zu Eis: Aus dem Dunkel, zum Greifen nahe, glotzten mich zwei mächtige Augen an. Ohne lang zu überlegen, setzte ich die Mündung meines Gewehrs zwischen diese Augen, schickte ein Stoßgebet zum Himmel und feuerte beide Läufe ab. Der Rückschlag warf mich zu Boden, doch gleichzeitig hörte ich, zu meiner größten Erleichterung, wie ein mächtiger Körper auf die splitternden Zweige fiel.

Noch war ich damit beschäftigt, mich aufzuraffen, als einer der Treiber, von meinen Schüssen angelockt, herbeigelaufen kam. Die Augen traten ihm aus dem Schädel, als er meine Beute erblickte. Dann wurde er grau vor Entsetzen und schrie mit zitternder Stimme:

»Du hast eine heilige Kuh getötet! Der Zorn des Allmächtigen wird auf unsere Häupter niederfallen: Unsere Frauen werden unfruchtbar sein, unsere Söhne an der Seuche sterben, unsere Felder verdorren!« Und mit ausgestreckten Armen rannte er ins Freie und schrie unheilverkündende Worte.

In frommem Eifer Stöcke schwingend, ihre Flinten auf mich abfeuernd und andere höchst aufreizende Geräusche von sich gebend, wandte das Gesindel sich gegen mich. Als einzige Rettung sah ich unseren linkshändigen Elefanten. Da er keine andere menschliche Matte gefunden hatte, stand er noch immer auf demselben Fleck und zitterte genau wie ich. Aber als ich aus Leibeskräften schrie, man möge doch die Leiter herunterlassen, da bedrohte mich der Mahout mit seinem Ankus, der Maharadscha beugte sich vom Elefanten herab und brüllte aufgeregt:

»Hebe dich weg, Verfluchter, sonst reißt du uns alle mit in dein Verderben! Keine Macht auf Erden kann dich vor dem Zorn des Volkes mehr retten!«

Maharadschas sind klug. Beinahe so klug wie ihre Elefanten. Der alte Knabe sah bereits Schwierigkeiten im Palast voraus, und so befahl er, kehrt zu machen, worum man den Elefanten nicht lange bitten mußte. Kaum hatte er den Befehl erhalten, als er sich auch schon mit unerwarteter Behendigkeit umdrehte und mit vorgerecktem Rüssel davongaloppierte, und das hatte wahrscheinlich einen ungünstigen Einfluß auf die Zielsicherheit des Oberjägermeisters und des Kriegsministers, die noch schnell ihre Gewehre auf mich abfeuerten.

Dieser unverhoffte Verrat hätte bestimmt mein Schicksal besiegelt, wenn nicht die Elefanten selbst mir zu Hilfe gekommen

wären. Schon durch die Witterung des Tigers erregt und von dem Höllenlärm in panische Angst versetzt, beschlossen sie, nach kurzer Beratung, in wilder Flucht ihrem Führer zu folgen, zerstampften unterwegs ein paar Treiber und zwangen die andern, ihre Rache auf einen günstigeren Zeitpunkt zu verschieben und das Weite zu suchen.
Da ich aus persönlichen Gründen keinen Wert darauf legte, mein Leben zu beschließen, befahl ich mich dem Allmächtigen und sämtlichen Ortsgottheiten dazu, verzog mich in den Wald und lief auf das Flußufer zu; nicht einmal um zu Mittag zu essen unterbrach ich meine Flucht. Wenn es in der Nähe Tiger gegeben haben sollte, so hielten sie sich, vielleicht von dem Tumult ins Bockshorn gejagt, versteckt. Und dafür war ich dankbar, denn ich hatte getan, was bereits die Alten zu tun pflegten – die Waffe fallen gelassen, um rascher fliehen zu können.

In der Dämmerung erreichte ich den Fluß und trottete am Ufer entlang, bis ich auf einen kleinen Sampan stieß, auf dem sich drei Fischer ausruhten. Ich bat sie, mich auf das Gebiet von Tonghinpur hinüberzufahren. Dazu bediente ich mich der Zeichensprache von Montrecase, die sie erstaunlich rasch verstanden, zumal die Geste, mit der ich ihnen meinen Verlobungsring reichte.
Der Himmel in der Richtung des Königlichen Palastes war von dem Widerschein von Bränden gerötet, durch die stille Abendluft drang das Geschrei von Unruhen zu uns, und ich zappelte vor Ungeduld, weil ich merkte, wie die Fischer neugierig die Ohren spitzten; aber der Kapitän wollte warten, bis sich die abendliche Brise erhob.
Wir lichteten gerade den Anker, als, wild gestikulierend, ein Mann in der Tracht eines königlichen Dieners herbeieilte. Kaum hatte er den Fuß auf das Deck unseres Schiffes gesetzt, als er mich wütend anfuhr:
»Das nächste Mal lasse ich dich in Paris, du Spielverderber!«
»Henry! Was treibst du hier?«
»Das fragst du noch, du Lump! Nach allem, was ich für dich getan habe! Warum hast du dich so niederträchtig gegen die arme Kuh benommen?«
»Ich wußte ja nicht, daß sie heilig war!«
»Alle Kühe in Indien sind heilig! Wer sie tötet, begeht den schandbarsten Frevel. Und jetzt wird man glauben, ein königlicher Dragoneroffizier hätte es getan!«

»Es ist ja wirklich nicht mit Absicht geschehen. Das schwöre ich dir.«
»Und ein Haustier mit Großwildpatronen erschießen! Das ist der Gipfel der Geschmacklosigkeit. Weißt du, was man dir in England dafür antun würde?«
»Was?«
»Du würdest aus deinem Klub ausgestoßen werden! Und jetzt kann England ein Kreuz über den Fernen Osten machen«, setzte er bekümmert hinzu. »Überdies war der ganze schäbige Trick überflüssig. Es wäre gar nicht zu der Hochzeit gekommen.«
»Wieso?«
»Als Lalun das Brautgemach inspizierte, ergriff ich die Gelegenheit, ihr mitzuteilen, daß du ein Wüstling bist, und ihr ein paar Worte in der rechten Tonart ins Ohr zu flüstern. Ich hatte sie schon beinahe überredet, mit mir einen romantischen Spaziergang im Schatten der Schatzkammer zu unternehmen, als dieser abscheuliche Maharadscha mit einem Gewimmel blutrünstiger Kerle von der Jagd zurückkommt, die unsern Kopf fordern – nur weil du, du kleiner Lausebengel, dich so unschicklich benommen hast. Ich konnte gerade noch einen Sack Rubine mitgehn lassen, den die junge Dame als Kleingeld bei sich trug, und machte mich dünn.«
»Hat die Palastgarde dich nicht verfolgt?«
»Und ob! Sie wollten mich lebendig zurückbringen, aber immer wenn sie mich fast schon erwischt hatten, warf ich ihnen eine Handvoll Rubine in die Augen – und das hat sie geblendet.«

Die Welt erfuhr von unsern Taten nur mittelbar durch ein kurzes Communiqué der indischen Presse. Outdore sei der Schauplatz blutiger religiöser Unruhen gewesen; die Regierung sei gezwungen worden, auswärts Hilfe anzufordern, und dadurch wurde der Anschluß an die Indische Union bewirkt.
Während diese Ereignisse sich abspielten, schwitzten und fluchten Henry und ich vor einem Schiffskessel. Hätte ich doch auf meiner Flucht wenigstens mein kostbares Hochzeitsgewand angehabt statt englischer Reithosen! So war uns keine andere Wahl geblieben als auf dem langsamsten Frachter Kohle zu schaufeln.
Henry war in grimmiger Laune. Er sprach kein Wort mit mir, wenn es sich nicht gerade um ein nautisches Problem handelte. Er verübelte mir nicht nur, daß uns Lalun verloren gegangen war, sondern noch viel mehr, daß ich eine Kuh mit Kugeln erschossen

hatte, die für die Tigerjagd bestimmt gewesen waren. Und das als Hauptmann der Königlichen Dragoner! Das dürfte es gewesen sein, was ihn bestimmte, doch lieber seinen französischen Gläubigern standzuhalten, als in seine Heimat zurückzukehren.
Incognito langten wir in Paris an, ein ansehnlicher Bart und die unwahrscheinlichsten Kleidungsstücke halfen uns dabei. Zwei Monate waren wir fort gewesen. Ich blieb gerade nur lang genug, um mich rasieren zu lassen, den geschwärzten Jagdanzug mit meiner alten amerikanischen Uniform zu vertauschen und das Visum nach Italien zu holen, welches das Konsulat versucht hatte, wegzuordnen für alle Zeiten unauffindbar.
Nachdem ich meine Mutter vor meiner Ankunft telegraphisch gewarnt hatte, nahm ich den ersten Zug nach Neapel. Das Herz lachte mir im Leibe, obgleich ich genau so heimkehrte, wie ich abgefahren war – dritter Klasse.

11

Neapel sehen und ...

An dem Tag, da ich im Gedränge des sonnendurchtränkten Bahnhofs von Neapel meine Schwester Assunta entdeckte, die mich erwartete, begann mein Herz einen Wirbel zu schlagen. Neben ihr stand ihr verhältnismäßig noch neuer Gatte, ein Mordskerl mit Gesicht und Armen eines Gorillas, einer Nase wie ein alter Schuh und einer Mähne von krausem Haar.
»Das ist Gelsomino, mein Mann«, sagte Assunta heulend – ob vor Freude oder Trauer wußte ich nicht. »Er arbeitet in einer Eisenhandlung. Und das ist Gianni, mein Lieblingsbruder.« Das Kompliment rührte mich, obgleich ich ja ihr einziger Bruder war.
Gelsomino zwickte mich nachdrücklich in beide Wangen gleichzeitig, während er mir einen schallenden Kuß verabreichte. Dann fragte er eifrig: »Wo ist dein Handgepäck? Ich werde es dir tragen!« Die schwägerliche Liebe schwitzte ihm aus allen Poren.
»Ich habe gar kein Handgepäck«, sagte ich.
»Aha, er hat nur große Koffer!« rief Gelsomino entzückt. »Das Reisebureau wird sie dir zustellen, ja? Hast du den Leuten auch deine Adresse gegeben?«
»Du brauchst dir gar keine Sorgen zu machen.«

»Hast du das gehört, Assunta? Wir brauchen uns keine Sorgen zu machen Wir sind reiche Leute! Und wie prächtig er aussieht – er hat Fett angesetzt!« Er hatte mich in seinem ganzen Leben noch nie gesehen. »Und wie elegant er ist!« Er streichelte den Ärmel meiner abgetragenen Felduniform. Dann legte er seine Pfoten fest um meinen Hals und versetzte mir noch zwei weitere schallende Küsse. »Ich hab dich lieb«, versicherte er und sah mir fest in die Augen. »Ich bin dein Schwager. Vergiß das nie. Ich werde alles für dich tun. Ich bin der Mann deiner Schwester!«
»Du mußt bei uns bleiben«, erklärte Assunta.
»Für immer!« schrie Gelsomino mit geröteten Backen. »Wir lassen dich nicht mehr fort. Du mußt in unserem Hause sterben!«
»Mit größtem Vergnügen. Aber jetzt möchte ich vor allem nach Montrecase.«
»Es gibt derzeit nur zwei Züge, einen am Morgen, den andern am Abend«, sagte Assunta. »Den ersten hast du versäumt, für den zweiten ist's noch zu früh. Da kannst du wenigstens bei uns essen. Gelsomino hat sich heute für den Vormittag frei gemacht, und ich habe dir deine Lieblingsspeisen gekocht. Alle auf einmal!«
»Und du mußt doch unsern Jungen sehen! Den Erben«, erklärte Gelsomino und zwinkerte mir zu. »Wir haben ihn natürlich Gianni genannt. Verstehst du? Dir zu Ehren! Du bist doch sein Onkel aus Amerika.«
Im Hause meiner Schwester wurde ich bewirtet, wie man nur reiche Verwandte bewirtet. Sie glaubten anscheinend, ich hätte zum mindesten eine glänzend bezahlte Stellung, wo ich nichts arbeiten mußte, prächtige Bureaus fürs Nichtstun und ein Heer von Angestellten, die mir dabei halfen.
Ich ließ mir nicht lange zureden und aß, was nur hineinging, dann versuchten wir, das Kind zum Lachen zu bringen, bis es anfing zu weinen. Dann mußte Gelsomino ins Geschäft, und ich ging auf einen Bummel durch die überfüllten Straßen der geräuschvollsten Stadt der Welt.

Um mir den Nachmittag bis zur Stunde der Abfahrt zu vertreiben, setzte ich mich in ein Café im Freien auf der Piazza della Carità, aß ein *gelato* und las dazu die Zeitung. Wie sich alles gewandelt hatte! Früher hatten die Zeitungen nur von Reden, von Dispziplin, von Feldzügen, vom Ruhm zu berichten gewußt. Jetzt berichteten sie

vom schwarzen Markt, von Diebstählen, Raubüberfällen, Morden. Es schien in dieser Nachkriegszeit nichts anderes zu geben, und die Missetäter waren wohl zahlreicher als die Polizei.
In diesem Augenblick blieben ein Paar Knopfstiefel und nagelneue zigarrenfarbene Hosen vor mir stehn, und eine nasale Stimme sprach mich mit dem unverkennbaren Akzent der Italiener in Amerika an.
»Erinnerst du dich nicht an mich, Landsmann? Im Goldfasan! Ich bin doch Cannelloni!«
Mißtrauisch hob ich den Blick; aber ich brauchte ihn nicht allzu hoch zu heben, denn Signor Cannelloni war ein rundlicher Mann, dessen Gestalt unter einem breiten Panamahut ein jähes, frühzeitiges Ende fand. Die schwärzlichen, fetten Fingerchen funkelten von großen Brillanten, und die handgemalte Krawatte auf seinem Nylonhemd schrie lauter zum Himmel als das Klagelied einer Witwe.
»Wofür machen Sie Reklame?« fragte ich.
»Was? Gefällt dir mein Aufzug vielleicht nicht? Sonst gefällt er doch jedem. Alle Leute drehen sich nach mir um.«
Die Passanten drehten sich wirklich nach ihm um, und manche blieben sogar stehn.
»Ja, jetzt erkenne ich Sie!« erklärte ich. Es war die Krawatte, die ich erkannt hatte.
Das sah Signor Cannelloni als Aufforderung an, sich zu mir zu setzen. Er war ein umgänglicher, gesprächiger Mann und legte offenbar Wert darauf, mir seine Weltanschauung zu erzählen.
Infolge eines längeren Aufenthaltes im Ausland – etwa vierzig Jahre lang hatte er in Amerika gelebt – war er ein heftiger Patriot geworden, doch jetzt, bei seiner Rückkehr in die Heimat, erlebte er verschiedene Enttäuschungen. Er reiste mit seiner Frau, und die beiden langweilten sich unsäglich. Keine Familie mehr, die Bekannten aus früherer Zeit teils ausgewandert, teils tot, teils im Gefängnis, die synchronisierten Filme gefielen ihm nicht, die einheimischen Nachtlokale noch weniger, und sonst gab es ja nur Museen, Pinakotheken, Kunstwerke, historische Denkmäler, eines öder als das andere.
»Die Leute hier sind ja um dreihundert Jahre hinter gestern zurück«, klagte Signor Cannelloni. »Unmodern, ahnungslos, Trottel, richtige Trottel. Aber ich habe geschworen, ihnen beizubringen, wie man in einem zivilisierten Lande lebt!«

Ich war gerührt. »Eine gute Idee! Dieses Land kann jede Hilfe brauchen.«
»Wahrhaftig. Und du sollst mich dabei unterstützen.«
»Ich nehme heute Abend den Zug.«
»Einen Zug nehmen – das kann jeder! Aber ich bedarf deiner Mitarbeit bei einem lohnenden Unternehmen, das ich schon seit einiger Zeit im Sinne habe. Ich brauche nur einen halben Tag von deiner Zeit.«
»Es wird mehr als einen halben Tag brauchen, wenn man diesem Land wieder auf die Füße helfen will.«
»Hör«, sagte er und schlug mit der dicken kleinen Faust auf die Marmorplatte, daß die Gläser klirrten. »Als ich mit zwölf Jahren als armer Auswanderersohn von hier fortgegangen bin, da habe ich zu mir gesagt: ›Eines Tages komme ich wieder, als erfolgreicher Geschäftsmann mit einem goldenen Zahnstocher und einer Frau, die eine halbe Tonne wiegt, damit alle Leute in Afragola vor Neid seekrank werden.‹ Damals haben die Leute gelacht. Aber ich hab's geschafft. Ich bringe immer alles fertig, was ich mir vornehme.«
Ich betrachtete ihn voller Neid und Bewunderung. Ich zweifelte nicht an seinen Worten. Männer, die einen großen Panamahut tragen, haben mir immer tiefen Eindruck gemacht. Und es lag mir doch so viel daran, etwas für mein heruntergekommenes Vaterland zu tun. Aber ich wollte auch heimfahren. Zur Überlegung ließ Signor Cannelloni mir keine Zeit.
»Ich würde dich nicht bemühen, wenn ich ein paar von meinen Jungen mithätte«, sagte er wehmutsvoll.
»Sie haben schon große Kinder?«
»Kinder!« rief er empört. »Gott behüte! Ich meine die Jungen von meiner Bande. Ich hatte drüben in den Staaten eine großartige Bande beisammen.«
»Aha, eine Musikbande! Na, im College habe ich Mundharmonika gespielt. Das könnte ich hier auch machen, wenn Ihnen so sehr daran liegt.« Es war doch nett von ihm, daß er dem Volk von Neapel ein Konzert gönnen wollte! Das würde man hier gewiß zu schätzen wissen.
Signor Cannelloni aber schien ein heftiger Gegner aller Musik zu sein. »Keine Musikbande«, sagte er entrüstet. »Ich meine eine richtige Bande. Eine, die wirklich zu arbeiten versteht.«
»Wo soll sie arbeiten?«

»Ich bin kein Schwätzer. Vorher ausplaudern bringt Pech. Aber es soll etwas werden, wovon die ganze Stadt sprechen wird.«
»Etwas Anständiges natürlich!«
Ich konnte merken, daß er gekränkt war, und schämte mich. »Hör, mein Junge«, sagte er vertrauensvoll, »für mich ist ein Italiener aus New York ein richtiger Bruder. Ich würde ihn nie bemogeln. Wenn alles klappt, wird's auch für dich ein schönes Gold geben, das du heimbringen kannst.«
Das genügte; er hatte mich überzeugt.
»Signor Cannelloni, Sie können auf mich zählen«, erklärte ich begeistert und reichte ihm die Hand, die er kräftig schüttelte. »Und ich könnte auch meinen Schwager mitbringen, wenn Sie noch weitere Helfer brauchen. Er ist stark wie ein Bär.«
»Ist er aber auch zuverlässig?«
»Sie scherzen wohl! Der Mann meiner Schwester? Mein eigener Bruder könnte nicht anders sein. Er würde alles für mich tun.«
»Gemacht!« Cannelloni strahlte. »Jetzt bin ich beruhigt. Du weißt gar nicht, wie schwer es ist, heutzutage in Italien verläßliche Leute zu finden. Aber jetzt wird alles gehn wie geschmiert – so gewiß, wie Garibaldi die Türken bei Waterloo geschlagen hat!«

Pünktlich am nächsten Morgen um neun Uhr kam ich, wie verabredet, mit Gelsomino zu Cannelloni ins Hotel Terminus in der Nähe des Hauptbahnhofs. Es war einer jener sonnerfüllten Herbsttage, für die Neapel berühmt ist. Er erwartete uns bereits ungeduldig unter seinem Panama, tadellos eingepuppt in einen hocheleganten olivengrünen Tropenanzug mit zweifarbigen Knopfschuhen dazu. Er roch wie ein Barbierladen, und der gute Wille strömte ihm aus allen Poren.
»Darf ich ihnen Gelsomino vorstellen, meinen Schwager?«, sagte ich stolz. »Ganz wie ich es vorausgesehen habe, ist er entzückt davon, einem Freund von einem Freund zu helfen. Sehen Sie einmal seine Arme an!«
»Großartig!« Cannelloni hatte sich auf die Fußspitzen erhoben, um die Armmuskeln meines Schwagers zu betasten. »Sind sie alle in deiner Familie so gut geraten?«
»Nur Mutter und Vater«, gab Gelsomino errötend zu.
»Jetzt nehmt das da und kommt«, befahl uns Cannelloni und zeigte auf zwei Koffer. »Sie sind leer.« Gelsomino und ich nahmen jeder einen Koffer und folgten unserm neuen Chef ins Freie.

Doch das Auto, das er bestellt hatte, war noch nicht gekommen, und zwei mühsame Stunden lang klagte er über den Mangel an Zuverlässigkeit und Tüchtigkeit hier im alten Lande. Endlich meldete der Concierge, daß das Auto vorgefahren sei, und wir gingen wieder hinaus.
Vor dem Hotel zitterte ein alter, offener Klapperkasten auf den Resten seiner Pneus. An der Seite des Wagens stand mit flammenden Lettern angeschrieben: ›Besichtigungsfahrten in Neapel und Umgebung.‹
»Wo ist das Auto?« fragte Cannelloni.
»Das ist es doch«, erwiderte der Concierge mit einer Verbeugung und wies auf den Klapperkasten.
Cannelloni mußte zweimal schlucken, bevor er reden konnte.
»Ich will doch nicht diesen alten Schubkarren! Hab ich dir nicht gesagt, daß ich das teuerste Auto von ganz Neapel haben will?»
»Deswegen machen Sie sich nur keine Sorgen«, meinte der Concierge. »Es wird Ihnen schon teuer genug sein. Die Deutschen und dann die Alliierten haben uns unsere besten Wagen requiriert. Das ist alles, was übrig geblieben ist.«
Nach einigem Zögern entschloß sich Cannelloni, in den Wagen zu steigen, was kein ganz leichtes Unterfangen war. Zwei Türen waren mit Draht verschlossen, die dritte ließ sich aus unersichtlichem Grund nicht öffnen, und so mußten wir denn alle durch die Türe des Chauffeurs einsteigen und über die Vordersitze nach hinten klettern. Der Chauffeur, ein schmächtiges Männlein mit dem Profil einer Maus und tragischen Augen, mußte aussteigen, um uns hineinzulassen. Die Federn ächzten, als Gelsomino es sich auf seinem Platz bequem machte. Ich saß zwischen ihm und Signor Cannelloni.
»Wer ist das da?« fragte Cannelloni, als noch ein Männlein einstieg und sich neben den Chauffeur setzte.
»Mein Bruder«, erklärte der Chauffeur. »Er ist im Preis inbegriffen. Sie brauchen ihm nur ein gutes Trinkgeld zu geben, sonst nichts.«
Der Bruder erwies sich als unentbehrlich. Er war es, der hupte, der die Handbremse zog, die Richtung anzeigte und die Fußgänger beschimpfte, wenn sie nicht schnell genug zur Seite sprangen, während der Chauffeur uns ohne besondere Geschicklichkeit, aber mit umso größerem Feuer, durch das Chaos des Straßenverkehrs steuerte.

An einer Stelle der Via Roma ließ Cannelloni halten; der Wagen sollte in einer Seitenstraße warten. Gelsomino und ich nahmen die Koffer und traten hinter Cannelloni in die Halle einer Bank.
»Aha«, sagte Gelsomino, »er will Geld unter die Armen verteilen!«
In der überfüllten Haupthalle trennte eine lange hölzerne Barriere mit einer Glaswand darüber die Beamten von den Kunden.
»Nicht vergessen, Jungen – der Boß bin ich«, sagte Canelloni. »Haltet euch ganz dicht bei mir und macht genau, was ich euch sage, wenn ihr wollt, daß alles gut ausgehn soll.«
»Keine Sorgen, Chef«, versicherte ich ihm, und Gelsomino fügte hinzu: »Auf uns können Sie sich verlassen, Signor Cannelloni.«

Mit kräftigen Ellbogen bahnte sich unser Chef einen Weg durch die Menge der Wartenden, bis er zu dem Schalter kam, über dem ›Hauptkasse‹ zu lesen war.
Dort steckte er den Kopf durch den Schalter. Aber er steckte noch etwas anderes hindurch, und zwar eine Pistole.
Ich wollte ihn gerade darauf aufmerksam machen, daß solche Dinger in Italien ohne Bewilligung der Regierung nicht erlaubt seien, doch er kam mir zuvor.
»Gib das Geld her!« sagte er halblaut, ganz im Vertrauen, zum Kassier. Er sah jetzt plötzlich hart und energisch aus, und in dieser Minute merkte ich, daß eine Pistole in seiner Hand ebenso selbstverständlich wirkte wie Eierschalen in einer Omelette. Und da erinnerte ich mich endlich auch daran, mit wem ich ihn im »Goldfasan« gesehen hatte – mit Panther Harry, mit dem er geschäftliche Unterredungen geführt hatte.
Der Kassier, ein langer, dürrer Mann, fragte:
»Was haben Sie gesagt?«
»Her mit dem Geld! Eine Quittung braucht's nicht.«
Ich weiß nicht, ob der andere kurzsichtig oder schwerhörig oder beides war; jedenfalls beugte er sich vor und sagte:
»Wollen Sie das, bitte, noch einmal wiederholen!«
Cannelloni wurde langsam nervös und rot im Gesicht.
»Das ist ein Bankraub!« rief er halblaut und schwenkte die Pistole.
»Wollen Sie doch so freundlich sein, das niederzuschreiben.« Und der Kassier schob ihm Papier und Bleistift hin.
Jetzt war es um Cannellonis Geduld geschehen. Er preßte den

Lauf seiner Pistole gegen den Adamsapfel des Kassiers und schrie ihm in die Nase:
»Her mit dem Geld, oder ich mach dich kalt!«
Diesmal begriff der Kassier. Er machte einen Satz rückwärts, die Augen wollten ihm aus den Höhlen treten, und dann tat er etwas Regelwidriges.
Wie mir Signor Cannelloni nachher erklärte, konnte ein Kassier unter solchen Umständen nur drei Dinge tun, und zwar, in der Reihenfolge ihrer Wahrscheinlichkeit: a) Das Geld ausliefern; b) Das Geld ausliefern und die Alarmglocke in Gang setzten; c) Statt nach dem Geld nach einer Pistole greifen und das Feuer eröffnen.
Auf diese drei Möglichkeiten war Cannelloni gefaßt. Seine Schuld war es nicht, daß der Kassier sich gegen alle Vorschriften benahm. Er packte die Pappschachtel, darin er das Geld hatte, preßte sie an die Brust, als ob es sein Eigentum wäre, stürzte mit einem Klagegeheul zur Hintertür und war schneller entschwunden als die Jugendzeit.

Durch solch ein ungehöriges Verhalten aus der Fassung gebracht, reagierte Cannelloni nicht mit der nötigen Promptheit. Als er zwei Schüsse abfeuerte, war der Kassier nicht mehr zu sehen. Die Leute schrien auf. Die Näherstehenden flohen, die Fernerstehenden drängten sich heran. Cannelloni war sekundenlang unschlüssig, doch dann zeigte er sich in vollem Glanz. Er zerschmetterte, ohne Rücksicht auf die hohen Glaspreise, die Scheidewand, schwang sich in die Abteilung hinüber, wo die Beamten sich zitternd zusammendrückten, und feuerte ein paar Schüsse über ihre Köpfe hinweg.
»Die Koffer her!« befahl er mir und Gelsomino, schwenkte dazu die rauchende Waffe, und wir gehorchten, entsetzt.
Geld war ein bißchen mehr wert als Papier, und jeder Beamte hatte neben sich eine große Pappschachtel voll mit Besetzungsgeld und mit italienischen Noten. Signor Cannelloni, dem es nicht an gutem Willen fehlte, warf unparteiisch beides in die Koffer, vergaß allerdings auch nicht mit einer Hand seine Pistole zu halten, sonst wäre sie ihm in dieser Stadt, wo leider Diebstahl an der Tagesordnung war, am Ende gestohlen worden.
Die Bank hatte mehr Ausgänge als ein Kino, und von der Straße her strömten – von der Polizei abgesehen – die Neugierigen herbei. Damit wurden jene fremden Behauptungen Lügen gestraft, denen

zufolge in Italien der Mann von der Straße kein Interesse an den Ereignissen des täglichen Lebens hat.
Gelsomino, rot vor Wut und Verlegenheit, legte mir seine haarigen Hände um den Hals und begann zu drücken, und das kränkte meine Gefühle derart, daß ich errötete und beschloß, um Atem zu ringen. Zum Glück griff hier Cannelloni ein, der uns die gefüllten Koffer vor die Füße schleuderte und schrie:
»Nehmt das da, statt euch zu streiten, sonst kriegt ihr ein paar Bohnen zwischen die Rippen!« Dazu fuchtelte er mit seiner Pistole herum, und Gelsomino ließ mich los.
»Durch diese Türe!« befahl unser Chef und wies mit der Waffe auf einen Seiteneingang. »Ich decke euch.« Er fing an, in die Luft zu feuern, und die Menge vor uns zerteilte sich wie das Rote Meer.
Nie hätte ich geglaubt, daß Geld, das so wenig wert ist, so viel wiegen kann. Ich taumelte auf die Türe zu, schrie »Bahn frei!«, gefolgt von Gelsomino, während Cannelloni mit seinen Schüssen den Durchgang offen hielt. Einige Zuschauer, die nicht wußten, wohin sie sich retten sollten, liefen in ihrem Schrecken vor uns her, während hinter uns das Stapfen einer großen Menge vernehmbar war.
Der Ausgang führte in die Seitengasse, wo der Wagen wartete, und das bewies, daß unser Chef sein Unternehmen mit großer Sorgfalt geplant hatte. Wir warfen die Koffer hinein, kletterten nach, und Cannelloni schrie:
»Los! Vorwärts!«
Nie habe ich zwei Brüder schneller aus einen tieferen Schlummer erwachen gesehen. Flugs rieben sie sich die Augen, einer von ihnen sprang aus dem Wagen und begann zu kurbeln. Wenn es ihm nicht gelang, den Motor in Gang zu setzen, war es gewiß nicht seine Schuld; an gutem Willen fehlte es ihm nicht. Aber für Cannelloni bedeutete es, daß er angesichts der gaffenden Menge keine sehr glückliche Figur machte.
»Könnt ihr nicht irgendeinen elektrischen Knopf drücken?« schrie er mit knallrotem Kopf.
»Den Knopf gibt's schon, aber die Batterie ist leer«, erwiderte der Chauffeur mit einem Lächeln.
»Heutzutage ist es ebenso schwer, eine Batterie zu finden, die funktioniert, wie einen neuen Reifen«, setzte der Bruder hinzu. »Warten Sie nur, bis Sie gesehen haben, in welchem Zustand unsere Pneus sind!«

»Warum habt ihr den Motor nicht in Gang gehalten, wie ich es euch befohlen habe!« schnaubte Cannelloni.
»Bei zweitausend Lire für die Kanne Benzin? Wir sind doch nicht wahnsinnig!«
Die Kurbel zu drehen, war ermüdender als eine Ferienreise und der eine Bruder überließ es dem andern, ohne daß dies ein besseres Resultat gezeitigt hätte. Während die Menge, die unsere Bemühungen mit gespanntem Interesse verfolgte, von Minute zu Minute wuchs, erschien ein Herr im schwarzen Rock auf der Schwelle, vielleicht der Besitzer der Bank, hopste auf und nieder und schrie: »Haltet den Dieb! Haltet den Dieb! Mörder! Polizei!«
Das alles war nicht dazu angetan, die Stimmung Signor Cannellonis zu heben.
»Jetzt ist so ziemlich alles vorüber bis auf das Urteil«, hauchte er gebrochen. »Was wird meine Frau dazu sagen?«

Endlich gaben die Brüder es auf. Sie wischten sich die Stirne, und der Chauffeur sagte lächelnd: »Schieben wir ihn alle miteinander.«
Die Gäßchen von Neapel haben einen Vorteil; sie führen alle abwärts, wenn sie nicht aufwärts führen. Unglücklicherweise stand unser Wagen bergauf gerichtet. Ihn rückwärts rollen lassen konnten wir auch nicht, denn hinter uns war die Via Roma mit ihrem dichten Fußgängerverkehr. So merkten wir alle, sogar der verdrossene Gelsomino, daß es am besten war, auszusteigen und auf Tod und Leben zu schieben. Eine Schar Gassenjungen half uns, der Motor sprang schließlich an, keuchend stürzten wir uns in den Wagen, und dann waren wir endlich unterwegs.
»Das wirst du mir bezahlen«, zischte Gelsomino zwischen den Zähnen und bearbeitete meinen Nacken mit seinen Fäusten. Ich rief Cannellonis Schutz und Hilfe an; doch er hatte sein kaltes Blut erstaunlich schnell wiedergefunden, und man mußte wirklich die Gelassenheit bewundern, mit der er die Schläge ertrug, die auf mich niedersausten.
Die Gäßchen waren überfüllt von Karren, Eseln, Händlern, Ständen, an denen gebackene Fische verkauft wurden, und so wandten sich die Brüder wieder in die Via Roma, die wegen ihrer ständigen Belebtheit von den alliierten Lastwagen und Jeeps und den wenigen Zivilautos als Rennbahn benützt wurde.
Als wir jetzt mit Vollgas nach der Piazza San Ferdinando steuerten, brachte der Chauffeur seinen Wagen jäh zum Stillstand.

»Was ist los?« schrie Cannelloni.
»Erst müssen wir über die Bedingungen reden«, sagte der Chauffeur gelassen. »Was zahlen Sie mir? Klare Rechnung macht gute Freunde.«
»Wir haben doch die Bedingungen ausgemacht!«
»Ja, aber Sie hatten nicht gesagt, worum es ging.«
»Bedenken Sie doch«, mischte sich der Bruder ein, »die Gefahr, die Angst, die Schande! Das war alles nicht einkalkuliert.«
»Wie wär's, wenn wir die Beute teilten?« schlug der Chauffeur vor.
»In deinem Hintern! Zehn Prozent geb ich dir, und keine Lira mehr!«
»Nichts zu machen.« Und der Chauffeur kreuzte die Arme über der Brust.
Cannelloni griff nach seiner Pistole. Doch in dieser Sekunde heulte hinter uns eine Sirene und verständigte uns rücksichtsvoll davon, daß die Polizei uns auf der Spur war. Da der Chauffeur sich nicht rührte, schrie Cannelloni wütend:
»Also gut, du Gauner! Fifty-fifty!«
»Ehrenwort?«
»Ja! Aber jetzt vorwärts!«
Wir fuhren weiter, aber schon tauchte ein Jeep von der Celere, der neuen, mit Fahrzeugen der USA-Armee ausgestatteten Polizei hinter uns auf.
»Das wäre nicht passiert, wenn ihr nicht geschlafen hättet«, schrie Cannelloni, und sein Gesicht war violett angelaufen.
»Man kann uns keinen Vorwurf daraus machen«, wandte der Bruder des Chauffeurs milde ein. »Die Natur verlangt eben den Schlaf.«
Die Sirene der Celere war eine große Hilfe für uns, denn sie bahnte uns im Nu den Weg. Mit kreischenden Reifen fuhren wir um die Piazza San Ferdinando herum, wandten uns dann zum Hafen und sausten mit mörderischem Tempo nach dem Bahnhof, immer unterstützt von der Sirene der Celere, die scharf hinter uns her war.
»Wollen Sie bei Ihrem Hotel haltmachen?« fragte der Chauffeur.
»Gradaus, du Schuft!«
Wir fuhren am Terminus vorüber, bogen um ein paar Straßenecken und erreichten mit einem Seufzer der Erleichterung die

Autostrada, die Neapel mit Pompeji verbindet. Sie war damals dem Autoverkehr der alliierten Streitkräfte vorbehalten, die sich aber nicht die Mühe nahmen, sie für den spärlichen Zivilverkehr zu schließen, und so waren auch bei der Einfahrt keine Gebühren zu entrichten wie in normalen Zeiten.
Die Celere war immer knapp hinter uns gewesen, doch jetzt gelang es uns, Distanz zu gewinnen. Der Jeep war für schlechtes Terrain gebaut und nicht für Schnelligkeit, während unser Fiat, an die italienischen Autostraden gewöhnt, hundert Stundenkilometer und mehr machen konnten falls er nicht aus den Fugen ging; und Cannelloni mußte mit beiden Händen seinen Panama festhalten.
»Jetzt haben wir einen Blick über das Industrievertel von Neapel, das durch die Bombardierungen im Krieg zerstört worden ist«, sagte der Bruder des Chauffeurs gelassen und drehte sich uns zu. »Noch vor wenigen Jahren wimmelte dieses jetzt zertrümmerte Gemäuer von geschäftiger Tätigkeit.«
»Laß mich in Ruhe mit deinen Trümmern, sonst gibt's gleich noch ein paar mehr«, fuhr Cannelloni ihn an.
»Zwanzig Kilometer weit haben wir jetzt nichts zu befürchten«, sagte ich. »Auf der Autostrada können wir mit Vollgas fahren. Dann aber fangen die Schwierigkeiten an.« Das war die Straße nach der Halbinsel von Sorrent, und ich kannte sie auswendig.
»Ich hätte mich damit begnügen sollen, auf meinen Lorbeeren zu sitzen«, klagte Cannelloni.
»Worauf Sie sitzen, das würde ich nicht gerade Lorbeeren nennen«, höhnte Gelsomino.
»Warum habe ich mich nur darauf eingelassen?«
»Ja, warum?« fragte auch ich wütend. Schon sah ich wie Mutter und Lucciola mir das Essen in den Kerker brachten. »Es wäre an der Zeit, daß Sie uns das sagen!«
»Na ja«, erklärte Cannelloni, »da komme ich einmal in die Bank, um Reiseschecks einzulösen; und was sehe ich?«
»Was sehen Sie?«
»Keine bewaffneten Wachen am Eingang, keine Eisentüren, keine Stahlgitter zwischen Beamten und Kunden! Man merkt sofort, daß es an allen Schutzvorrichtungen fehlt, die jedes fortgeschrittene Land hat, wie Amerika zum Beispiel.«
»Na und?«
»Das ist ja gerade die Tragödie unseres Vaterlandes. Darunter

leidet Italien. Ein rückständiges Land mit veralteter Technik, veraltetem Material, veralteten Methoden. Da habe ich mir gesagt: Jetzt, da Italien eine Republik geworden ist und sich dem Fortschritt geöffnet hat, wär's an der Zeit, daß es sich auch mit den modernen Methoden befreundet – und wer ist der richtige Mann, sie zu lehren, wenn nicht ich?! In New York hatte ich eine großartig organisierte Bande, die sogar den Präsidenten Roosevelt überdauert hat. Gewiß, es gibt auch hier eine Menge kleiner Diebe und Einbrecher, die bei Nacht arbeiten, aber von einem großen Coup bei hellem Tageslicht, wie das der prächtigen amerikanischen Tradition entspricht, hat man hier noch nie was gehört. Und da habe ich gemeint, das wäre doch ein Kinderspiel!«
»Ein Kinderspiel!« höhnte Gelsomino.
»In New York, kaum hatte man die Revolver gezogen, da klingelte schon die ganze Bank wie eine Schweizer Spieldose, die Eisentüren schlossen sich automatisch, und die Wachen feuerten, daß die Kugeln einander in die Quere kamen. Aber das hat mich nie gestört. Und ich würde noch immer beim Beruf sein, wenn mein Herz nicht der Ruhe bedürfte. Vielleicht hat der Doktor recht gehabt«, seufzte er. »Ich fange an, alt zu werden.«
»Keine Spur«, tröstete Gelsomino. »Gerade jetzt gibt man Ihnen nicht mehr als hundert Jahre.«
»Wie ist's Ihnen aber eingefallen, uns in diese Geschichte hineinzuziehen?« fragte ich.
»Das war ein schreckliches Mißverständnis. Ich hatte dich im Goldfasan gesehen. Dort warst du mit den Leuten von Harry, dem Panther beisammen. Und darum habe ich dich für zuverlässig gehalten, dich und diese Riesenleberwurst!« Und er sah uns mit bitterer Enttäuschung an.

Vom Anfang bis zum Ende der Autostrada brauchte der Chauffeur den Fuß nicht vom Gashebel zu nehmen, noch mußte sein Bruder die Bremse ziehen, denn es gab keine scharfen Kurven. Aber einige Kilometer nach dem Beginn der Straße gab es eine Steigung, die unsere Maschine sofort spürte; wir verloren Geschwindigkeit, während der Jeep, dem solche Niveauunterschiede keinen Eindruck machten, wieder am Horizont auftauchte und uns näher kam. Auf dem Panama Cannellonis zeigten sich große Schweißflekken. Dann verminderte sich die Steigung, unsere Maschine fuhr wieder schneller, und eine Weile blieb der Abstand unverändert.

»Ungefähr die Hälfte der Strecke steigt die Autostrada leicht«, sagte ich, »dann geht's abwärts oder flach weiter, und da werden wir den Jeep leicht los werden.«
»Aufgepaßt! Da steht ein Polizist«, sagte Cannelloni und beugte sich, die Pistole schußbereit, vor.
Ein Soldat in Khaki, mit weißen Ärmeln und weißem Gürtel stand tatsächlich in der Mitte der Autostrada.
»Nur ein englischer Verkehrspolizist«, bemerkte der Chauffeur. »Er lenkt den Verkehr beim Eingang zu einem Lager. Längs der Autostrada sind verschiedene Gefangenenlager, Lager der RAF und der amerikanischen Armee.«
Wir fuhren an dem Polizisten vorüber, der sich nicht rührte, und Cannelloni sank mit einem Ächzen im Sitz zurück. Ich konnte feststellen, daß sein Panama ihm keine Kühlung gewährte.
Jetzt fuhren wir zwischen dem Vesuv und dem dunkelblauen Meer dahin, durch ein Land voller Obstgärten an kleinen Häuschen im Schatten von Magnolien vorbei.
»Nach dem letzten Ausbruch im Jahre 1943 hat der Vesuv zu rauchen aufgehört«, erläuterte der Bruder des Chauffeurs. »Damals hat sich die Form seines Kraters verändert. Hier zur Rechten können Sie Herculanum erblicken, das im Jahre 79 vor Christi Geburt von demselben Ausbruch zerstört wurde, der auch Pompeji vernichtete. Wenn Sie Wert darauf legen, können wir die neuesten Ausgrabungen besichtigen.«
»Halt du nur deinen Fuß auf dem Pedal«, rief Cannelloni, der für Ärchäologie sichtlich kein Verständnis hatte.
Die Celere hatte sich wieder gefährlich nahe herangearbeitet, und der Fleck auf dem Panamahut verbreiterte sich. Dann wurde die Straße ebener, der Fiat rollte bergab, stampfte und schlingerte ein wenig, vergrößerte aber den Abstand zwischen uns und unseren Verfolgern. Wir sprangen mit hundertzwanzig Kilometern über ein Schlagloch, was die beiden Brüder zwang, sich am Steuerrad festzuhalten, während wir auf den Rücksitzen uns aneinander klammerten. Bei dieser Gelegenheit verlor Cannelloni seinen Panama und damit auch viel von seiner beherrschenden Wirkung und Autorität.
»Das ist ein berühmtes Loch«, grinste unser Chauffeur. »Wenn wir mit einem geschlossenen Wagen fahren, zerschlägt sich dabei immer einer den Kopf.

»Und einmal«, fügte sein Bruder hinzu, »haben wir aus einem offenen Wagen einen Passagier verloren.«
Knapp vor dem Ende der Autostrada kam zu unserer Rechten die Bucht von Castellamare in Sicht, die Stadt schimmerte in der Abendsonne, die dunkle Burg stieß in das Meer vor. Von hier aus erstreckte sich die Halbinsel von Sorrent, in bläulichen Dunst gehüllt, in das Wasser des Mittelmeers, das unter einem wolkenlosen Himmel erzitterte – meine Halbinsel, genau so schön, wie ich sie im Gedächtnis hatte, obgleich es mir nicht im Traum eingefallen wäre, mich ihr unter solchen Umständen zu nähern.
»Die Burg am Meer, erbaut von Kaiser Friedrich II., hat Castellamare seinen Namen gegeben«, erklärte der Fahrer zu uns gewandt. »Die Stadt, im Altertum unter dem Namen Stabiae bekannt, war, dank ihrer bevorzugten Lage und ihren berühmten Mineralquellen, ein beliebter Sommerkurort der Römer. Wenn man an Gicht oder Verdauungsstörungen leidet, wenn man keine Kinder oder allzu leicht Kinder bekommt – gegen alles hilft Casellamare, Signor Cannelloni. Wollen Sie hier haltmachen? Es liegt nur zwei Kilometer von der Straße entfernt.«
Aber Cannelloni wollte in Castellamare nicht haltmachen. Er wollte überhaupt nicht haltmachen, sondern, als großer Freund des Reisens, die Fahrt in vollem Schuß bis an das Ende der Zeit fortsetzen. Doch als die Autostrada mit einer scharfen Kurve in die normale Straße einbog, hielten die Brüder an. Die Celere war außer Sicht.

»Wir sind in Pompeji«, sagte unser Fahrer. »Hier, zur Linken, ist der Eingang in die alte Stadt. Ich empfehle Ihnen einen kleinen Spaziergang zu machen und die Ausgrabungen zu besichtigen, während wir versuchen werden, Benzin aufzutreiben.«
»Benzin?« stöhnte Cannelloni.
»Ja. Wir sind so ziemlich fertig damit.«
Sekundenlang sagte Cannelloni nichts. Dann aber sagte er ziemlich viel. Er habe keine sehr hohe Meinung von zwei Brüdern, die einen Wagen vermieteten, der nicht völlig ausgerüstet war für eine lange, rasche Flucht.
»Regen Sie sich nicht auf«, meinte der Chauffeur. »Wir werden schon welches finden.«
»Alles, was wir brauchen, ist Zeit«, setzte der Bruder munter hinzu.

»Ich stelle mich der Polizei«, sagte Cannelloni heiser. »Mein Herz kann das nicht länger aushalten.«
»Ich habe keine Lust, meine besten Jahre im Zuchthaus zu verbringen«, sagte ich. »Fahrt weiter!«
Und so bogen wir in die Hauptstraße ein, die durch das moderne Pompeji und von dort nach Salerno führt.
»Der Turm zur Linken, an dem wir vorüberkommen, gehört zu der Kirche der Madonna von Pompeji, der mächtigsten von allen Madonnen. Sie ist beinahe so mächtig wie San Gennaro, der Schutzpatron von Neapel, und ich würde Ihnen empfehlen, ihr eine Kerze zu weihen, während wir unsern Tank füllen. Sie könnte Ihnen bestimmt helfen.«
»Aus dieser Geschichte können mir sämtliche Heiligen des Kalenders nicht heraushelfen«, knurrte Cannelloni.
Auf der Hauptstraße des modernen Pompejis wimmelte eine Schar barfüßiger Gassenjungen und schwenkte bei unserem Anblick die Hände mit abwärts gekehrtem Daumen.
»Der Daumen abwärts?« rief Cannelloni beunruhigt. »Was bedeutet das?«
»Daß sie Benzin zu verkaufen haben«, sagte der Fahrer. »Ich habe Ihnen ja gesagt, daß Sie sich keine Sorgen machen müssen.«
Der Bruder zog die Bremse, und die Gassenjungen umdrängten uns lärmend. Sie stürmten unsere Trittbretter und lenkten uns in eine schmierige Seitengasse zu einer leeren Autobox, wo ein Mechaniker döste. Nachdem man sich über den Preis einig geworden war, brachte der Mann eine Zwanzigliterkanne zum Vorschein und begann, in aller Gemächlichkeit, ihren kostbaren Inhalt durch einen schmutzigen Trichter in unsern Tank zu gießen.
Das alles schien auf Cannelloni sehr bedrückend zu wirken, aber er belebte sich ein wenig, als er bemerkte, daß Gelsomino und ich versuchten, uns aus dem Staub zu machen, und er mußte uns mit Hilfe seiner Pistole dazu überreden, zu bleiben; dann wiederum ließ er von sich hören, als er ersucht wurde, das Benzin zu bezahlen, denn die beiden Brüder legten in dieser unruhigen Zeit keinen Wert darauf, größere Summen bei sich zu haben.
Bevor wir weiterfahren konnten, mußten wir noch auf unsern Chauffeur warten, der sich unbemerkt davongeschlichen hatte, um ein wenig Mundvorrat zu kaufen – daraus, so erklärte er bei seiner Rückkehr, könne man ihm keinen Vorwurf machen, denn das Bedürfnis nach Nahrung sei dem Menschen angeboren. Wir

alle aßen von dem Brot und der Salami, die er mitgebracht hatte, nur Cannelloni lehnte mürrisch ab; vielleicht aß er nie auf nüchternen Magen. Dann aber vereinigten wir unsere Kräfte, um den Wagen zu schieben, worin wir jetzt einige Übung hatten, und schließlich waren wir imstande, unsere Flucht fortzusetzen.
»Es ist unmöglich, daß die Celere uns noch nicht eingeholt hat«, sagte Gelsomino, als wir wieder auf der Hauptstraße waren und weit und breit kein Jeep zu sehen war.
»Vielleicht haben sie's aufgegeben«, sagte Cannelloni hoffnungsvoll. »Aber wir wollen trotzdem weiterfahren! Los! Was der Wagen hergibt!«
Während der nächsten dreißig Kilometer machten wir nur einmal halt, weil die Salami die Brüder durstig gemacht hatte und sie Wasser trinken wollten, und wir hatten nur eine kleine Panne, knapp vor Cava dei Tirreni, wo einem Reifen die Luft ausging. Zum Glück hatten wir ein Reserverad mit, aber keinen Heber, und so pflanzten wir uns am Straßenrand auf und winkten den Vorüberfahrenden zu, die unser Winken fröhlich erwiderten.
»Mein Königreich für einen Ford«, stöhnte Cannelloni beständig. Aber niemand ging auf seinen Vorschlag ein.
Schließlich machte ein Lastwagen mit Landarbeitern halt, und der Fahrer lieh uns seinen Heber. Eine Gruppe von Bauern sammelte sich um uns und sah voll Interesse zu, wie wir den Reifen wechselten.
»Ich rate Ihnen, den Wagenheber zu kaufen«, sagte unser Chauffeur zu Signor Cannelloni.
»Was soll ich mit einem Wagenheber?!«
»Das werden Sie schon merken, wenn wir wieder einen Plattfuß kriegen.«
Cannelloni gab sich jetzt in seinen Gefechten mit den Brüdern etwas schneller geschlagen als bisher, und nach mühsamen Unterhandlungen wurde er der rechtmäßige Besitzer eines Wagenhebers. Irgendwann im Verlauf des Nachmittags konnten wir dann, mit prächtig sonnverbrannten Gesichtern, unsere Reise fortsetzen.

Die Straße wand sich durch die Außenquartiere der kleinen Stadt Vietri, als die Celere uns endlich einholte. Aber sie war nicht hinter uns. Sie war vor uns, kam uns entgegen, und nachdem wir einander gekreuzt hatten, hörten wir ihre Bremsen knirschen.

»Sie müssen uns überholt haben, während wir tankten«, meinte Gelsomino, der eine scharfe Beobachtungsgabe besaß.
»Dann sind sie bis Salerno weitergefahren, und dort haben sie kehrt gemacht«, sagte unser Führer.
Vietri, etwa drei Kilometer vor Salerno, ist die erste Küstenstadt an der Südseite der Halbinsel von Sorrent. Um die Celere nicht über Gebühr durch unsere Anwesenheit zu reizen, empfahl ich, jetzt die Hauptstraße zu verlassen und die Abzweigung zu nehmen, die zur Küste von Amalfi führt.
»Wenn sie uns nicht abbiegen gesehen haben«, sagte ich zu Cannelloni, der wieder zu schwitzen begann, »können wir uns noch retten. Die Celere hält uns wahrscheinlich für Räuber und wird annehmen, daß wir auf der Hauptstraße von Salerno weiterfahren, um Calabrien zu erreichen, den üblichen Zufluchtsort der Banditen.«
»Wenn sie uns aber gesehen haben?«
»Dann sind wir erledigt«, erklärte Gelsomino. »Das hier ist die einzige Straße längs der Küste von Amalfi, und sie mündet in die einzige Straße der Küste von Sorrent. Die ganze Halbinsel hat nur zwei Ausgänge – bei Castellamare und bei Vietri.«
»Dann brauchte die Celere die beiden Ausgänge nur durch einen Telephonanruf zu versperren!«
»Wer es heutzutage eilig hat, benützt kein Telephon; er benützt seinen Wagen. Das geht schneller.«
»Und wenn sie uns abbiegen sahen, brauchen sie uns die Ausgänge nicht zu versperren«, sagte ich. »Die Straße ist voller Kurven, und da erwischt uns der Jeep leicht.«
»Nicht ohne daß du vorher mit deiner Haut für deinen Rat bezahlt hast!«
Der Fahrer wandte sich zu Cannelloni: »Doch gerade die wilde, unregelmäßige Gestalt dieser Küste ist es, was der Gegend jenen eigenartigen Zauber verleiht, dem sie ihrem Ruhm verdankt. Hier hat Wagner die Eingebung für seine berühmtesten Opern gefunden, Ibsen für seine ›Nora‹ und selbst Greta Garbo verließ Kalifornien, um in dieser Gegend mit einem berühmten Dirigenten ihre Ferien zu verbringen, weil sie eine so große Liebhaberin der Musik ist.«
Die Sonne senkte sich, und die zerklüftete Küste, die jäh in das durchschimmernde Wasser abfiel, war eine Symphonie von Farben – vom hellen Grün zum dunklen Blau, gesprenkelt vom Rot

der Geranien, dem Violett der Bougainvillen, dem Aufblitzen der Zitronen- und Orangenblüten aus dem dichten Blattwerk. Weiße Villen lagen zwischen Weinbergen verstreut auf den Höhen, und all die kleinen Vorgebirge krönten sturmzerfressene, altersdunkle Türme. Von den kleinen Küstenorten, von Vietri und Cetara, von Maiori und Minori, von Amalfi und Positano fuhren die Boote der Fischer für die Nacht hinaus auf die offene See.

»Diese Straße, in den lebendigen Felsen gehauen, wurde im Mittelalter gebaut, um die Küstenorte miteinander zu verbinden, die damals blühende Handelsstädte waren«, erklärte unser Fahrer. »Die mittelalterlichen Wachttürme, die Sie längs der Küste verstreut erblicken, wurden zum Schutz gegen die Überfälle sarazenischer Seeräuber gebaut, die viele Jahrhunderte lang dieses Gebiet unsicher machten, seine Schätze plünderten und die Frauen fortschleppten, weil die Leute in jener Zeit sehr romantisch veranlagt waren.«

»Warum hältst du nicht den Mund und hilfst nicht lieber vor den Kurven die Bremse ziehen?« knurrte Cannelloni.

»Die Erläuterung ist im Preis des Ausflugs inbegriffen. Für Ihr Geld haben Sie ein Recht darauf.«

Es war so dunkel geworden, daß wir unsere Scheinwerfer angezündet hätten, wenn eine Batterie vorhanden gewesen wäre, als wir auf ein großes, schwarzes Auto stießen, das sich gerade nach einer Kurve quer über die Straße gestellt hatte. Die beiden Brüder mußten mit aller Kraft ihre Bremsen ziehen, um einen Zusammenstoß zu vermeiden.

Zwei Schatten tauchten hinter dem Wagen auf, in ihren Händen Maschinenpistolen neuesten Modells. Drei weitere bewaffnete Männer, die wir nicht gleich bemerkt hatten, lösten sich vom Berghang und umzingelten uns.

»Herunter mit den Jacken und heraus mit dem Geld!« sagte einer von ihnen und stützte den Lauf seiner Pistole schwer auf den Rand unseres Wagens.

Unser Fahrer wandte sich uns zu und erläuterte: »Das ist ein Raubüberfall.«

Wir mußten aussteigen und uns in Reih und Glied aufstellen. Sie durchsuchten uns von Osten nach Westen, von Norden nach Süden, entledigten uns unserer Uhren, Ringe, Füllfedern, Brieftaschen und des Kleingelds.

»Sieh nach, ob die Pneus noch lohnen«, sagte der Anführer zu einem seiner Leute.
Der beleuchtete unsere Räder mit einer Taschenlampe, und dann sagte er: »Nicht genug Gummi, um eine Schleuder daraus zu machen.«
Ein Anderer besichtigte die Polster, spuckte verächtlich aus und sagte: »Auch nichts von Wert.«
»Da irrt ihr euch«, meinte Gelsomino. »In unserem Gepäckraum werdet ihr eine Überraschung finden.«
»Ja«, sagte ich, da mir dieser Ausweg ebenso einleuchtete. »Und da werdet ihr euch dumm vorkommen, weil ihr euch so geirrt habt.«
Sie wandten den Rücksitz um und entdeckten die Koffer. Sie öffneten sie und pfiffen, als ob sie hübsche Mädchen darin gefunden hätten.
Nun trat Cannelloni in Aktion. »Ich habe heute früh eine Bank ausgeraubt«, sagte er stolz-bescheiden. »Wie wir das in New York zu tun pflegen.«
»Du bist aus New York?« fragte der Anführer mit sichtlichem Interesse.
»In Afragola geboren, aber ich lebe in New York.«
»Jemals Al Capone kennengelernt?«
»Nein. Al Capone wohnte in Chicago. Aber ich kenne viele bedeutende Politiker.«
Der Anführer wandte sich enttäuscht zu seinen Leuten: »Nehmt die Koffer!«
»Das könnt ihr doch nicht tun! Habt ihr denn keinen Respekt vor fremden Eigentum?«
»Natürlich haben wir den. Wir werden gut darauf achtgeben.«
»Ich warne euch!« Cannellonis Stimme bebte vor Erregung. »Ich schicke euch die ganze amerikanische Flotte auf den Hals! Ich bin amerikanischer Bürger.«
»Wirklich?« fragte der Mann, und seine Stimme hatte einen seltsamen Klang.
»Ja, das bin ich!«
»Jungen, in dem Fall nehmen wir ihm auch noch seine Kleider ab!«
Und bald darauf stand Cannelloni in einer wollenen Kombination und Knopfschuhen da, und die Räuber ließen mit großer Heiterkeit die Strahlen ihrer Lampen auf ihn fallen.

»Raubüberfälle sind jetzt an der Tagesordnung«, sagte unser Fahrer mit beruflicher Gelassenheit, nachdem uns erlaubt worden war, weiterzufahren. »Deserteure der alliierten Armeen, entflohene Kriegsgefangene und verschiedene bodenständige Unternehmer machen das Reisen heutzutage unsicher. Selbst ganze Züge und Brücken sind schon gestohlen worden, doch gewöhnlich sind die Räuber hinter Autos und Pneus her. Oft nehmen sie den Leuten auch die Kleider ab, weil die meisten ihr Geld in die Kleider eingenäht haben. Sie hatten noch Glück, Chef, daß sie unsern Wagen nicht wollten. Das hätte Sie eine halbe Million gekostet.«
Cannelloni sagte nicht, ob er sich glücklich schätzte. Er sagte überhaupt nichs mehr. Er schien seit dem Morgen kleiner geworden und erheblich gealtert zu sein. Ihn fror es ohne Kleid, seine Zähne klapperten. Wir hörten seine Stimme erst wieder, als wir beim Überqueren der Halbinsel zu dem Maultierpfad kamen, der hinauf nach Montrecase führt. Da sagte ich:
»Halt! Hier steig ich aus. Vielen Dank für die Fahrt.«
»Du kannst diese Mausefalle erst verlassen, wenn ich in Sicherheit zurück in Neapel bin«, schrie Cannelloni wütend. »Oder als Leiche! Ich habe immer noch zwei Kugeln im Magazin, und es wird mir eine Auszeichnung sein, wenn ich sie für dich verwenden kann.«
Das hat man davon, wenn man andern Menschen helfen will! Bittere Gedanken stiegen in mir auf.
Wir fuhren jetzt nach dem Ort Meta an der Nordseite der Halbinsel hinunter, als eine Straßensperre uns aufhielt. Hier begann Cannelloni zu lachen – ein nervöses, unnatürliches Lachen.
»Wie nett!« rief er. »Sollen wir noch einmal ausgeraubt werden?«
»Nein, Chef, diesmal ist's nur die Polizei«, beruhigte ihn unser Fahrer. »Ich war schon erstaunt, daß wir nicht früher auf Straßensperren gestoßen sind. Die sind jetzt zahlreicher als Kirchen.«
Ein halbes Dutzend Carabinieri, mit Maschinenpistolen bewaffnet, begrüßte uns.
»Das Spiel ist aus«, murmelte Cannelloni geradezu erleichtert.
»Den Führerschein«, befahl der Kommandant der Carabinieri mit kräftiger, demokratischer Stimme.
Die Brüder sahen einander an und brachen in schallendes Gelächter aus.

»Da habt ihr euch einmal vergaloppiert«, sagte der Chauffeur schließlich. »Ich habe keinen Schein! Hab nie einen gehabt.«
»Dann steigt aus, alle miteinander, und zeigt eure Identitätspapiere!«
»Wir sind auf der Straße nach Maiori ausgeplündert worden, Oberst«, sagte ich zu dem Brigadier, während die andern Carabinieri ihre Pistolen und ihre Lampen auf uns gerichtet hielten. »Die Räuber haben uns unsere Brieftaschen und unsere Papiere abgenommen. Diesem Herrn, wie Sie sehen können, haben sie sogar den Anzug gestohlen.«
»Ah, ein amerikanischer Soldat!« sagte der Brigadier, als er meine Uniform erblickte.
»Ja«, erwiderte ich rasch, denn das war, wenn je, der Augenblick, rasch zu reden. »Und dieser Herr ist auch Amerikaner. Was wird der seinen Leuten erzählen, wenn er erst einmal daheim ist!«
Das machte tiefen Eindruck auf den Brigadier. Cannelloni wurde von allen Seiten besichtigt, während er niedergeschlagen mit gesenktem Kopf im Schein der Lampen stand, und dann wurde uns, unter vielen Entschuldigungen der republikanischen Polizei, gestattet, unsern Weg forzusetzen.
»Sie sollten sich doch einen Führerschein verschaffen«, sagte der Brigadier streng zu unserem Chauffeur.
»Und nachts sollten Sie nicht reisen – wir wenigstens tun das nie!«

Zwischen Meta und Seiano hatten wir abermals eine Reifenpanne, und da wir keinen zweiten Reservereifen mithatten, mußten die Brüder bei Sternenlicht das Loch flicken.
»Hoffentlich sehen Sie jetzt ein, daß sich der Ankauf des Hebers gelohnt hat«, bemerkte unser Chauffeur.
»Ein richtiger Gelegenheitskauf«, fügte sein Bruder hinzu.
Während die beiden sich gemächlich an die Arbeit machten, stiegen wir aus, um uns die Beine zu vertreten. Die Nacht war feucht, und Cannelloni zitterte in seiner Kombination.
»Sie haben Glück, daß die Polizei Ihre Pistole nicht gefunden hat«, sagte ich, um ihn ein wenig zu trösten.
»Hätte keinen großen Unterschied ausgemacht«, fuhr Gelsomino dazwischen.
»Warum?«
»Das werde ich Ihnen zeigen. Wo haben Sie sie versteckt?«
»Zwischen den Sitzen.«

Gelsomino kam mit der Pistole zurück und feuerte sie kurzerhand auf Cannelloni ab. Es gab einen Blitz und einen ohrenbetäubenden Knall. Cannellonis Augen rollten, während sein Mund sich zum letzten Grinsen des tödlich Verwundeten öffnete. Im Zusammenbrechen aber raffte er sich plötzlich wieder auf und kreischte:
»Was fällt dir ein? Bist du toll geworden?«
»Ganz wie ich erwartet hatte«, sagte Gelsomino. »Irgendwer hat Sie bemogelt. Das sind blinde Patronen.«
»Woher hast du das gewußt?« fragte Cannelloni kreideweiß.
»Sie haben sie in Neapel gekauft, nicht wahr?«
»Ja, mit der Pistole.«
»Und die Pistole ist eine deutsche Mauser, Kaliber 7,63, für die es in ganz Italien seit zwei Jahren keine Patronen mehr gibt, weil die Fabrik längst zerstört worden ist. So hat man Ihnen hausgemachte blinde Patronen angehängt. Sehen Sie?« Und er feuerte abermals in Cannellonis Unterhose, der entsetzt zurücksprang.
»Schluß damit! Woher kannst du wissen, daß auch wirklich alle blind sind?«
»Wissen kann ich's nicht«, meinte Gelsomino achselzuckend. »Die Leute sind ja heutzutage so unzuverlässig!«

»Sie haben jetzt Gelegenheit gehabt, beide Küsten der Halbinsel von Sorrent zu bewundern«, sagte unser Führer, als wir uns lange nach Mitternacht Castellamare näherten. »Es ist ein Anblick, der auf der ganzen Welt nicht seinesgleichen hat. Ein unvergeßlicher Ausflug.«
»Allerdings«, gab Cannelloni mit erlöschender Stimme zu.
Ohne weitere Raubüberfälle oder Pannen erreichten wir die Autostrada, und das Benzin, das wir hatten, genügte, um uns bis drei Kilometer vor Neapel zu bringen, als unser Motor zu husten und spucken begann und schließlich stehenblieb. Da verabschiedete sich Cannelloni auf recht geräuschvolle Art von den beiden Brüdern und beschloß, den Rest des Weges zu Fuß zu gehn, doch nicht ohne den Wagenheber mitzunehmen, der ja sein Eigentum war; und Gelsomino und ich schlossen uns an.
Noch vor Tagesanbruch kamen wir ins Hotel Terminus, von einer Meute Gassenjungen verfolgt, die mit viel Stimmenaufwand die Vor- und Nachteile der amerikanischen Herrenunterkleidung diskutierten, in der Cannelloni, den Wagenheber unter dem Arm, einherzog.

»Wenn Sie je wieder nach Sorrent kommen, müssen Sie mich besuchen«, sagte ich beim Abschied.
»Mich seht ihr mein Leben lang auf keiner Halbinsel mehr«, erklärte er nachdrücklich. »Ich bin mit der alten Heimat fertig! Ich nehme das erste Flugzeug nach New York, wo die Menschen seriös und zuverlässig sind und sich an die Spielregeln halten.«
»Na, es war mir ein Vergnügen, Ihre Bekanntschaft gemacht zu haben!« Aber er nahm meine Hand nicht, und Gelsomino rief ihm noch ein kräftiges Abschiedswort nach, als wir ihn in die Halle treten sahen, wo seine große, umfangreiche Frau mit pflichtschuldiger Besorgnis ihren Gatten erwartete.
Wir durften noch Zeugen einer kurzen, aber lebhaften Begrüßung sein, bei der die Dame das Gesicht des Mannes mit geballter Hand zu streicheln versuchte. Für eine Dame ihres Gewichts waren ihre Bewegungen ungemein behend, während er ihnen mit einer für sein Alter erstaunlichen Geschicklichkeit auszuweichen wußte. Sie zogen sich dann in ihr Appartement zurück, wo der Meinungsaustausch seinen Fortgang nahm. Das erfuhr ich am nächsten Morgen, als ich nach einer recht stürmischen Nacht in Gelsominos Haus, auf meinem Weg zum Bahnhof im Hotel Terminus vorsprach, um mich, wie das in unserem Lande Sitte ist, nach Signor Cannellonis Befinden zu erkundigen.

12

Der verlorene Sohn

Und so war ich schließlich wieder in Montrecase. Meine Mutter hatte vom Fenster aus auf mich gelauert, und als ich klopfen wollte, ging die Türe auf, und da stand sie in ihrem Sonntagsstaat, den sie, wie sie mir später erzählte, zwei Tage und zwei Nächte lang nicht abgelegt hatte – seit sie durch mein Telegramm von meiner bevorstehenden Ankunft unterrichtet worden war.
Ihr Haar war grau geworden, die Zeit hatte feine Furchen in ihr Gesicht gegraben, aber die warmen, müden Augen waren wie eh und je. Jetzt füllen sie sich mit Tränen und meine auch. Dann drückte sie mich an die Brust. Reden konnten wir nicht. Es war meine Schwester Carmelina, die das Schweigen brach, als sie uns mit viel Geschrei umtanzte und auseinanderriß, um mich ebenfalls zu umarmen.

Ich mußte mich in den besten Lehnstuhl setzen. Dann zogen sie mir die Schuhe aus, drückten mir ein Glas Wein in die Hand, steckten mir eine angezündete Zigarette in den Mund, und erkundigte sich nach meinem Gesundheitszustand. Von Lucciola sagten sie kein Wort, und ich erkundigte mich auch nicht nach ihr. In diesen Dingen herrschte unter uns immer eine Art Schamhaftigkeit, eine gewisse Zurückhaltung, als könnte man sie durch die bloße Erwähnung beschmutzen oder zerbrechen. Aber ich konnte dennoch in ihren Augen die große Frage lesen.
Nachdem ich gehätschelt und gefüttert worden war, wie es sich gehört, sagte ich, nun wolle ich einen kleinen Spaziergang machen, und ging geradewegs zu Lucciolas Haus.
Es ist ein seltsames Gefühl, wenn man zu einem Mädchen zurückkehrt, das man sieben Jahre, vier Monate, elf Tage und fünfeinhalb Stunden nicht mehr gesehen hat, zumal wenn man dieses Mädchen heiraten will und sich kaum mehr daran erinnert, wie es aussieht. Das einzige Photo, das ich von Lucciola besaß, zeigte sie, als sie mit elf Jahren typhuskrank im Bett lag und alle ihre Haare verloren hatte; seither waren keine Photos mehr gemacht worden. Photoaufnahmen waren in Montrecase immer eine Seltenheit gewesen. Wenn die Leute sich photographieren lassen, so ziehen sie ihre besten Kleider an und nehmen den Zug nach Neapel, aber das geschieht in der Regel nur bei festlichen Gelegenheiten, wie etwa wenn sie heiraten oder sich aufs Sterben vorbereiten.
Wenn ich aber auch nicht mehr genau wußte, wie sie aussah, so kannte ich doch ihr Lachen und ihre Redeweise noch auswendig; ihr üppiges Haar, ihren stolzen Gang, die leise Stimme, als ob sie immer Geheimnisse mitzuteilen hätte, den Blick ihrer Augen, wenn sie mich ansahen.
Und ich wußte auch noch, daß ich sie liebte.
Eine weißgetünchte Treppe führte zum Eingang des hellen Häuschens; die Fenster waren von Tomaten, Zwiebeln, Granatäpfeln umrahmt, die in der strahlenden Sonne leuchteten. Die Türe war angelehnt, und ich schob das Fliegennetz beiseite – jene große Erfindung, die einige Fliegen nicht ins Haus läßt und die andern im Haus behält.
Es roch sauber nach kalter Asche vom Küchenherd, ganz wie bei uns daheim. Auf dem Diwan saß Donna Lucia, einen Berg Wäsche neben sich, und stopfte. Als sie mich erblickte, sprang sie auf und

umarmte mich wie einen eigenen Sohn. Ihre Söhne waren noch immer als Kriegsgefangene in Australien. Auch bei ihr entdeckte ich graue Strähnen im schimmernden schwarzen Haar.
Und dann sah ich Lucciola. Sie stand angewurzelt auf der Schwelle ihres Zimmers, kein Hauch von Farbe auf den Wangen, und starrte mich an, als hätte sie Angst. Mir ging es nicht anders. Mein Herz pochte, daß es mir weh tat.
»Er ist zurückgekommen«, sagte ihre Mutter. »Willst du ihn nicht begrüßen?«
Lucciola trat näher und sagte kaum vernehmbar:
»Willkommen daheim, Gianni!«
Stumm drückte ich ihre eisigen Hände. Ich wußte, meine Stimme würde zittern, wenn ich jetzt sprechen müßte. Sie trug ein schwarzes Kleidchen mit rotem Gürtel. Ihre Hüften waren runder, aber sonst schien sie schlanker geworden zu sein. Sie hatte jetzt eine richtige Figur. Und diese Figur wurde von einem leisen Schauder erschüttert.
»Geh, koch ein wenig Kaffee«, sagte ihre Mutter, und dankbar verzog sich Lucciola, nicht ohne mir über die Schulter hinweg ein Lächeln zu gönnen.
Und gleich kam ihre Mutter mit einer Honigtorte angerückt.
»Setz dich zu mir, Gianni, und erzähl mir alles«, sagte sie und sah zu, wie ich aß. »New York muß doch ein romantischer Ort sein! Ist's wahr, daß dort alles elektrisch ist?«
»Ja; sogar der Stuhl.«
»Hast du viel gearbeitet?«
»Ja«.
»Hast du viele Leute kennengelernt?«
»Ja.«
»Hast du viele Dinge gesehen?«
»Ja.«
»Hast du viele amerikanische Wörter gelernt?«
»Ja.«
Und dann kam die Kardinalfrage. Donna Lucia ließ die Arbeit in den Schoß sinken und fragte:
»Hast du viel Geld verdient?«
Ich errötete. »Ich habe etliche Male ein Vermögen gemacht und wieder verloren.«
»Du bist reich gewesen?«
»Ja, ich habe zum Beispiel als Soldat viel Geld beisammen gehabt.

Aber dann steckte ich es in ein Unternehmen, das schlecht ging.«
Ich hielt es für überflüssig, ihr auseinanderzusetzen, daß das Unternehmen eine Pokerpartie mit meinen Kameraden gewesen war.
»Und was ist dir jetzt geblieben?« fragte sie atemlos.
»Nichts«, gestand ich und wurde immer röter.
Sie seufzte tief und nahm ihre Arbeit wieder auf. »Man braucht heutzutage viel Geld zum Leben«, sagte sie vorwurfsvoll. »Dollars wären sehr gelegen gekommen.«
»Ich weiß. Das ist immer so.«
»Aber jetzt ganz besonders«, sagte sie mit Nachdruck. »Die Eier, die vor dem Krieg drei Lire gekostet haben, kosten jetzt vierzig. Das Kilo Fleisch ist von zwölf Lire auf tausend gesprungen. Öl von fünf Lire auf fünfhundert.«
Ich sagte kein Wort. Ich war tief entmutigt. Die Torte wollte nicht mehr durch die Kehle hinunter.
»Und dann – was gibt's dazu noch für eine Menge von Verbrechen«, fuhr sie fort, während ich mich auf meinem Stuhl krümmte. »Diebstahl, Überfälle, Straßenraub. Nicht einmal vor Kirchen und Gräbern scheut man zurück. Nichts ist heilig. Gestern ist sogar eine Bank in Neapel geplündert worden. Am hellichten Tag!«
Zum Glück trat jetzt Lucciola mit dem Kaffee ein, dem guten neapolitanischen Kaffee, stark und schwarz, den wir in unsere Füllfedern einzufüllen pflegten. Sie schenkte mir eine Schale ein, setzte sich neben mich und sah mich mit ihrem festen Blick an.
»Was hast du für Pläne?« fragte sie unvermittelt.
»Das hängt davon ab.«
»Wovon?«
»Von diesem und jenem.«
Erstaunt sah sie mich an; und immer mit dem selben Blick. Als ich das Haus verließ, war meine Stimmung tief unter Null. Während der ganzen Rückreise hatte mir das Herz im Leibe vor Freude gesungen, und ich war entschlossen gewesen, Lucciola an den Altar zu nageln, bevor sie auch nur nach Luft schnappen konnte. Doch die kleine Unterhaltung mit ihrer Mutter hatte allen meinen Hoffnungen die Flügel abgeschnitten, hatte mich daran erinnert, weshalb ich in die Fremde gezogen war, und daß ich ohne auch nur einen Goldzahn wiederkam.
Ich mied das Café, wo ich frühere Freunde getroffen hätte, und begann, das Herz in den Hosen, durch die Gäßchen meiner

Kindheit zu streifen, wo der Oleander noch in Blüte stand, längs des Baches und des Ententeichs; ganz allein wanderte ich, und das Herz tat mir weh. Jetzt schmeckte ich zum ersten Mal wieder das Daheimsein, und der Geschmack war bitter.
Sobald ich nach Hause kam, fragten Mutter und Carmelina: »Hast du jemanden gesehen?« Und ich erwiderte: »Ach, nur die üblichen alten Gesichter.« Und mein Ton ermutigte nicht zu weiteren Fragen. Gleich nach dem Abendessen kletterte ich unter mein Moskitonetz und vergrub mich für gute acht schlaflose Stunden.

Am nächsten Morgen, als ich meine Besuche bei den nächsten Verwandten antrat, begegnete ich Lucciola auf der Straße.
»Du bist gewachsen«, sagte ich, um etwas zu sagen, denn sie musterte mich noch immer mit ihrem Blick und sprach kein Wort.
»Früher hast du mir gerade bis zum Herzen gereicht. Jetzt reichst du höher hinauf.«
»Weil ich hohe Absätze trage. Ich habe sie für deine Rückkehr gekauft, obgleich die Mama gegen hohe Absätze ist. Du weißt ja, wie die Mütter sind.«
»Ja, ich weiß, wie die Mütter sind.«
Dann, ohne jede Warnung, sagte sie: »Amedeo macht mir den Hof.«
»Wirklich?« stotterte ich. Seit fünfzehn Jahren hätte Amedeo meine Schwester Carmelina heiraten sollen, und ich hatte weder daheim noch bei Assunta etwas anderes gehört.
»Er ist ganz vernarrt in mich, so sagt er wenigstens«, fügte sie bescheiden hinzu.
»Wirklich?« Mir wurde es heiß unter dem Kragen, denn ich hatte Carmelina sehr gern.
»Er hat das Geschäft von seinem Vater geerbt, und da braucht er eine Frau, die ihm die Bücher führen kann. So sagt er. Er kann nicht besonders gut rechnen, und er meint, daß ich es kann.«
»Wirklich?«
»Für jemanden, der so viel herumgekommen ist, weißt du nicht gerade viele Wörter!« sagte Lucciola plötzlich wütend.
»Warum hörst du dann nicht lieber darauf, was Amedeo zu sagen hat?« erwiderte ich ebenso wütend.
»Genau das will ich tun!« Sie musterte mich sekundenlang mit Augen, die Funken sprühten, dann drehte sie sich auf den hohen Absätzen um und stelzte davon.

Mir war nachher nicht gerade wohler zumute. Wie stand ich jetzt vor dem ganzen Dorf da? Ich beschloß, bis ans Ende aller Zeiten daheim zu bleiben, zu schmollen und mir zu sagen, die Weiber seien die Rippe nicht wert, aus der sie erschaffen waren.
Zu Hause fragte mich meine Mutter mit erkünstelt gleichgültigem Ton, ob ich jemanden zum Abendessen einladen wolle, aber ich erklärte, ich fühlte mich nicht wohl. Sogleich bemächtigten sie und Carmelina sich meiner, zogen mich aus und zwangen mich ins Bett; dann riefen sie den Doktor, obgleich ich lieber eines natürlichen Todes gestorben wäre. Doch mit meiner Mutter kann man nur brieflich diskutieren.
Der Doktor – es war nicht mehr Filipponi, Gott sei seiner Seele gnädig, denn er war den meisten seiner Patienten in ein besseres Leben gefolgt – musterte mich mißbilligend, klopfte mich ab, erklärte, ich müsse etwas Unrechtes gegessen haben, und befahl mir, mit einer Wärmflasche auf dem Bauch, im Bett zu bleiben.

Nachdem mein Bauch die Flasche erwärmt hatte, war die Sonne untergegangen, und mir war vor Hunger und Ausruhen schwindlig geworden. Als ich mich in die Küche schleichen wollte, stieß ich auf Lucciola, die sich in der Stube halblaut mit meiner Mutter unterhielt. Lucciola hatte rote Augen.
»›Warum bist du nicht im Bett?« fragte meine Mutter.
»Wahrscheinlich ist er ein Nachtwandler«, meinte Lucciola. »Hohes Fieber. Delirium.«
»Nur Hunger«, erwiderte ich und ging weiter. Auf dem Weg in die Küche hörte ich meine Mutter sagen: »Er ist eigensinnig wie ein Maulesel«, worauf Lucciola bemerkte: »Und fast ebenso intelligent!«
Ich kam mit Brot und Salami zurück, als die Türglocke läutete. Carmelia stürzte aus ihrem Zimmer, meine Mutter nahm die Schere, ging zur Türe und fragte, wer draußen sei. Es war Amedeo.
Was der Kerl für eine Stirn hatte! Kam immer noch zu meiner Schwester, während er doch Lucciola den Hof machte! Sein quarkfarbenes Mondgesicht zeigte keine Spur von Verlegenheit, als er die beiden Gegenstände seiner Aufmerksamkeit unter einem Dache vereint erblickte. Er war ein aufgeschwemmter Bursche mit kräftiger Stimme und schwachen Augen, die von der Brille mit Aluminiumfassung vergrößert wurden. Er hatte eine hohe Mei-

nung von sich, weil er aus Salerno war, wo er irgendein Düngemittel fabrizierte, das den Haarwuchs beleben sollte. Sein Geschäft florierte offenbar; das Einzige an ihm, das spärlicher geworden war, war sein Haar.
Er küßte meiner Mutter die Hand, und ich merkte sehr gut, daß dieses Manöver bei ihr zog. Dann küßte er Carmelina die Hand, nicht aber Lucciola, und das bewies, wie schlau er war – er wollte meinen Argwohn nicht wecken. Dann schlug er mich kräftig auf den Rücken. Nichts ist mir so zuwider, wie auf den Rücken geschlagen zu werden, besonders wenn ich gerade Brot und Salami in der Kehle habe. Doch so ist Amedeo nun einmal.
»Wir müssen Giannis Rückkehr feiern!« rief er.
»Gianni fühlt sich nicht wohl«, sagte meine Mutter.
»Natürlich fühle ich mich wohl«, erklärte ich. Ich hatte keine Lust, gerade jetzt wieder ins Bett zu gehn, wenn der Fuchs im Hühnerhof war.
»Natürlich fühlt er sich wohl«, bekräftigte Amedeo, der sich gar kein Gewissen daraus machte, meine Anwesenheit dazu auszubeuten, um mit seinen beiden Opfern beisammen zu bleiben. »Gehen wir doch alle ins Barile d'Oro.«
»Ich hab's nicht gern, daß die Mädchen im Wirtshaus gesehen werden«, meinte Mutter.
»Unter der neuen demokratischen Verfassung Italiens haben die Mütter kein gesetzliches Recht mehr, ihre Töchter vom Wirtshausbesuch abzuhalten«, stellte Amedeo fest.
»Gilt diese neue Verfassung auch für Montrecase?« fragte Mutter unglücklich.
»Natürlich! Dafür hat Gianni doch gekämpft.«
Da blieb meiner Mutter keine Wahl, als ihren Segen zu geben; aber sie sah mich vorwurfsvoll an.

Der Duft des toten Sommers lag schwer in der sternhellen Nacht. Carmelina und Amedeo gingen, Arm in Arm, voraus durch die Gassen, zwischen den schlummernden Häusern, während ich verdrossen neben Lucciola einherstapfte.
»Sieh nur, wie er sich anstrengt, mich eifersüchtig zu machen«, flüsterte sie. »Das tut er fortwährend.«
Nach der Art zu schließen, wie er Carmelina zu streicheln und zu küssen versuchte, die ihn kichernd abwehrte, mußte er in Lucciola geradezu schrecklich verliebt sein.

»Hoffentlich wirst du mir's nicht allzu sehr nachtragen, wenn ich ihn heirate«, seufzte Lucciola.
»Natürlich nicht.«
»Ich bin doch jetzt volljährig. Ich kann heiraten, wen ich will. Sogar den Mann, den ich lieb habe.«
»Und das ist natürlich Amedeo.«
»Stell dir doch vor, wie der arme Kerl leiden muß, wenn er sich so aufführt!«
»Es bricht mir das Herz!«
»Und du hast mich so sehr enttäuscht, Gianni.«
»Ich?! Ich habe dich enttäuscht?!« entfuhr es mir.
Ihre Stimme zitterte wie eine Mandoline. »Du hast nichts zerschlagen, als ich dir sagte, daß ich einen andern heiraten wolle!«
Wenn ich nichts zerschlagen hatte, so war mir jetzt bestimmt danach zumute, etwas zu zerschlagen. »Was kann ich dafür, daß ich ein empfindsamer, zurückhaltender Mensch bin?« rief ich verzweifelt.
Statt mir darauf zu antworten, kam sie mit der uralten Frage: »Warum schüttelst du meinen Baum, wenn dir meine Äpfel nicht gefallen?«
»Aber deine Äpfel gefallen mir doch! Du hast die Schwierige gespielt. Wäre ich mit vollen Taschen zurückgekommen, dann wärst du nicht so heikel.«
Jetzt blieb Lucciola wie angewurzelt stehn. Ich sah ihre feuchten Augen durch das Dunkel blitzen wie die Leuchtkäfer, von denen sie den Namen hatte. Sie war sehr wütend – das wütendste schöne Mädchen, das ich je gesehen hatte. Sie zog einen Schuh aus – das Zeichen im Süden, daß eine Dame den Kriegspfad beschreitet – und begann meinen Schädel mit dem hohen Absatz zu bearbeiten, den sie eigens für meine Heimkehr gekauft hatte, bis ich schließlich alle Glocken in meinen Ohren läuten hörte; nur die Hochzeitsglocken nicht.
Meine Schwester wandte sich um. »Wie lieb sie sich haben!« rief sie entzückt.
Als endlich der Absatz abgebrochen war, strömten die Tränen aus Lucciolas Augen, und sie zeigte mir den kaputten Schuh.
»Da sieh nur, was du angerichtet hast, du Rohling!« schrie Carmelina mich an.
»Ich hätte Lust, diesem Kerl den Schädel einzuschlagen!« knurrte Amedeo. »So ein liebes Mädchen zum Weinen zu bringen!«

Endlich legte er seine Karten auf den Tisch! Ich sah verschiedene Nuancen von Rot vor den Augen und stürzte mich auf ihn, entschlossen, ihm alle Knochen im Leib zu zerschlagen. Aber ich wurde anderer Ansicht, als ich zufällig in seine Faust hineinrannte, ein Zwischenfall, der mich zwang, mich für einige Zeit auf den Boden zu legen. Dann stand ich mit blutender Nase auf und sah, wie mein Lebenssaft in den Rinnstein tropfte, während die andern drei mich einen Rohling schimpften.

»Es ist eine bekannte Tatsache, daß jeder, der in Amerika gewesen ist, ein wenig verdreht zurückkommt«, meinte schließlich meine Schwester, um mich doch in Schutz zu nehmen.

»Das kommt davon, weil so viel Elektrizität in der Luft ist«, erklärte Amedeo. »Und das ist ein unheilbares Leiden.«

Daraufhin brach Lucciola abermals in Tränen aus, und Amedeo schüttelte seine Fäuste vor meinem Gesicht und zischte: »Wenn sie deinetwegen nur noch eine einzige Träne vergießt, so mach ich Hackfleisch aus dir!« Und Carmelina hob warnend den Finger: »Warte nur, bis Mutter das erfährt!«

Als wir unsern Weg fortsetzten und Lucciola behutsam auf dem wieder am Schuh befestigten Absatz weiterging, fragte ich sie: »Was soll ich denn tun?«

»Mir das Leben schwer machen! Meinen Verehrer mit deinen blanken Fäusten krummschlagen, wie ein Ehrenmann das täte!«

Wenn es in unserer Gegend auch nicht völlig unüblich war, daß ein Bursche dem andern das Mädchen ausspannte, so sollte das nicht ohne Blutvergießen abgehen. Das war es, woran sie mich erinnern wollte.

»Ich habe mich doch von dem ersten Versuch noch nicht erholt! Wir zwei gehören nicht in die selbe Gewichtsklasse. Er ist Schwergewichtler, und ich bin nur Welter oder Bantam oder dergleichen. Wenn ich ihn niederschlage, wäre das unsportlich und gegen jede Regel.«

»Unter Freunden streitet man sich nicht wegen technischer Lappalien«, sagte sie tapfer. »Etwas muß sofort geschehen. Er rechnet fest damit, daß er mich in allernächster Zukunft heiraten wird. Vielleicht schon in ein oder zwei Jahren.«

»Von hier aus gesehen, habe ich nicht den Eindruck.«

»Weil du ein Esel bist und nichts von den Trieben des Herzens verstehst. Die Wege der Liebe sind wundersam und eigenartig.«

Im Barile d'Oro saßen einige Bauern und Schäfer, mit goldenen

Ringen in den Ohrläppchen, am runden Tisch. Sie schauten auf und versuchten uns durch Tabakrauch und Weindunst hindurch zu erkennen.
Wir bestellten eine Flasche Gragnano und tranken auf unsere Gesundheit, bis wir krank wurden. Je mehr ich trank, desto mürrischer wurde ich. Amedeos Manieren dagegen blieben tadellos; er vergaß nie den Hut zu lüften, wenn der Wein ihm aufstieß.
Plötzlich entdeckte ich, daß neben Carmelina auch Assunta saß.
»Was, Assunta«, sagte ich. »Ich sah dich ja gar nicht hereinkommen. Wo ist Gelsomino?«
»Was ist über dich gekommen, Gianni?« hörte ich Carmelina sagen. »Assunta ist doch gar nicht hier.«
»Der Gragnano muß dir zu Kopf gestiegen sein«, sagte ich zu Carmelina, die bis zu diesem Abend nie etwas Berauschenderes getrunken hatte als Hustensirup. »Assunta sitzt neben dir, und du siehst sie nicht einmal!«
»Laß ihn nur reden«, sagte Amedeo und stieß sie an.
»Was ist das, Amedeo«, fuhr ich fort, »ich habe gar nicht gewußt, daß du auch einen Zwillingsbruder hast!« Ich mußte lachen, trotz meiner schlechten Laune. Es sah wirklich ungemein komisch aus, wie die beiden Zwillingspaare am selben Tisch saßen und alle mich so besorgt anstarrten.
»Ich wette, daß ich auch eine Zwillingsschwester habe«, meinte Lucciola. Ich sah sie an, und richtig – neben ihr saß eine Zwillingsschwester.
»Das ist schrecklich verwirrend«, sagte ich und legte das Gesicht in die Hände. »Ich muß noch etwas zu trinken haben.« Und ich bestellte noch zwei Flaschen für diese ganze Zwillingsgesellschaft.

Als die fünfte Flasche ein viertel voll war, hob Carmelina ihr Glas und gebot Stille. Sie war eher ein schweigsames Mädchen, aber wenn sie den Mund aufmachte, dann sagte sie bestimmt etwas Dummes.
»Ihr könnt Amedeo gratulieren; wir haben soeben das Datum unserer Hochzeit festgesetzt.«
Lucciola stieß mich an. »Natürlich nur um mich eifersüchtig zu machen«, flüsterte sie mir zu.
Plötzlich waren alle Zwillingsbrüder und Zwillingsschwestern verschwunden. Aber ich hatte nicht die Zeit, nachzuforschen, wo sie hingekommen waren.

»Amedeo«, sagte ich fest, setzte mein Glas nieder und straffte mich, »hör endlich auf, Lucciola den Hof zu machen!«
»Gianni versteht schnell, wenn man alles langsam erklärt«, sagte Carmelina. »Ich bin's doch, die Amedeo heiraten will, Gianni.«
Ich lachte ihr ins Gesicht. »Wie kann man nur so jung und schon so dumm sein! Verstehst du denn nicht, worauf er abzielt? Während er dir unter dem Tisch die Hand drückt, macht er einer andern schöne Augen!«
»Amedeo hat mich heiraten wollen, als ich sieben Jahre alt war und seit jenem Tage hat er keinem andern Mädchen mehr ins Gesicht gesehen!«
»Er wird ihr nur auf die Beine geschaut haben! Du hast keine Ahnung von den Trieben des Herzens, armes Kind. Die Liebe geht wundersame und eigenartige Wege. Frag nur Lucciola. Amedeo hat schon die ganze Zeit Messer und Gabel bereit, um sie sich zurechtzuschneiden!«
»Wer hat das gesagt?« rief Amedeo wütend. »Heraus mit der Sprache, aber unverzüglich.«
»Ja, und schnell dazu!« zischte Carmelina.
»*Ich* habe es gesagt«, erklärte ich. »Habt ihr mich nicht gehört? Und ich habe es mit meinen eigenen Augen gesehen.«
»Ich wußte ja, daß der Abend schlecht enden würde«, schnarrte Amedeo, stand auf und zog den Rock aus.
Doch da nahm ihm Carmelina schnell die Brille weg. Er trug sie nämlich nicht nur, damit ein jeder wußte, daß er lesen konnte, sondern auch, weil er kurzsichtiger war als eine Ameise. Außerdem machte der Wein ihn immer streitlustig, und seine Besuche im Wirtshaus endeten meistens wie lauter Friedenskonferenzen. Darum, ehe es zu einem Wirtschaftskampf kommen konnte, nahm ihm Carmelina jeweils sofort die Brille von der Nase und zwang ihn somit, sich wieder an seinen Platz zurückzutasten. Sie wollte nicht zusehen, wie ihr künftiger Gatte vor der Zeit Schaden nahm, und das machte sie in meinen Augen zu einer besseren Frau, als Lucciola es je zu werden hoffen durfte.
In New York aber, wenn ein Mann in einer Schenke die Brille abnimmt, ist das genau so, wie wenn im Ring der Gong tönt; es bezeichnet den Anfang einer Runde. Und so, ohne viel Zeit zu verlieren, versetzte ich Amedeo ein paar saftige Schläge an sein Doppelkinn, die er, wie sich das für einen Mann von seiner Bedeutung geziemte, ohne mit der Wimper zu zucken einsteckte.

Dann begann er, zurückzuschlagen, blinzelte, um sein Ziel zu erkennen, und verfehlte die beiden Mädchen um ein Haar.
Ich wurde immer kühner, bis ich ihm schließlich zu nahe kam und er mich erwischte. Da wußte ich, daß ich verloren war. Mein ganzes Leben lang war ich Männern, die stärker waren als ich, auf Gnade und Ungnade ausgeliefert. Ich beschloß, in Ohnmacht zu fallen, doch zu spät. Er hielt mich an meiner Jacke fest, schlug mich gegen die Wand wie eine Matte, und mir blieb nichts übrig, als schnell ein Gebet zu sagen.
Nach einer Zeit, die mich länger dünkte als eine Vorlesung, meinte Lucciola, nun hätte ich genug, und rief ihm zu, er solle mich loslassen. Jetzt war ich froh, daß ich ihn nicht allzusehr verprügelt hatte, denn er war immerhin noch imstande, mich auf seinem Rücken heim zu schleppen.
»Signora, Sie hatten recht«, sagte er, als er mich meiner bekümmerten Mutter vor die Füße ablud. »Er ist sehr krank. Er hat Lucciola zum Weinen gebracht, hat ihr den Schuh zerbrochen, und schließlich ist er tobsüchtig geworden. Ich hatte die größte Mühe, ihn im Zaun zu halten. Er müßte sehr scharf beobachtet werden.«
Wenn jemand mir die Finger zur Faust geballt hätte, so hätte ich Amedeo eins auf seine glänzende Nase versetzt.
»Der Krieg hat einen Kannibalen aus ihm gemacht«, bemerkte Carmelina besorgt.
»Eine wahre Schlange«, fügte Amedeo hinzu.
»Prügeln Sie ihn jetzt aber nicht«, sagte Lucciola, als meine Mutter meinen Kopf beklopfte, um mich wiederzubeleben. »Warten Sie, bis es ihm besser geht.«
»Du hättest auf den Doktor hören sollen«, schalt meine Mutter. »Wenn du liegen geblieben wärst, so hätte all das nicht geschehen können. Und jetzt marsch ins Bett!«

Lucciola wachte die ganze Nacht bei mir, das Lächeln der Mona Lisa auf den Lippen, und für meine Schmerzen in Körper und Seele war es ein Balsam, zu beobachten, wie sie in aller Ruhe die feuchten Tücher auf meiner Stirn wechselte und meine Mutter und meine Schwester tröstete, die häufig hereinschlichen, um sich davon zu überzeugen, daß ich noch am Leben war; aber es steigerte nur mein Elend, wenn ich daran dachte, daß sie an die Angel eines andern anbeißen sollte.

Sobald ich Kraft genug aufbrachte, um zu reden, sagte ich: »Ich bringe diesen Casanova mit Doppelvergaser um, bis er dich in Frieden läßt. Aber das nächste Mal komme ich mit dem Messer über ihn, mit dem man die Schweine absticht.«
»Du würdest wirklich so weit gehn, um meinetwillen jemanden zu ermorden?«
»Ja; aber nicht weiter.«
Sie drückte mir zärtlich die Hand. »Vielleicht wird's nicht unbedingt nötig sein. Ich werde versuchen, ihn umzustimmen.«
»Dann hast du also keine gar so schlechte Meinung von mir?«
»Ich denke mir, daß es noch Schlimmere geben dürfte.«
»Aufrichtig?«
»Ich kenne ja nicht gar so viele Leute, aber es muß noch Schlimmere geben.«
»Du sagst so wunderschöne Dinge!« rief ich gerührt.
»Und ich kann mir nicht helfen, ich muß dich lieb haben.«
»Warum?«
»Wahrscheinlich weil ich eine Christin bin.«
»Ich gehe nach Amerika zurück«, erklärte ich hitzig. »Und diesmal kannst du sicher sein, daß ich nicht wieder mit leeren Taschen heimkomme.«
»Du wirst sehen, daß ich so gut wie keine Fehler habe, außer daß ich unausstehlich bin«, sagte Lucciola ermutigend.
»Und du wirst noch ein paar Jahre auf mich warten?«
»Nein«, erklärte sie entschlossen. »Diesmal geh ich mit um aufzupassen, daß du keine Dummheiten machst. Ich habe gehört, man kann in Amerika zu zweit ebenso teuer leben wie allein.«

Wir beschlossen, mit Amedeo und Carmelina eine Doppelhochzeit zu halten. Verwandte, Freunde und Feinde kamen in ganzen Prozessionen überall von Süditalien herbeigeströmt. Abgekämpfte Veteranen der Ehe wollten sich an dem Anblick von zwei Anfängern erfreuen. Und die Frauen waren tief gerührt und holten ihre schönsten Schmuckstücke aus den Matratzen hervor.
Unsere kleine alte Kirche war überfüllt, und die Menschenmenge überflutete auch die Piazza. Die beiden Bräute schwebten in Wolken von weißem Tüll daher, Amedeo hatte sich als feiner Mann verkleidet, und ich trug einen schwarzen Anzug, den meine Mutter mir für diese Gelegenheit zurechtgeschneidert hatte. Der Altar und die heiligen Geräte glitzerten im Schein der Kerzen, der

Geruch des brennenden Wachses, des Weihrauchs mischte sich mit dem Duft der Orangenblüten, das Psalmodieren des Geistlichen mit dem Gemurmel der Menge.
Der Priester hatten eben Lucciolas Hand ergriffen und hielt sie in der seinen, und ich war neugierig, womit er das begründen würde, als mit einem Mal die ganze Kirche in einem höllischen Blitz aufflammte und eine Explosion die bunten Fensterscheiben erschütterte.
Die Menge blieb wie versteinert, bis die schrille Stimme des Sakristans das angsterfüllte Schweigen jäh unterbrach:
»Nur nicht den Kopf verlieren – rette sich wer kann!« Und damit stürzte der geistesgegenwärtige Mann auf die Sakristei zu und entfesselte eine allgemeine Panik.
Nur meine Mutter war schuld daran. Um das denkwürdige Ereignis für alle Zeit festzuhalten, hatte sie einen Photographen aus Neapel kommen lassen, und ihn im Chor versteckt. Das sollte für uns alle eine Überraschung werden, und dieser Wunsch war in Erfüllung gegangen. Montrecase, wo ein Schubkarren noch als Wunder der Technik angestaunt wird, wußte vom Blitzlicht ebensowenig wie von den meisten modernen Erfindungen. Und der ungeschickte Photograph hatte, um die Szene aus der Entfernung genügend zu belichten, zu viel Magnesium verwendet, und sich damit den Schnurrbart versengt.
Eine halbe Stunde mußten wir auf den Knien herumrutschen, um die Ringe unter dem Altar hervorzuholen, eine weitere halbe Stunde brauchten wir, um den Priester dazu zu bringen, die Zeremonie zu Ende zu führen. Doch die Zuschauer weigerten sich in die Kirche zurückzukehren, denn sie waren überzeugt, daß dieselbe Bande von Sprengstoffwerfern am Werk war, die eine Woche zuvor in Torre del Greco eine Kirche samt allen Frommen geplündert hatte.

In unserm Land hegt man die Meinung, daß es ungesund sei, mit leerem Magen in den Ehestand zu treten; und darum wurde ich beim Festmahl, das in Lucciolas Haus stattfand, derart mit Wein und Speisen gestopft, daß mich die Rippen schmerzten und ich die Hochzeitsnacht mit einem Eisbeutel auf dem Magen verbringen mußte, gepflegt von meiner Schwiegermutter, die heiße Tränen vergoß; ob meiner Leiden wegen oder wegen des Verlustes ihrer Tochter, das konnte ich nicht feststellen.

Nachher erzählte man mir, der Geistliche, der noch neu in Montrecase war, habe Assunta, als sie Arm in Arm mit Gelsomino zum Bahnhof ging, abgefangen und sie mit harten Worten an ihre eheliche Pflicht gemahnt. Er sah sie zum ersten Mal und hielt sie für Carmelina, die er eben erst Amedeo angetraut hatte.
Amedeo hatte seine junge Frau, als praktischer Mann, gleich vom Altar weg nach Salerno gebracht, damit sie ohne Zeitverlust seine Buchführung übernehmen könne.
Lucciola und ich sollten unsere Flitterwochen luxuriös auf einem Frachtdampfer verleben, der nach New York York fuhr, wo ich abermals mein Glück machen wollte. Abermals hatte meine Mutter ihre Ersparnisse geopfert und eine Sammlung unter unsern Verwandten veranstaltet, um die Reise zu ermöglichen. Gelsomino und Amedeo, denen es ganz besonders wichtig war, mich in der Ferne zu wissen, hatten großzügig beigesteuert.
So standen wir abermals im kleinen verschlafenen Bahnhof von Montrecase, wo wir unsere ersten Küsse getauscht hatten. Ich kam mir in meinem schwarzen Hochzeitsanzug, die Taschen vollgestopft mit brandneuen Amuletten, ungemein flott vor. Unser Gepäck war schon im Zug. Meine Mutter konnte sich nach Herzenslust ausweinen. Nicht minder Lucciolas Mutter, eine Herde von Tanten und etliche Frauen, die lediglich Zuschauerinnen waren. Es war ein rührendes Schauspiel. Als Lucciola anfangen wollte, sich dem Chor der Klageweiber anzuschließen, nahm ich sie in die Arme und küßte sie.
Ein Klopfen auf die Schulter unterbrach mich bei dieser Tätigkeit. Ich drehte mich um und stand einem finsterblickenden Carabiniere gegenüber, der gierig seinen Bleistift leckte.
»Diesmal kommen Sie an den Falschen, General«, grinste ich. »Wir sind verheiratet.«
»Das berechtigt euch nicht, euch in der Öffentlichkeit unanständig zu betragen.«
»Ja, aber der Zug fährt doch ab!« bedeutete ich ihm.
»Und ihr wollt beide mitfahren«, erwiderte er und begann sich seine Notizen zu machen. »Ihr gebt euch also keinen Abschiedskuß; ihr küßt euch, ganz einfach!«
Lucciola wurde feuerrot, weil sie vor so vielen Tanten wider das Gesetz gehandelt hatte, und ich stammelte: »Was nun?«
»Zahlt die Strafe«, sagte der Carabiniere gefühllos und reichte mir den Zettel. »Außer wenn nur einer von euch auf die Hochzeits-

reise fährt und der andere da bleibt. Sonst ist es kein richtiger Abschied.«
Es war das erste Mal in meinem Leben, daß ich fürs Küssen bezahlen mußte, und es schmerzte. Ich mußte tief in mein Rockfutter greifen, denn auch diese Preise waren bis zu den Sternen gestiegen – zweitausend Lire pro Kuß.
Ja, die Inflation hatte auch mich erwischt. Und im ungünstigsten Augenblick.

Hans Ruesch

»Hans Ruesch ist der geborene Erzähler. Die Geschicklichkeit, mit der er sich das Liebesleben und die Abenteuer eines unbekannten Volkes zu eigen gemacht hat, ist eine glänzende Leistung poetischer Einfühlungsgabe.« *New York Times*

Im Land der langen Schatten
Roman. Band 2492

Der Roman, der auch in der Verfilmung mit Anthony Quinn und Yoko Tani weltberühmt wurde, erzählt die Geschichte vom Eskimojäger Ernenek, seiner Frau Asiak und ihren Kindern, die jenseits des Polarkreises leben und nicht nur mit den unerbittlichen Gewalten der Arktis kämpfen, sondern sich auch mit dem Einbruch der für sie verhängnisvolleren Zivilisation auseinandersetzen müssen. Und das führt bei der ohnehin fröhlichen, immer zu Scherz und Lustbarkeit bereiten Lebensgrundstimmung der Polareskimos oft zu Situationen von grotesker Komik. Dabei ist es dem Autor gelungen, die uns fremden Sitten und Tabus dieses Volkes der »Rohfleischesser«, ihr Liebesleben, ihre Robben- und Bärenjagden mit Pfeil und Messer und ihre verblüffenden Anpassungstechniken in der lebensfeindlichen Natur des hohen Nordens aufs anschaulichste und zugleich überaus spannend zu schildern.

Iglus in der Nacht
Roman. Band 5162

Spannend und amüsant, zugleich aber auch voller Trauer über die Zerstörung durch die »weiße« Zivilisation erzählt er von den Menschen jenseits des Polarkreises und ihrem Überlebenskampf in einer menschenfeindlichen Natur.

Fischer Taschenbuch Verlag

Unterhaltung

Liebesromane

Timeri Murari
Liebende sind ganz anders
Roman. Band 8007

Eckart von Naso
Preußische Legende
Geschichte einer Liebe
Band 2495

Edna O'Brien
Johnny, ich kannte dich kaum
Roman. Band 2473

Anne Piper
Jack und Jenny
Roman. Band 2470

Chlodwig Poth
Die Vereinigung von Körper und Geist mit Richards Hilfe
Ein heiterer Liebesroman
Band 8034 (August '82)

Pu Sung-ling
Das Wandbild
Chinesische Liebesgeschichten aus dieser und der anderen Welt
Band 8006

Pu Sung-ling
Fräulein Lotosblume
Chinesische Liebesgeschichten
Band 8042 (Juli '82)

Jean Rhys
Quartett
Roman. Band 2488
Sargassomeer
Roman. Band 8024

Kurban Said
Ali und Nino
Roman. Band 8000

Marianne Scheer
Älterer Herr sucht Begleitung
Eine Ferien- und Liebesgeschichte
Band 2411

Annemarie Selinko
Ich war ein häßliches Mädchen
Band 1689
Heut heiratet mein Mann
Roman. Band 8039
(Oktober '82)

Jan Trefulka
Der verliebte Narr
Roman. Band 8001

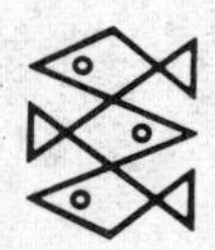